KB273933

나는 괜찮아지려고 혼잣말을 한다

나는 괜찮아지려고 혼잣말을 한다

나는 괜찮아지려고
혼잣말을 한다

박 지 아 에 세 이

이 세상에서 혼자인 듯한 느낌이 들 때

Castingbooks

어제는 성탄 전야였지만, 대단할 것도 없었습니다. 삼일 전에 산 5천 원짜리 와인 한 병, 지난여름에 산 작은 과자 한 봉지, 마른 귤 몇 개 그리고 잠든 고양이와 도마뱀. 실은 한 달 전부터 무슨 일을 해야 성탄 전야를 화려하게 보낼 수 있을까 궁리했습니다. 하고 싶은 일은 많았는데, 마땅히 실현할 수 있는 일이 없었습니다. 슈톨렌은커녕, 돈이 없어서 케이크 한 조각 준비하지 못했습니다. 막상 기대했던 날이 되니, 흥건하게 술에 취해 창문 너머로 깜깜한 밤을 보는 것만으로도 좋았습니다. 에세이를 쓰기 시작한 날이 작년 1월입니다. 거의 1년이라는 시간이 지났습니다. 무슨 정신으로 썼는지도 기억이 나지 않습니다. 당시에는 양극성 장애 중에서도 조증 상태였는데, 상반기에는 스스로 감당하기 힘든 일을 많이 저질렀습니다. 드디어 기회가 왔다고 생각했습니다. 완전히 오판임을 깨달은 건 여름이 끝나갈 무렵이었습니다. 늦가을쯤 들어서는 만들어 놓은 일들을 정리하지 못해서 모든 것을 제 손으로 무너뜨렸습니다. 겨울이 되어서는, 세상의 가장 바닥까지 왔다 싶었습니다. 그러나 어느 날, 발밑에 더한 지하실들이 켜켜이 깔린 걸 보고 투정 부리기를 포기했습니다. 자신이 지극히 나약한 사람이라는 현실을 솔직하게 받아들이는 한편, 생에 주어진 것들을 아끼고, 보듬고, 한 줌이나마 지켜갈 수밖에 없다고 생각했습니다.

항상 실패뿐입니다. 폐허 위에 어차피 또 무너질 집을 짓는데, 이제는 많이 내려놓게 되었습니다. 이 책은, 실로 그런 기록의 모음입니다. 이 책에는 실로 단 한 번의 성공도 담겨 있지 않습니다. 기고만장해서 한 걸음 나아가면, 세상에 맞아 두 걸음 물러서야 했습니다. 어떻게든 버텨보기 위해 자신을 달래며 애써 한 걸음 더 나아가 자리를 유지했습니다. 언제나 현상 유지입니다. 그저 떠내려가지 않으려고 기를 씁니다.

"괜찮아."
"잘될 거야."
"내일은 좋은 일이 있을 거야."

이런 근거도 없고 자신도 없는 허무맹랑한 혼잣말로 자신을 위로합니다. 적당히라도 괜찮지 않으면 오늘을 견뎌 내일을 살아갈 수 없기 때문입니다. 아, 기쁨과 슬픔이 1:1이 비율로만 온다면 얼마나 좋을까요. 그러나 세상에는 슬프고 아픈 일들이 더 많고, 사소한 기쁨들은 모래에서 발견할 수 있는 진주 조각만큼이나 작고 부족합니다. 그래서 혼잣말로 자신의 마음을 다스리며, 추스르며, 억지로라도 괜찮은 자신을 만들어 나가는 수밖에 없습니다.

밑 빠진 항아리처럼 자원을 먹고, 뱉지 않는 장녀를 키워 온 고단한 부모님에게 감사의 인사를 드립니다. 세상의 파도를 건너며 곧 결혼을 앞둔 여동생과 그의 남편에게 고맙다고 말하고 싶습니다. 그리고 내 마음속 무성한 숲을 이루던 키 큰 나무 같은 사람들에게도 모두 인사를 보냅니다. 이 책은 지난 1년간 삶의 이유가 되어주었고, 앞으로도 그럴 것입니다.

이 글을 쓰는 오늘은 성탄입니다. 마구간에서 태어나 세상에서 외로움을 겪고 십자가에 못 박혀 죽은 어느 이스라엘 청년의 탄생일입니다. 제가 그 누군가보다 더 나은 삶을 살거라고 기대하지 않습니다. 하지만 그 청년이 두고 간 평화가 이 성탄에 고요히 사람들의 마음을 적시듯, 내가 엮어 놓은 단어 몇 조각이 누군가의 마음을 여며주길 바랍니다. 독

자들이 이 책에서 평화를 발견할 수 있기를. 그리고 자신의
혼잣말에서 하루를 삼켜낼 힘을 갖길 간절히 바랍니다.

2025. 12. 25.

박지아

Contents

Part 01.

작은 생물들로부터

든든한 음식들로부터

향긋한 꽃들로부터

달콤한 디저트들로부터

일상의 물건들로부터

작은 생물들로부터

01

도마뱀

이 세상에서

혼자인 듯한

느낌이 들 때

　그해 늦겨울 무렵, 저는 저에게 뭔가 대단한 문제가 있음을 알아차렸습니다. 석 달 사이에 자그마치 3,500만 원어치의 도마뱀을 산 것입니다. 도마뱀 한 마리를 넣어 키울 수 있는 아크릴 케이지 22개가 5평 원룸에 자리 잡았고, 저는 졸지에 도마뱀들에게 얹혀사는 신세가 됐습니다. 22마리 도마뱀은 사 모을 때만큼이나 빠른 속도로 삶에 침투했습니다. 매일 아침이면 출근 준비에 바쁘면서도, 도마뱀들의 집 문을 열어 하나하나 분무기로 물을 뿌려주었습니다. 녀석들이 살기 좋은 습도를 맞춰주기 위해서였지만, 마릿수가 많다 보니 보통 시간이 걸리는 일이 아니었습니다. 퇴근해서는 22마리 분량의 밥을 준비해야 했습니다.

　도마뱀들은 '슈퍼 푸드'라는 것을 먹고 자랐습니다. 슈퍼 푸드는 귀뚜라미나 과일이 섞인 고운 가루입니다. 이걸 물에 풀면 걸쭉한 요거트처럼 됩니다. 한가득 만들어낸 슈퍼 푸드를 500원짜리 크기의 플라스틱 그릇 22개에 나눠 담고, 도마뱀들의 집에 넣어주었습니다. 그리고 아침에 했던 것처럼 분무기로 물을 뿌려준 후 재빨리 형광등을 끄고 침대에 누웠습니다. 도마뱀들은 야행성이라 어두워져야 물도 먹고, 밥도 먹기 때문입니다. 그렇게 하룻밤이 지나 아침이 되면 밥그릇을 수거해서 설거지하고, 또 분무기로 녀석들의 집에 물을 뿌려주었습니다. 그야말로 저의 모든 일과가 도마뱀들에게 맞춰져 있었던 셈입니다.

크고 또랑또랑한 눈망울!
왕관같이 뻗은 볏!
이 놀랍도록 멋진 생명을 어찌 사랑하지 않을 수 있을까요?

제 나이 37살입니다. 또래의 다른 여성들이 70°C 물에 분유 가루를 풀고 있을 때, 독신인 저는 물에 도마뱀 사료 가루를 풀고 있습니다. 이 사실을 생각하면 웃기기도 하고, 지금 내가 왜 이러고 있는지 이해가 되지 않기도 합니다. 그러나 이런 모습에 대한 의구심은 도마뱀들을 볼 때 사르륵 녹아 사라집니다. 아크릴 케이지에서 녀석들을 꺼내서 손에서 데리고 놀기도 하고, 그 작고 말캉말캉한 등에 뽀뽀를 뿌려대기도 했습니다. 녀석들이 머리카락을 타고 머리 꼭대기로 올라가는 걸 가만히 내버려두기도 하고, 제 손바닥에 쉬를 해도 마냥 귀여웠습니다. 가끔은 혼잣말로 녀석들에게 떠들기도 했습니다. 하루에 있었던 일, 최근의 기분, 예쁘거나 귀엽다는 칭찬 같은 대단치 않은 말들이었죠. 때로는 멍하니 침대에 앉아 아이들의 집을 바라보며 시간을 보내기도 했습니다.

그런데, 정말로,
대체 뭐 하러 도마뱀을 입양하고 있었을까요?
소일거리로 일상을 채워서, 무료함을 달래기 위함이었을까요?

아니면,
단순히 다양한 무늬의 도마뱀을 키우고 싶었던 걸까요?
좌우간 모를 노릇이죠.
내가 벌이는 일을, 원인을 내가 어떻게 알겠어요?

굳이 이유를 찾자면, 원룸에서 키울 수 있는 반려동물이 한정되어 있었기 때문이겠지요. 털이 없고, 소리를 내지 않고, 냄새도 나지 않아야 했으니까요. 도마뱀의 경우 크기가 작아서 여러 마리를 키울 수 있다는 것도 장점일 테지요. 그 밖에는 최근에 스트레스를 많이 받은 것이 원인일지도 모릅니다. 그러나 정확히 무엇에 스트레스를 받았는지, 왜 그 스트레스 해소의 방법이 도마뱀 수집이 된 것인지는 스스로 짐작하기 어려웠습니다.

저는 출판사에서 편집자로 일하고 있습니다. 제가 담당한 저자들은 낮, 밤, 주말을 가리지 않고 카카오톡이나 전화를 해댔고, 심지어 디자이너나 외주 교정자들조차 일을 마무리했다고 주말에 연락하기 일쑤였습니다. 게다가 편집부 내에서 저는 겉도는 편입니다. 이렇다 할, 마음 열고 대화를 나눌 사람이 없었습니다.

새로운 출판사에 취직한 지 4개월 차였습니다. 출판사 경력은 10년이 쌓여 있었지만, 워낙 작은 회사에 다녔던 까닭에 제법 규모 있는 이 출판사에 입사했을 때, 그저 많은 직원에 압도당해 이름을 외우는 것조차 어려웠습니다. 그러나 사람이 많아도 잡담할 상대가 하나도 없었습니다. 이야기를 나눌 사람이 없는 건 집에 와서도 마찬가지였습니다. 저는 혼자 상경해서 일하는 몸이었고, 애인도 없었고, 친구도 대부분 고향에 있었습니다. 어쩌면 말 친구가 필요한 것인지도 몰랐습니다.

그렇다고 해서 도마뱀이라니.

사람을 만나고 싶으면 동호회 활동을 해도 되잖아요?

간단한 러닝 모임 같은 것도 좋고, 말이죠.

그런데 도마뱀이라니?

하필이면, 생물을 이렇게 많이 키우고 있다니?

열심히 관리하고 있으니, 애니멀 호더는 아니지만,

이건 좀 아니지 않을까?

정말 이유를 나도 모르겠다.

아주 가끔, 사실은 자주 드는 생각인데,

나는 제정신이 아닐지도 몰라.

도마뱀은 관리하는 데 보통 힘이 드는 게 아니었습니다. 이 녀석들의 똥을 치우느라 주말이면 하루 종일 집에 붙어 앉아 청소해야 합니다. 한 번씩 30×30×45cm나 되는 커다란 아크릴 케이지를 물청소하노라면, 순식간에 해가 지곤 했습니다. 아이들의 병원비도 문제였습니다. 밥을 먹지 않는 녀석 하나가 있어서 병원에 갔는데, 큰 탈은 없었지만, 진료비만으로 10만 원이 넘게 나왔습니다. 사실 도마뱀은 15년 넘게 삽니다. 녀석들이 앞으로 아프지 않으리란 보장은 없고, 도마뱀의 나이가 들어갈수록 엄청난 돈과 노동력이 들 건 뻔합니다.

"10마리 정도만 분양 보내요."

인터넷 도마뱀 커뮤니티에 글을 올리자, 누군가가 이렇게 댓글을 달았습니다. 직장인이라면 어느 정도 분양을 보내는 것이 좋다는 댓글 서너 개가 달렸습니다. 저는 마음이 내키지는 않았지만, 도마뱀 동호인들이 왜 이런 댓글을 다는지는 이해할 수 있었습니다. 댓글 중에는 뼈에 사무치게 아픈 말도 있었습니다. 앞으로 도마뱀이 성장하면 성장할수록, 더 큰 집이 필요하다는 충고였습니다.

제 작은 원룸에 22개의 케이지는 정말 억지로 쑤셔 넣어 들어가 있습니다. 집 꼴을 보면 거의 사람 집이 아니라, 도마뱀 집입니다. 지금 당장은 이 생활을 어떻게든 견딜 수 있어도, 앞으로도 장담할 수 없는 노릇입니다. 저는 결국 결정을 내릴 수밖에 없었습니다. 도마뱀들이 어릴 때 한 마리씩 다른 집으로 떠나보내야 했습니다. 정신을 빨리 차릴수록 좋았습니다.

내키지 않았지만 그래도 일단은 다른 집에 분양 보낼 아이들을 골랐습니다. 좋은 주인을 만날 수 있는 가장 예쁘고

통통한 녀석들로요. 녀석들의 사진을 찍고, 분양 글을 썼습니다. 가격은 매기지 못했습니다. 돈을 받고 보내기는 싫었습니다. 가치를 매기기 싫었던 것인지도 모릅니다. 그런데 문제가 있었습니다.

아이들을 분양 보낼 모든 준비를 마치고도 도무지 인터넷에 글을 올릴 마음이 들지 않았던 것입니다. 이성적으로는 녀석들을 보내야 한다는 걸 이해했는데, 도무지 마음이 내키지 않았습니다. 그저 자신이 왜 이렇게 많은 도마뱀을 사버린 것인지, 이 사실만이 속을 답답하게 만들었습니다. 처음부터 이렇게 많이 데리고 오지 않았더라면, 이제 와서 도마뱀들을 분양 보내느라 마음 아플 일도 없었을 텐데 말입니다. 지난 3개월간 무슨 일이 있었는지, 자기 자신을 돌아보았지만, 마땅한 실마리가 없었습니다. 그렇게 글과 사진을 준비만 해둔 채 이틀이 지나고, 사흘이 지나고, 일주일, 열흘이 지날 때까지도 저는 22마리 중 한 마리도 보내지 못했습니다.

그러던 중, 어느 평일 저녁에 일이 터졌습니다. 퇴근하여 슈퍼 푸드를 주는데, 집에 있어야 할 한 마리가 없는 겁니다. 그 도마뱀이 살던 아크릴 케이지는 조립식으로 된 제품이었습니다. 잦은 분무질로 조립이 느슨해진 벽 틈으로 도망간 듯했습니다. 하필이면 꼬리까지 합쳐서 검지 길이의 아주 자그마한 녀석이었습니다. 어쩌면 오늘 점심, 그보다 이른 아침에 도망쳤을지도 몰랐습니다. 저는 집에 있는 모든 틈을 뒤졌습니다. 그러나 어디에도 도마뱀이 보이지 않았습니다.

도마뱀의 발바닥에는 섬모가 있어서 사물에 거꾸로 붙어 있을 수 있었고, 아주 유연하기 때문에 작은 공간에도 웅크리고 있을 수 있습니다. 한참을 뒤지다가 포기한 저는 멍하니 천장만 올려다보았습니다. 눈앞이 캄캄해졌습니다.

도마뱀은 며칠 정도 슈퍼 푸드를 먹지 않고도 버틸 수 있긴 했습니다. 문제는 물이었습니다. 2~3일 물을 먹지 못해 탈수가 일어나면 도마뱀도 버틸 수 없습니다. 그날 저는 온 바닥에 비닐을 깔았습니다. 그리고 그 위에 흠뻑 물을 뿌렸습니다. 슈퍼 푸드가 담긴 밥그릇도 곳곳에 두었습니다. 녀석이 어디에서 밥 냄새를 맡고 나오거나 물을 마시러 기어 나온다면, 비닐 소리가 날 테니까요. 물론 녀석은 아주 작아서 소리가 나지 않을 가능성이 컸습니다. 그러나 지푸라기라도 잡고 싶은 심정이었습니다. 작은 소리라도 들을 수 있다면…… 들려준다면……. 저는 이불을 푹 덮고, 까만 천장을 올려다보았습니다.

저는 그 아이를 어디서 데려왔는지를 떠올렸습니다. '리리'라는 이름의 도마뱀이었습니다. 리리는 눈이 많이 내리던 12월 중순의 어느 날 도마뱀 숍에서 분양받았습니다. 어두운 밤이었고, 눈이 펑펑 내리는 날이었습니다. 저는 언덕을 걸어 올라가며 패딩 안을 몇 번씩 확인했습니다. 작고 투명한 플라스틱 컵에 든 리리가 제 품 안에 안겨 있었습니다. 도마뱀을 집까지 데려가려면 10분은 걸어야 했는데, 핫팩은 도마뱀에게 사용하기에는 너무 온도가 높았습니다. 도마뱀 숍 점원은 사람의 체온으로 따뜻해진 패딩 안에 품고 가는 걸 권했습니다. 그래서 저는 기꺼이 리리를 품에 안고 어두운 밤, 눈 내리는 언덕을 올랐습니다. 그러면서 끝없이 어떤 사건 하나를 곱씹었습니다. 리리를 입양하던 날, 어떤 사건이 있었습니다.

그날 점심시간에 있던 일이었습니다. 12시가 되자, 여느 때처럼 저를 제외한 다른 여직원들은 모두 사라지고 없었습니다. 어느 식당으로 뭘 먹으러 갔는지 알 수 없었지만, 늘 그랬기 때문에 크게 신경 쓰지 않았습니다. 저는 혼자서 근처 분식집에서 점심 식사를 마쳤습니다. 그러고는 라떼라도 한 잔할까 싶어서 근처 카페에 갔습니다. 그 카페에는 먼저 온 같은 출판사 편집부 직원 서너 명이 자리하고 있었습니다. 당연하게도, 저는 그녀들을 향해 인사했습니다.

“식사는 잘하셨어요?”
“…….”

그런데, 누구도 대답을 하지 않는 것이 아니겠습니까. 모두가 저를 모른 척했습니다. 마치 저를 처음 본 사람처럼. 저는 당황해서 재차 물었습니다.

“어, 뭐 드시려고요?”
“…….”

그런데 이번에도 그들은 모른 척했습니다. 그녀들은 시선으로 제 위아래를 훑고 자기들끼리 눈을 마주치더니, 웃지도 않고, 그저 차가운 표정으로 묵묵히 서 있더군요. 한참을 그렇게 어색한 침묵이 흘렀습니다. 커피가 나오자, 그녀들은 각자 자기 몫의 커피를 들고 카페 안 좌석에 앉았습니다. 잠시 후 그녀들의 깔깔거리는 웃음소리가 제 귀를 때렸습니다. 저는 그녀들의 모습을 물끄러미 바라보다, 그제야 상황을 깨달았습니다. 커피는 주문하지 않고, 조용히 카페 밖으로 나왔습니다. 하늘에는 싸라기눈이 날리고 있었습니다. 회색 하늘이 낮고 무겁게 드리웠습니다. 예쁜 카페가 많은 골목이었습니다. 맞은편 카페에서 트리에 달린 조명이 알록달록 반짝였습니다. 성탄절을 앞두고 있던 때였습니다. 점심 식사 시간을 맞은 회사원들이 커피를 들고 지나갔습니다. 그들은 삼삼오오 몰려서 걸으며 자연스럽게 웃거나 대화를 나누고 있었습니다. 흥겨운 캐럴 속에서 저는 눈을 감았습니다.

네. 저는 단순히 '겉도는 사람'이 아니라,
사내 왕따였습니다.
인터넷 뉴스에서나 보던 그 사내 왕따.
가끔 유튜브에서 자살 소식을 보며 가엾다고 느낀,
바로 그 억울하고도 가련한 사람.
어디선가 찾아낼 필요 없이 그게 나구나.
내가 그런 사람이구나.
아무런 이유도 없고, 아무런 까닭도 없고,
향기도, 발자취도, 소리도, 눈빛도 없는
하늘에서 날리는 싸라기눈처럼
지상에 닿기도 전에 존재가 다 사그라들고 없는

그게 나였구나.
트리는 반짝이는데, 캐럴은 종을 울리는데,
나는 녹네.
녹아서 작은 물방울이 되네.

이유는 저도 몰랐습니다. 그냥 정신 차리고 나니, 왕따가 되어 있었습니다. 회사에 입사할 때만 해도 모두와 잘 지냈습니다. 그런데 유독 저를 싫어하는 한 사람이 있었습니다. 인사를 해도 받아주지 않고, 무뚝뚝하게 대답하던 사람이었습니다. 어느 날부터 그 사람과 친한 다른 직원이 서서히 저와 거리를 두기 시작했습니다. 또 다른 직원이 저와 거리를 두더니, 한 사람, 두 사람, 자기들끼리 무리를 짓기 시작했습니다. 이윽고 여직원들 사이에 저만 동떨어지게 되었습니다. 처음에는 이유라도 알고 싶었습니다. 속 시원하게 제 어떤 점이 마음에 들지 않는다고 말이라도 하면 고쳤을 터였습니다.

저에게 말하기조차 불편했기 때문일까요?
혹시 다른 이유가 있었을까요?
일하는 내내 간식을 많이 먹는 게 문제였나?
키보드 두드리는 소리가 너무 컸었나?
까랑까랑한 목소리가 듣기 싫었나?
이상하게 웃었나?

몸에서 냄새라도 났던 걸까?

옷에 얼룩이라도 묻었던 걸까?

웃을 때 보이는 덧니가 보기 싫었나?

머리에 비듬이라도 있었을까?

아니면, 아니면,

다른 무언가가. 또 다른 무언가가.

그들은 한마디도 하지 않고 저에게 등을 돌렸습니다. 업무를 잘하면 무리에 받아줄까 싶어서 더 노력했던 시기도 있습니다. 야근도 배로 하고, 주말 출근도 배로 했습니다. 신간을 한 달에 두세 권씩 냈고, 사장님에게 후한 칭찬도 들었습니다. 그녀들은 오히려 저에게 더 싸늘하게 굴었습니다. 이렇게 되자, 상사들도 눈치를 채기 시작했습니다. 상사들은 저에게 듣고 싶지 않은 충고를 아낌없이 해주었습니다.

"네가 어울리지 못하는 거야."
"너는 팀원들과 어울리려는 노력이 부족해."

그 말은 모두 사실일지 모릅니다. 그러나 그들에게 손을 내밀 용기가 저에게는 없었습니다. 카페에서 모두에게 무시당한 그날, 퇴근하자마자 도마뱀 숍으로 갔습니다. 그냥 그곳으로 가고 싶었습니다. 그건 겨울이 너무 추워서, 성탄절을 앞두고 세상이 너무 조용해서, 내 방이 너무 삭막해서일 수도 있었습니다.

그곳은 평소 자주 가던 도마뱀 숍이었습니다. 이미 몇 마리를 그곳에서 데리고 온 전적이 있었습니다. 저는 그곳에서 가장 예쁜 도마뱀을 분양받았습니다. 연보라색 몸에 보라색 눈이 반짝이는 요정 같은 아이를 보니, 정말로 오늘 하루는 이 아이만 있어도 괜찮으리란 생각이 들었습니다. 그래서 성탄절을 앞둔 어느 겨울날, 리리를 품에 안고 눈 덮인 오르막길을 홀로 올랐던 것입니다.

사람이 없는 언덕이었습니다. 도로는 죽은 것처럼 조용했습니다. 가끔 지나가는 차 한 대, 두 대. 사람이 사는 주택가는 빛 한 점 비치지 않았고, 드문드문 불이 켜진 아파트는 고요했습니다. 마치 서울이라는 이 거대 도시가 완전히 잠에 빠진 것만 같았습니다. 저는 이 세계에서 혼자가 된 것 같았습니다. 어쩌면 이건 사실일지도 몰랐습니다. 제 가족과 제 친구들은 저 먼 고향 경주에 있었습니다. 제기 사랑하는 사람들은 별처럼 까마득하게 멀리 있었습니다. 윤동주가 노래했듯이 이네들은 너무나 멀리 있습니다. 별이 아스라이 멀듯이 발꿈치를 들고 손가락을 뻗어도 닿는 것은 차가운 눈, 얼어붙은 눈, 시린 눈. 모든 별은 눈구름에 덮여 보이지 않고, 도시는 흰 잠에 빠져들어 있고, 나는 또 그리운 얼굴들을 하나둘 헤아리며 자박자박 걸었습니다.

얼굴을 자주 보지 않으니, 연락은 줄어들었습니다. 어쩌다 고향에 내려가도 서로 바빠서 만나기 어려웠습니다. 직장인 친구는 피곤해서 못 만났고, 결혼한 친구는 가정사로 만나지 못했습니다. 고향에서 서울로 돌아올 때면 저는 KTX에 혼자 몸을 싣고 그저 아무 말 없이 창밖을 바라보곤 했습니다.

홀로 서울로 상경한 다른 사람들도 이렇게 살고 있는 걸까요?
그들도 저처럼 쓸쓸할까요?

저는 마치 진공상태에 있는 듯했습니다. 아무리 세상에 돌을 던져도 물이 튀고, 떨어지는 소리가 들리지도, 은은한 파동이 느껴지지도 않았습니다. 하얀 가로등 아래, 입김은 희게 번지고, 눈은 반짝거리며 별처럼 떨어져 내렸고, 저는 괜히 서글픈 기분에 코를 훌쩍였습니다.

영원처럼,
눈발 날리는 어둠 속 도시를 계속 걷고, 또 걸어서
지치지 않고 걷는다면, 마침내 도시의 외곽에 닿게 될까?
그곳에 내가 아는 사람이 있을까?
그러면, 나는
"안녕하세요.", "반갑습니다.", "요즘엔 어떠셨어요.",
"잘 지냈습니다.", "오늘따라 눈이 참 많이 내리네요.",
"올해 겨울이 유독 춥지요.", "그래도 봄이 오겠죠."
"춘분이 오면.", "아아, 그래요, 춘분이 오면."

“나비가 날고, 꽃이 피고. 봄이란 것이 오면.”
“아마도 오겠지요.”, “기필코 오겠지요.”
혼잣말하며, 또 깊은 혼잣말하며.

‘아. 맞습니다.’ 리리를 찾기 위해 침대에 파묻혀 있던 저는, 그제야 깨달았습니다. 자신이 왜 22마리의 도마뱀을 사 모았는지, 그제야 머리가 밝아졌습니다. 처음에는 단순히 외로움에서 시작한 일일지도 모릅니다. 작은 아크릴 케이지 안에 갇혀 있는 도마뱀들은 제가 쓸쓸함을 느낄 때, 그저 ‘돌보아야 할 존재’에 불과했습니다. 하지만 하루하루 도마뱀을 돌보면서, 점차 마음의 안식을 찾게 되었습니다. 아침에 일어나면 도마뱀들의 집 문을 열고, 분무기로 물을 뿌려주며, 슈퍼 푸드를 준비하는 일이 어느새 저의 일상이 되어갔습니다. 그들의 삶에 내 삶을 잠시나마 연결하는 일이 제게는 의무가 아닌, 작은 위안이 되어갔습니다. 처음에는 의식적으로 했던 일이었지만, 그 어느 순간부터 그것이 내게 자연스럽게 스며들었음을 알게 되었습니다.

살아 있음을 느끼게 하는 존재!
내가 살아 있지 않으면, 그들도 살아 있지 못하는 존재!
슈퍼 푸드 가루를 물에 개고, 물뿌리개로 물을 뿌려주고,
내가 살아 있어야 그들도 살아 있을 수 있는 존재!
나의 쓸모, 나의 필요성,

세상에서 단 하나뿐인 나의 각별함!
그들이 살아 있음으로 인해 내가 살아 있음을 알게 하는
존재!

하루 종일 아무와도 대화를 나누지 않은 채 일만 하고, 퇴
근 후 집에 돌아오면 홀로 빈 곳에 앉아 있곤 했습니다. 그런
고독한 시간 속에서 저는 제가 더 이상 살아 있다는 느낌을
가질 수 없었던 건지도 모릅니다. 무언가를 책임지고 돌봐야
하는 존재가 필요했던 것일지도요. 사람과의 소통은 실패했
지만, 적어도 도마뱀이라면 내게 다가오지 않겠느냐는 생각
에 그들에게 손을 내밀었던 것인지도 모릅니다.

고백하건대, 사실은 모든 도마뱀이 이런 식이었습니다.

내 마음이 폐허 같은 날,
도마뱀 한 마리…….
내 마음이 정처 없이 허공에 둥둥 떠다니는 것 같은 날,
도마뱀 한 마리…….
내 마음이 걸음걸음 가는 곳마다 환영받지 못한 날,
도마뱀 한 마리…….
내 마음이 기어이 눈물을 참지 못한 날,
도마뱀 한 마리…….
내 마음이 내 뜻대로 안 되는 날,

도마뱀 한 마리…….

내 마음이 누군가에게 상처를 받아 사무치게 아픈 날,

도마뱀 한 마리…….

내 마음이 한겨울 그믐달처럼 어둡고 차가운 날,

도마뱀 한 마리…….

내 마음이 무너진 것 같고 도무지 회복될 것 같지 않은 날,

도마뱀 한 마리…….

내 마음이 하염없이 쓸쓸한 날,

도마뱀 한 마리…….

내 마음이 먹먹하고 서글픈 날,

도마뱀 한 마리…….

내 마음이 가시에 찔린 듯한 날,

도마뱀 한 마리…….

내 마음이 공허한 날,

도마뱀 한 마리…….

내 마음이 하찮게 느껴지는 날,

도마뱀 한 마리…….

내 마음이 외로운 날,

도마뱀 한 마리…….

아, 외로울 때……. 더 외로울 때…….

그렇게 22마리의 도마뱀이 제 집에 왔습니다.

침대에 몸을 파묻은 저는 숨을 죽이고 귀를 기울였습니다. 어둠 속에서 들려올 리리의 발소리를 듣기 위해, 그토록 눈 내리는 겨울날 제 품을 따뜻하게 데운 작은 생명을 위해, 혼신의 힘을 다해 소리를 들으려 노력했습니다. 그는 흔한 도마뱀이 아니라, 나의 빛이었고, 힘이었으며, 삶에 대한 의지이기도 했습니다. 작은 단칸방, 그러나 이처럼 크게 느껴지는 거대 도시의 어둠 속에서 도마뱀의 작은 심장은 어디에 숨어서 뛰고 있었을까요?

> 리리를 정녕 찾을 수 있을까요?
> 리리를 찾지 못하면 저는 어떻게 될까요?

그러나 리리는 생각보다 금방 찾았습니다. 다음 날, 헐레벌떡 퇴근하여 집을 둘러볼 때였습니다. 그 깜찍한 녀석은 자기 집의 지붕 위에 멀뚱히 앉아서 저를 보고 있었습니다. 가출해서 돌아다니느라 배고프니까 밥이나 달라는 눈빛으로요. 저는 어이없기도 하고, 다행스럽기도 해서 녀석을 잽싸게 잡아 손바닥 안에 가뒀습니다. 그제야 바닥에 주저앉아 펑펑 울 수 있었습니다.

> 도마뱀을 기다리는 긴긴밤이 천년이나 필요하지는 않겠으나,
> 그리운 이를 헤아리는 긴긴밤이 언제까지나 겨울일 리는

없겠으나.

살아 있음이라는 건 어쩌면,

온갖 잡스러운 수고로 버티는 일임을.

작은 생명들을 고이 집어 들어 품에 하나하나 안아 담으며,

그렇게 어두운 밤길을, 눈 내리는 밤길을,

자박자박 혼자 걸어가는 일임을.

서럽고 슬픈 것이 한 번에 밀려와 울음을 참을 수 없습니다. 우느라 고개를 떨군 채, 저는 생각했습니다. 도마뱀 중 단 한 마리도 남의 집에 보내지 않겠다고요. 부서진 제 마음들을 모두 끌어안고, '아, 맞습니다.' 정말로 일평생을 끌어안고, 오래오래 질기게 살아남겠다고 다짐했습니다. 이 차가운 거대 도시에서, 누구도 답해주지 않는 도시에서, 무너지지 않고 나 홀로여도 굳세게요.

그렇습니다. 이것이 활자 노동자인 제가 서울에서 22마리 도마뱀과 함께 살고 있는 이유입니다.

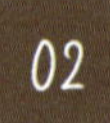

비둘기

마음에

따뜻함이

필요할 때

그 당시, 제가 일하던 출판사는 여러 회사가 입점해 있는 업무단지에 있었습니다. 그 업무단지는 워낙에 규모가 큰 데다, 입점한 회사들이 자주 바뀌었습니다. 옆 칸에 있는 회사가 어떤 일을 하는 회사인지, 어떤 사람들이 일을 하는지 굳이 알 필요가 없었습니다. 그저 어느 회사가 들어오면 리모델링을 하느라 우당탕 시끄러웠고, 어느 회사가 나갈 때면 엘리베이터 한 칸이 하루 종일 통째로 막혀서 불편하기 일쑤였습니다. 층마다 공용 화장실을 썼기 때문에 사용하는 사람 수가 늘어나는 건 썩 반가운 일이 아니기도 했습니다. 어쩌다 개수대에서 만나도 서로 눈빛 한 번 주고받지 않은 채 헤어졌습니다. 내심 좌변기 물이나 똑바로 내렸으면 싶었지요. 타인의 존재는 불편하거나 무관심하거나 둘 중 하나였습니다.

변화는 예상치 않게 시작되었습니다. 그 건물 복도에는 테라스 형태의 작은 휴게실이 있었습니다. 흙에 담배나 짓이겨 끄는 용도로 쓰이는 허름한 정원도 딸려 있었지요. 그런데 어느 날 정원 한구석에 아주 특별한 것이 놓여 있었습니다.

달걀보다는 작고, 더 하얗고, 윤기 나는 알 두 개!
소담한 송편 같기도 하고,
숟가락으로 뜬 수제비 반죽 같기도 한
저 탐스러운 알들을 누가 놓고 간 것인지?

알들은 엉성한 맥문동 줄기 몇 장을 깔아놓은 흙바닥 위에 덩그러니 놓여 있었습니다. 새의 알인 건 분명했는데, 대관절 어느 새가 저렇게 성의 없이 둥지를 지었을지 모를 노릇이었습니다. 빗물은 고사하고 찬바람도 막지 못할, 그냥 흙 위에 '여기까지 우리 집'이랍시고 동그라미 하나 그려놓은 영역에 불과했습니다. 둥지의 주인은 곧 밝혀졌습니다.

회색과 흰색이 섞인 얼룩덜룩한 비둘기 부부 한 쌍이었습니다. 이 부부는 알은 내팽개치고 하루 종일 어딘가를 쏘다니다가 해 질 무렵에나 돌아왔습니다. 한 녀석이 알을 품고, 한 녀석은 그 옆을 지키며 지나가는 인간들을 뻔히 구경하더군요. 아주 겁도 없는 녀석들이었습니다. 사람과 눈을 마주쳐도 도망치지 않을 때면, 은근히 뻔뻔하다 싶기도 했습니다. 그러면서도 한편으로는 걱정스러웠습니다. 행여 누가 알을 깨버리지나 않을까 싶었습니다. 아무런 보호 장치도, '알을 건들지 말아주세요.'라는 팻말 같은 것도 없었으니까요. 세간에 떠도는 비둘기에 대한 혐오감을 생각하면, 어느 날 누가 냉큼 치워버려도 놀랍지 않았습니다.

그러나 알이 사라지는 일은 일어나지 않았습니다. 알은 언제나 그 자리에 놓여 있었습니다. 청소하는 분들도, 이 건물에서 일하는 직장인들도 누구 하나 알을 건드리지 않았습니다.

왜일까요?
매일 달걀 요리는 먹으면서도,

이상하게 야생의 알에는 생명이 깃든 것 같이 느껴지기 때문일까?
사람들이 눈여겨보는 알을 깨서
굳이 미움을 사고 싶지 않기 때문일까?

오히려 사람들은 그저 알을 신기해하는 것 같았습니다. 점심시간이면 복도를 어슬렁거리면서, 허리를 굽혀 한참 동안 알을 지켜보다가 담배나 한 대 뻑뻑 태우고 사라졌습니다. 담배를 피우지 않는 사람들도 휴게실에 들러서 한참 알을 구경하다 사라지곤 했습니다. 어쩌면 지루한 회사 생활에서 유일한 흥밋거리였는지도 모르겠습니다. 열흘쯤 지났을까요? 마침내 두 마리 아기 새가 알을 깨고 나왔습니다.

아주 귀엽고 연약한 놈들이었습니다. 앙상하고 헐벗은 조그마한 놈들은 목이 쉬어라 하루 종일 뺙뺙 울어댔습니다. 부모 새들은 자주 둥지를 떠나 있었습니다. 드물게 한 번씩 돌아와 새끼들에게 밥을 주고, 또 부지런히 어디론가 날아가 버렸습니다. 아기 새 두 마리는 부모 새들이 없는 동안 덜렁 흙바닥 위에 엎어져 있었습니다. 두 녀석은 몸통을 맞대고 부리를 서로의 날갯죽지에 비볐습니다. 아직 깃털이 나지 않아서 포근할 것도 없을 텐데, 그저 서로의 온기만으로 만족스러운 모양이었습니다. 허허벌판이나 다름없는 둥지에서 하염없이 부모를 기다리는 녀석들의 새카맣고 커다란 눈을 볼 때면, 그저 어쩐지 가엾고 애틋한 마음이 들었습니다. 그런데, 이 감정을 느낀 건 저뿐만이 아니었던 모양입니다.

　사람들은 더 이상 이곳에서 담배를 피우지 않았습니다. 쓸데없이 휴게실 근처를 어슬렁거리지도 않았습니다. 대신에 멀리서 휴대폰을 꺼내 사진 한 장을 잽싸게 찍고는, 고놈들이 얼마나 컸는지 요리조리 살피다 사라질 뿐이었습니다. 가끔은 이 건물에서는 못 보던 얼굴들이 우르르 나타나기도 했습니다.

　　"비둘기는 뭐 먹고 살아?"
　　"털이 없는데, 안 얼어 죽나?"
　　"쟤들은 언제 다 커?"

　이런 종류의 실없는 대화를 나누는 모습이 눈에 띄기도 했습니다. 부모가 오랫동안 돌아오지 않는 날이면, 오랫동안 새끼들 앞을 떠나지 않고 하늘을 올려다보는 사람도 있었습니다. 청소하는 분들에게도 비둘기 둥지는 각별했던 모양입니다. 부모 새들이 오가느라 사실상 휴게실이 똥 밭이 되어가는 와중에도, 그분들은 비둘기 새끼들을 건드리지 않았습니다. 매일매일 쌓이는 똥만 말끔하게 치우셨습니다. 가끔은 흙에서 골라낸 돌을 모아서 녀석들의 둥지 가장자리에 빙 둘러 동그랗게 놔주었습니다. 비가 내리는 날에는 살이 망가진 우산 하나가 아무렇게나 툭 던져져 있었습니다.

　사실상 그 건물의 모든 사람은 비둘기들의 공동양육자였

습니다. 비가 오면 오는 대로, 바람이 불면 부는 대로, 행여나 두 마리 새끼가 다치진 않았는지, 사라지진 않았는지, 사람들은 불안한 눈빛으로 휴게실을 기웃거렸습니다. 그 무렵에는 저도 완전히 비둘기 새끼들에게 빠져서, 도로를 쪼고 있는 비둘기를 보면 그 녀석들의 부모인가 싶고, 오늘 하루도 든든하게 먹어야 아기들도 먹을 게 있을 텐데 싶고, 괜히 비스킷 부스러기라도 없는지 가방 밑바닥을 뒤지곤 했습니다. 그렇게 여름이 지났습니다.

볼품없었던 녀석들의 몸에도 하나둘씩 털이 돋기 시작하더니, 이내 무성하게 몸을 덮었습니다. 한 놈은 하양이었고, 한 놈은 잿빛이었지요. 이 녀석들도 부모를 닮아 겁이 없긴 마찬가지였습니다. 사람을 보면 빤히 눈을 맞추고 고개를 갸웃거리거나 두 발로 아장아장 걸어와 '삐빕!'하며 돌아서곤 했습니다. 그럴 때면 반갑다기보단, 이놈들이 사람을 경계해야 오래오래 살 텐데 하는 걱정이 앞섰습니다.

어느 때가 되자, 부모 새들이 나는 법을 가르쳤습니다. 부모 새가 난간으로 뛰어올라 날갯짓을 보여주면, 새끼들이 그 뒤를 따라 날개를 흔들었습니다. 휴게실로 내려오는 가득한 햇살 안에서, 새들이 날개를 펄럭였습니다. 얇고 여린 깃털 사이로 하얀 솜털이 둥실둥실 떠다녔습니다. 부모 새들은 아이들이 서툴러도 보채지 않았습니다. 난간 아래를 바라보며 묵묵히 기다리다가, 밑으로 깡충 내려가선 또다시 나는 법을 가르쳤습니다. 아이들은 부지런히 날개를 흔들었습니다. 그들은 그렇게 하루를 보냈습니다. 하루 또 하루.

그 무렵엔 사람들도 조심스러움을 덜어내고 한층 편안하게 비둘기를 구경하곤 했습니다. 휴대폰을 들고 영상을 찍거나, 빵 조각 따위를 던져주는 사람도 있었습니다. 그러다가 서로 어깨를 부딪칠지라면, 황급히 '죄송합니다.'하곤 머쓱하게 웃었습니다.

그런데, 이건 참 이상한 일이었습니다. 비둘기를 지켜달라는 문구는 없었습니다. 그 어떤 경고도 없었음에도, 이 건물에서 일하는 사람 모두가 약속이라도 한 것처럼 비둘기 가족을 건드리지 않았습니다. 단 한마디도 이야기를 나눠 본 적 없는 낯선 타인이었습니다. 하지만, 이 비둘기 가족을 구경하고 있노라면, 어째서인지 순식간에 친근한 이웃이 되었습니다. 이 작은 생명체들을 아끼고 지켜야 한다는 데 암묵적으로 동의한 사람들 같았습니다. 눈에 보이지도, 손에 잡히지도 않았지만, 어떤 가느다란 유대감이 낯선 사람들을 묶었습니다.

어느 날, 저는 비둘기 가족이 서로를 길고 다정하게 응시하는 걸 보았습니다. 비둘기 가족은 마치 자기들만의 세계에 있는 것 같았습니다. 자상하고 섬세하게 서로의 깃털을 골라주고, 자기들끼리 앉아 고개를 갸웃거리기도 했습니다. 먹이를 찾으러 떠난 부모가 돌아오면 새끼 새들이 소리 높여 울었습니다. 그 소리는 정말 보통 때의 울음소리와 달리 높고 쾌활해서, 듣는 것만으로 엄마 아빠가 돌아왔구나 싶을 정도였습니다. 마치 사람 가족처럼…….

비둘기 가족을 보고서야, 저는 저들이 생명이라는 걸 다시금 깨달았습니다. 그들은 길에 아무렇게나 있는 무가치한 것도 아니고, 병균을 옮기는 더러운 것도 아니고, 도시의 미관을 해치기 때문에 쫓아내야 할 무언가도 아니었습니다. 이들도 사랑하는 부모가 있고, 사랑하는 자식이 있는 작은 심장들이었습니다.

그들 역시 작은 생명을 사랑하고 때로는 미소 지을 수도 있는, 나와 똑같은 사람이라는 당연한 사실을 너무 오래 잊고 있었다는 생각이 들었습니다.

비둘기 가족은 가을이 오기 전에 떠났습니다. 병치레 한 번 하지 않고, 누군가로부터 공격받거나 미움받지도 않은 채. 그토록 연약하던 작은 녀석들이 날개를 펼치고 훌훌 날아갔습니다.

이 거대한 업무단지의 사람들도, 더는 모일 일이 없어졌습니다. 비둘기 가족의 빈 자리를 다시 담배 피우는 사람들이 채웠습니다. 비가 오는 날 아무렇게나 던져져 있던 우산도, 둥지를 표시하던 돌도, 다른 건물에서 온 사람들이 우르르 몰려오는 일도 더는 없었습니다. 다시, 누군가가 이사를 오면 시끄러운 리모델링 공사 소리에 눈살을 찌푸리고, 물이 내려가 있지 않은 좌변기를 보면 짜증이 났습니다.

그러나 저는 생각합니다. 우리는 비둘기 가족의 모습을 보기 전의 사람으로 돌아갈 수는 없으리라고. 어떤 악의가 우리 영혼에 깊은 상처를 남기듯, 어떤 선의는 우리 안에 깊은 믿음을 안겨주기 때문입니다.

저는 네 마리 비둘기가 같이 가는 걸 볼 때 이 가족을 떠올립니다. 그리고 그 여름의 초입, 전혀 모르던 낯선 사람들이 어떤 보이지 않는 힘에 의해 연결되어 있었음을 떠올립니다. 그 작고 연약한 생명들은 낯선 타인들 역시 따뜻한 눈빛을 나눌 수 있는 선한 사람임을 저에게 가르쳐주었습니다. 비록 세상에 온갖 외로움과 악의와 미움과 혐오와 무관

심이 가득한 듯해도, 그럼에도 우리는 결정적인 순간에 서로
를 믿을 수 있으리라고. 우리가 깊은 어둠 속에 있을지라도
인간 내부 어딘가에 있는 선량함에 기꺼이 희망을 둘 수 있
으리라고. 비가 오나 눈이 오나 바람이 불어도 함께 이 도시
에 있는 모든 비둘기 가족이 오래오래 행복하게 살아가기를
바랍니다.

토끼

사랑하는
반려동물을
잃었을 때

2016년 가을이었지요. 제 고향 경주에 큰 지진이 있었습니다. 지진 관측이 시작된 이래 우리나라에서 일어난 지진 중 최대 규모의 지진이라고 하더군요. 당시 저는 서울에서 일하고 있었고, 부모님만 고향에 계셨지요. 지진 문자를 받고 급히 부모님께 연락했지만, 메시지가 먹통이었습니다. 밤새도록 초조하게 기다리고 있는데, 어머니께 연락이 왔지요. 잠시 자동차로 피했다가 집에 돌아왔는데, 지금은 괜찮다고 했습니다. 이걸로 다행이라고 생각했어요.

그런데 청천벽력 같은 소식은 그다음 날 들려왔습니다. 8년간 함께한 반려 토끼 '토야'가 세상을 떠났다는 겁니다. 소식과 함께 어머니는 토야의 사진 한 장을 보내주었습니다. 잠자듯 바닥에 반듯하게 누워 있는 토끼. 틀림없는 나의 토야였죠. 어머니께서 보내준 토야의 사진은 아무런 병세 없이 깨끗해서, 그야말로 잠들 듯 세상을 떠나 있었습니다. 그러나 토야가 죽은 원인은 도무지 알 수가 없었습니다.

지진의 충격 때문일까요?
이미 나이가 들어 쇠약해진 상태에서
시신의 충격을 견디지 못한 것일지도요.

저는 한동안 멍하니 휴대폰 속 사진만 바라보고 있었습니다. '토야가 죽었다니. 8년을 함께 살아온 그 토끼가.' 토야는 건강하고 뻔뻔한 녀석이었어요. 어머니가 애지중지 키워서 버릇이 없었죠. 아버지의 천식 때문에 낮에는 집 안에서 놀다가 잠은 베란다에서 잤지요. 한집에 사는 인간 녀석들 사정 따윈 신경 쓰지 않고, 자기 권리 다 요구하며, 응석은 응석대로 부리며, 귀하게 자란 녀석이었습니다.

사실, 토끼 탈을 쓴 깡패나 다름없었죠. 입에 밥그릇을 물고 바닥에 패대기치는 게 일상이었어요. 밥그릇이 비어 있으니, 빨리 밥을 내놓으라는 의미로 요란한 소리를 내는 거지요. 뭔가 제 뜻대로 안 되면 귀를 쫑긋 세우고, 뒷발을 탕탕 구르면서 사람을 째려보곤 했습니다. 화가 나면 달려와서 발목을 앙앙 물기도 했지요. 앞발로 사람 발등을 샤샤삭 긁기도 했는데, 빨간 선이 생겼지만 간지러운 정도였지요.

자그마한 토야가 화를 내는 건 귀여웠지만, 한편으론 좀 어처구니없기도 했습니다. 조롱이떡만 한 게, 자기가 집안 상전인 것처럼 까불거렸단 말이죠. 그 꼴이 웃겼지만, 여간해선 이기기 어려웠습니다. '저놈의 귀 큰 자식'하고 구시렁거리다가도…….

"네. 네. 사료 가져다드리겠습니다."

토끼 주인님께 밥을 주고, 간식도 주고, 등과 귀를 마사지해 주며, 심기를 가라앉히곤 했지요. 물론, 이 작은 짐승과 종일 기싸움만 한 건 아닙니다. 그저 우리는 오후 햇살 좋은 시간이 오면 나란히 앉아 당근을 나눠 먹곤 했습니다. 토끼가 먹는 간식용 당근은 하루에 먹을 양이 정해져 있으니까, 새끼손가락만 한 크기로 한 조각을 썰어서 토끼 한 조각, 나 한 조각. 베란다에 내려오는 따뜻한 햇살을 맞으며, 둘이 아삭아삭 당근을 씹어 먹었죠. 베란다 안은 바람 소리 하나 없이 고요하고, 밀폐되어 있었습니다. 마치 시간이 정지한 듯한 순간이었죠. 먼지와 함께 가느다란 토끼털이 분분히 햇살 속에서 날리는 모습이 눈에 보이고, 숨은 가라앉고, 마음도 차분해졌습니다. 우리는 마지막 남은 당근 한 조각을 반으로 갈라 나눠 먹었어요. 그러면 놈도 뭐를 아는 것처럼 냠냠 먹고, 제 엉덩이에 찰싹 붙어 있곤 했지요.

그래요. 뭔가 아는 것처럼.
이 순간이 소중한 걸 아는 것처럼 말입니다.

양쪽 귀를 납작하게 눕히고, 사람의 쓰다듬을 받았지요. 이런 평화로운 일상이 매일 같지는 않았어요. 토야와 함께한 시간은 제가 가장 많은 변화를 겪은 시기였습니다. 대학을 졸업하고, 파주에서 인턴을 했고, 다시 부산으로 내려와 작은 출판사에 다녔고, 결국 서울로 올라와 직장 생활을 했습니다. 바쁘고 복잡한 인생의 파도 속에서, 토야와는 명절에나 겨우 얼굴을 보는 사이가 됐죠. 그랬어도, 저는 토야를 잊은 적이 없었습니다. 아니, 잊을 수가 없었지요.

토야의 사진을 휴대폰 바탕화면으로 깔고, 부모님께 한

번 전화를 할 때에는 토끼의 건강을 묻고, 간식이나 사료를 사다가 경주로 보냈습니다. 비록 몸은 못 가지만, 마음만이라도 전해지길 바랐지요. 내가 간식을 보낸 걸 토야가 알 리가 없건마는 마음은 그랬습니다. 그러다가, 2016년 9월 12일. 경주 대지진과 함께 토야가 세상을 떠난 겁니다.

이게 무슨 일이겠어요.
대지진으로 일어난 다른 사고도 아니고,
토끼가 세상을 떠나다니.
이게 말이 되는 소리여야지.
병도 없고 멀쩡하던 아이가 갑자기 왜?
아무리 토끼가 심약하다 한들,
지진으로 인한 충격으로 죽을 수 있는 건지.
대체 무슨 이유인 건지.

언젠가 토야가 세상을 떠나리라는 건 짐작하고 있었지요. 토끼치고 8년은 오래 산 거였죠. 언제 세상을 떠날지 모른다는 걱정에 유독 그 1년 전쯤부터는 사진이나 영상을 많이 찍어두고 있었지요.

모든 생물은 언젠가 떠난다. 죽기 마련이다.
하늘을 나는 새도, 바닥을 기는 벌레들도 모두 때가 되면 떠난다.

나도 떠난다.
내 살갗도, 피도, 뼈도 사라지기 마련이다.
그러므로 토끼도 사라진다.
내가, 이 별에서 아스라이 사라지듯이,
토끼도 언젠가는 떠난다.

그렇게 혼잣말하며, 고향에 있는 토야와의 작별 인사를 하곤 했지요. 그렇게 이 사실을 되뇌었음에도, 막상 토야가 세상을 떠났다는 말을 듣자, 넋을 놓게 되더군요. 어머니가 보내온 죽은 토야의 사진은 현실감이 없었습니다. 분명히 내가 알고 있는 토야의 모습인데, 앉아 있지도 않고, 뛰지도 않았죠. 숨도 쉬지 않고, 심장이 뛰지도 않는 토야의 몸이라니. 그건 어딘가 논리적으로 말이 안 되고, 상식적이지 않은 것만 같았습니다. 이 녀석과 다시 당근을 나눠 먹을 수 없다는 게 믿어지지 않더군요.

대관절 생명이란 무엇일까요?
무엇이길래 훅 불면 날아가는 걸까요?
왜 한번 떠난 생명은 육체에 다시 깃들지 못하는 걸까요?

그럼에도 불구하고 모든 것은 죽으니까. 그렇다고들 하니까. 이 거대한 섭리는 인간의 이해를 요구하지 않으니까. 이 지구를 살다 간 어느 토끼. 세상에 수많은 토끼가 있지만,

내 목소리를 기억하는 유일한 토끼. 그는 이제 이 세상에 없었죠. 다른 토끼들은, 제 목소리를 몰라요. 어느 한가한 오후 게으르게 쏟아지는 햇살에 몸을 데우며 당근 맛을 보는 추억도 모르지요. 토야는 세상에서 유일무이한, 오직 하나뿐인 나의 토끼였어요. 그렇게, 어느 가을 느닷없이 토야를 떠나보낸 겁니다. 손써볼 수 없는 현실을 씹어 삼키며. 좌우간, 그로부터 시간은 무던히 흘렀습니다. 토끼 한 마리 죽는다고 세상이 멈추진 않으니까요.

토야는 건초도, 사료도 먹지 않아도 되는 토끼별로 갔지만, 살아 있는 인간인 저는 서울에서 갖은 고생을 했지요. 밥 한 끼 먹기 위해 남의 주머니에서 돈을 빼 내오는 과정은 정말이지 고통이더군요. 십 원 한 푼 쉽게 벌리는 게 없었어요. 달달 볶이고, 발에 채고, 겁에 질려 뒤로 밀려났죠. 하루하루가 가시나무 숲에 떨어진 것 같았어요. 세상의 모든 타인이 날카롭게 나를 찔러댔죠. 앞을 향해 계속 달리고, 또 달렸는데, 아무리 해도 탈출구가 보이지 않는 겁니다.

그거야, 내일도 먹고살아야 하고,
다음 달도, 그다음 달도
돈을 벌어서 먹고살아야 하니까.
살아 있다는 건 먹는 거니까.

사람들은 말하더군요. 적자생존의 세계에서는 남의 입에

들어간 것도 빼앗아서 내 입에 넣어야 한다고. 능력이 없으면 아부로 살아남고, 아부도 안 통하면 불쌍한 척을 해서라도 살아남고. 그렇게 살아남아 콩 한 톨 간신히 입에 넣었죠. 달리다가 지쳤던 어느 순간이었습니다.

정신과를 찾았습니다. 약도 먹고, 심리상담도 받았습니다. 치료가 되었는지는 모르겠는데, 아무것도 안 하는 것보다야 나았습니다. 의사 선생님이 생활비를 대주는 것도 아니니, 병증이 나을 리는 없었지만, 사람을 앞에 두고 속내를 털어놓을 때면 그래도 조금은 후련해지더군요. 먹고사는 일에 대한 제 장광론을 잠자코 듣던 상담사 선생님이 묻더군요.

"삶에서 가장 편안했던 순간이 언제였나요?"

삶에서 가장 편안했던 순간. 이때 토야를 떠올렸어요. 사람도 아닌 토끼를……. 아무리 머리를 굴려 봐도 사람의 모습은 떠오르지 않더군요. 하여튼 그들은 죄다 가시나무 같았어요. 함께 있어서 편안했던 사람 따윈 제 인생에 없었죠. 오직 하나, 토끼의 보송보송한 털과 그 축축한 주둥이만 머리에 찌꾸 맴도는 게 아니겠습니까.

어느 날 오후, 토야와 저는 나란히 앉아 당근을 나눠 먹었지요. 남에게 빼앗을 것도, 뺏길 것도 없이. 당근을 두 동강 내서, 너 하나 나 하나. 그렇게 먹고 서로 욕심도 내지 않고, 그저 창밖을 바라보았죠. 말은 통하지 않았지만, 그 침묵이야말로 제겐 가장 평온한 대화였습니다.

토야를 떠나보낸 후, 한 번도 운 적이 없었는데, 그 순간 눈시울이 뜨거워지면서 눈물이 흘러내리더군요. 잠시 후엔, 눈에 수도꼭지를 틀어놓은 사람처럼 울었어요. 그제야 토야를 잃어버린 슬픔이 제게 왔어요. 토야가 떠난 지 몇 년이 지났지만, 잊힐 리 있겠습니까? 시간이 흐르면 잊힐 줄 알았던 그리움은 세상살이를 견디며 오히려 점점 더 짙어졌고, 매년 대지진이 일어난 가을이 오면 저는 또다시 토야를 떠올리곤 했지요.

| 나의 안식처. 나의 요람. 나의 쉼터.

대지진에서 잃어버린 건, 단순히 토끼 한 마리가 아니라 마음을 지탱해 주던 기둥이었지요. 폭삭 무너져버린 폐허 위에서 제가 무엇을 할 수 있겠습니까? 사람은 아무래도 그렇지요. 너와는 콩 한 쪽 못 나눠 먹겠지만. 토끼는 아니잖아요. 자그마한 당근 반쪽이 뭡니까. 흙 묻은 큼지막한 당근 하나를 다 줘도 아깝지 않은데.

| 대지진은 왜 나의 토끼를 데려간 걸까요?
| 왜 모든 가시나무는 꺾어가지 않고,
| 그 가장 연약한 생명의 숨결을 앗아간 걸까요?
| 무슨 원한이 있었던 걸까요?

토야를 잃은 깊은 슬픔이 '펫로스 증후군'이라는 걸, 나중에야 알았습니다. 가슴속에 뾰족하게 빛나는 별 같은 그리움이 맨발에 자박자박 박힙니다. 지금도 저는 토야와 비슷한 토끼들을 보면, 쉽게 그 자리를 떠나지 못합니다. 공연히 토끼 주인에게 '토끼와 오래오래 건강하게 사세요!'라고 댓글 한 줄 남겨줍니다. 마우스 포인트로 토끼 사진을 몇 번 긁어보다가, 조용히 인터넷 창을 끕니다.

저는 지금은 도마뱀들과 함께 살고 있지요. 이 아이들은 조용하고, 묵묵하고, 그리고 꽤 오래 삽니다. 도마뱀의 수명은 10년에서 20년입니다. 종종 상상합니다.

이 애들이 다 죽는다면, 모두가 별이 된다면,
그때 저에게는 어떤 일이 일어날까요?
토끼가 제 어두운 삶 속에 별이 되어 박혀 있듯이,
도마뱀도 별이 될까요?
그 멀리 떠나간 별들이 그리움의 별자리를 만들고,
나이가 들어 낡아버린 저는
눈꺼풀에 스치는 그 별빛을 양분 삼아
간신히 하루를 먹고 살까요?
그러다가 나도 죽을까요?
그렇겠지요.
모든 생명은 죽으니까.
나도 언젠간 사라지겠지요.

내가 사랑했던 생물들처럼,
들판에 이는 바람처럼 훅 스쳤다 멀리 사라지겠지요.
마치 오랜 약속을 이행하듯이, 집으로 돌아가듯이,
지긋지긋한 사람의 세계에서 벗어나,
영원히 먹지도 않고 마시지도 않는 낙원으로 들어서겠지요.
그곳에서 '토야'가 나의 음성을 듣고 뛰어온다면,
그곳에서 우리가 다시 당근을 나눠 먹는 오후를 보낼 수
있다면.
덧없지만, 덧없는 대로.

별이 된 토끼는 오늘도 가슴속에서 조용히 뛰고 있습니다. 그의 귀와 발. 그 따뜻했던 체온. 그 시절의 평온함을 저는 잊지 않습니다. 그리고 어쩌면 사랑하는 반려동물을 잃었을지 모르는 당신에게 이 글을 보냅니다. 반려동물을 먼저 떠나보낸 우리는, 대지진이 두렵지 않다고. 그 이후에 도착할 그곳은 훨씬 더 나의 고향 같으리라고 말입니다.

04

거북이

십 년은커녕

내일조차

알 수 없을 때

지독하게 더운 여름이었습니다. 긴 장마가 지나간 직후였기에 반지하 집의 벽지는 습기로 끈적끈적했습니다. 에어컨을 돌릴 돈을 아껴 산 싸구려 화이트 와인으로 입술을 적시며, 아침부터 저는 키보드를 두들기고 있었습니다.

> 난 직장 생활 못 해.
> 글이나 쓸 거야.
> 글이 돈푼이나 될진 모르겠는데,
> 째깍째깍 출근할 일도 없고, 퇴근할 일도 없고,
> 호랑이 같은 상사도 없고, 쥐새끼 같은 동료도 없고,
> 허름한 방 안에서 나 혼자 손가락만 두드려서,
> 그렇게 해서 먹고살 거야.

성인 소설 작가. 사실상 백수였던 시절이죠. 당시 이미 몇 번의 직장 생활에 적응하지 못하고 나가떨어진 상태였습니다. 권위적인 계급사회도 싫고, 직원들 무리에서 눈치 보는 것도 싫고, 그렇다고 실력이 좋았던 것도 아닌 저는 아예 방구석에 틀어박혀 있기로 마음을 먹었습니다. 월급쟁이 시절만큼 수입이 생기지는 않았지만, 대충 월세를 낼 정도는 벌었습니다. 하지만 이대로는 안 된다는 불안감에 매일매일 구인 사이트를 뒤지고 있었습니다. 하지만 아무리 구직 사이트를 봐도 마땅한 답은 없었죠. 그러던 어느 날이었습니다. 어머니께 뜬금없이 전화가 한 통 왔습니다.

"육지 거북이를 키우고 싶어."

부모 자식 모두 털 알레르기에 천식까지 있는 우리 가족은 파충류를 애호했습니다. 특히나 어머니는 거북이를 좋아하셔서 꾸준히 물 거북이를 키우셨지요. 그런데 갑자기 육지 거북이라니, 이건 좀 황당한 요청이었습니다. 저는 아침부터 마신 와인에서 정신을 건져 올리며 물었습니다.

"육지거북이 수명이 얼마나 되는지는 알아? 육지 거북이는 80년도 넘게 살아."

그랬더니 엄마가 답하시더군요.

"응, 알아."

순간 저는 좀 화가 나더군요. 대책이 없는 내 인생도 인생이지만, 80년도 더 사는 거북이를 키우겠다는 어머니도 참 대책 없이 산다 싶었습니다.

"그럼 어떻게 키우려고? 아니, 80년 후에 우리 중 누가 살아 있을지도 모르잖아!"

엄마는 단호하게 답했습니다.

"오래오래 키울 거야. 오래오래."

오래오래 화를 내며 전화를 끊었습니다만, 이상하게 이 말이 가슴에 남더군요. 그렇게 저는 7월 한여름, 파충류 전문 숍이 있는 수원의 어느 주택가로 향했습니다. 평범한 동네였는데, 마트 맞은편에 자그마한 초록색 거북이 그림이 그려진 간판이 하나 보이더군요. 저는 고개를 푹 숙이고 묵묵히 그쪽을 향해 걸었습니다. 등 위로 햇살이 따발총처럼 쏟아져 내렸습니다.

오래 오래라니.
지금 하루도 버겁고,
앞날은 안개처럼 흐려서 아무것도 보이지 않는데,
나는 다시 취직할 자신도 없고,
하루하루 술에 절어서 하루를 시작하는데,
그런데 오래오래 산다고?

그게 말이 되나 싶더군요. 매장에 들어가서 거북이들을 봤습니다. 인터넷에서 조사해 보니 '레오파드 육지거북'이 우리 집에는 가장 적당할 것 같더군요. 사육장 안에는 자그마하고 동글동글한 육지거북이들이 아장아장 걷고 있었습니다. 이들 중 어떤 녀석을 골라야 할지 몰라서 멍하니 보고 있는데, 직원이 애호박과 치커리를 썰어서 사육장에 훅 뿌려주었습니다.

거북이란 건 생각보다 빠르더군요. 유독 한 녀석이 말 그대로 스포츠카 같은 속도로 달려들어서 애호박을 냉큼 먹었습니다. 심지어 녀석이 다른 거북이 입에 있는 것도 빼앗아 먹는 게 아닙니까. 그걸 본 순간, 아! 이놈이 제일 건강하겠다 싶어서 그 녀석을 골랐습니다. 그렇게 저와 거북이는 어느 여름날, KTX에 몸을 싣고 경주로 내려갔습니다. 어머니와 아버지는 무척 기뻐하시더군요. 사육 방법을 알려주고, 저는 다시 서울로 올라왔습니다.

내가 할 건 다 했다.
뭐, 알아서 잘 살겠지.
생물이 살아가는 게 별거냐.
밥이나 먹으면 사는 거지.
죽어도 내 탓인가?
내 손을 떠난 일이다.
할 일은 다 했다.

그 뒤로 가족 단톡방엔 계속해서 거북이 사진이 올라왔습니다. 이름은 거창하게 '장수'. 서울로 두 딸이 떠난 부부의 삶에 새로운 막내아들이 들어온 거였습니다. 장수는 톡톡히 효도를 하며 잘 적응하기 시작했습니다. 저는 멀리서 그 모습을 바라보며 그러려니 싶다가도, 한편으로는 속이

탔습니다. 가끔은 장수 저놈이 오래 살지, 내가 오래 살지 모르겠다고 생각했습니다. 엄마가 이해되지 않더군요. 본인의 수명도 40년이 채 안 남았을 겁니다. 80년이나 사는 거북이를, 그놈이 살아갈 엄청난 시간을, 어떻게 담담히 키우겠다고 하는지.

> 난 내일도 알 수 없어 발을 동동 구르고 있는데.
> 내가 무슨 모레 일을 알겠니?
> 사흘 후, 나흘 후 일을 알겠니?
> 1년 후에 죽어 있을지, 살아 있을지도 모를 일이고,
> 10년 후에는 송장이나 안 되어 있으면 다행이고,
> 적금은 고사하고 다음 달 방세도 낼까 말까인데.
> 어디서 80년 같은 소릴.
> 그런 벅찬 시간 따위.

장수를 경주에 보낸 이후로도 제 삶은 별 변화가 없었습니다. 매일 아침을 술과 시작하고, 하루 종일 글을 쓰다가 맥없이 침대에 고꾸라졌지요. 구직 사이트에 모처럼 괜찮은 자리가 나와도 '내 실력으로는 될 가능성이 없다.'라며, '또 설령 된다, 하더라도 사회생활이 이제는 불가능할 것 같다.'라며 포기하기 일쑤였습니다. 그러다 한번, 아버지의 생신을 맞아 경주에 내려갔습니다.

장수 녀석은 온 거실을 제집처럼 돌아다니더군요. 뻔뻔

한 모습이 아주 집주인 아들이 따로 없었습니다. 그러면서도 정작 자신을 경주까지 모서 온 저에게는 본체만체하면서 무시하더군요. 가족들이 장을 보러 나가서 조용한 틈을 타서, 저는 장수에게 시비를 걸었습니다. 놈이 가던 길을 발로 턱 막았습니다.

“야, 이 자식아. 무슨 생각으로 하루하루 사는 거냐? 오래오래 살면 누가 널 키우냐? 난 내일도 어떻게 될지 모르겠는데.”

그런데 그놈이 제 발 앞을 밀기 시작하는 겁니다. 어디에 선가 읽은 적이 있었습니다. 육지거북이들은 자기 앞을 가로 막는 걸 그냥 무조건 밀어낸다고 하더군요. 그게 사물이건, 벽이건, 사람이건 가리지 않는다고 했습니다. 정말로 이 조그만 놈이 저를 북북 밀더군요. 힘도 없고, 속도도 없는데 계속해서 밀고 또 밀고, 아주 무작정 뚫으려 들지 뭡니까. 하찮고 어이가 없어서 빤히 보다가, 결국 제가 먼저 자리에서 일어났습니다.

“알았어, 이 자식아!”

제가 자리를 비켜주니까 ‘그래, 말 좀 알아듣네.’ 하는 듯 총총 안방으로 가버렸습니다. 어이가 없어서 웃음이 나더군요. 그날 저녁, 가족이 모여 케이크를 자르고 소고기를 구웠습니다. 분위기는 좋았고, 장수 이야기가 계속 오갔습니다. 그 녀석은 밥 먹는 사람을 밀고, 치커리 같은 쌈 채소를 훔쳐 먹으며 애교를 부리더군요.

> 이 순간이 오래오래 갔으면 좋겠다.
> 그런데 이 순간이 오래오래 가려면 어떻게 해야 할까요?
> 생물이 살아가는 게 별거겠어요?
> 밥이나 먹으면 사는 거지.
> 그런데 밥이라는 걸 먹으려면 뭐 어떻게 해야 하는지?
> 밥에다가 김치라도 한 점 얹으려면, 글은 몇 장을 써야 하는지?

순간 숨이 턱 막히더군요. 답은 정해져 있었습니다. 한 치 앞도 알 수 없는 백수 생활에 안정이 필요했습니다. 인기 있는 소설을 써서 확실하게 성인 작가로 자리를 잡든지, 아니면 취직을 해야 했습니다. 내 힘으로 따박따박 돈을 벌고, 그 돈으로 먹을 걸 사고, 집을 사고, 생필품을 사야 40년이든, 80년이든 살 수 있었습니다. 그러나 소설을 쓰는 것도, 직장 생활을 하는 것도, 어느 쪽이든 자신은 없었습니다. 서울로 돌아오는 KTX에서 다시 구직 사이트를 봤습니다. 들어가고 싶은 출판사에 아직도 구직 공고가 올라와 있더군요. 그런데 선뜻 이력서를 낼 수 없었습니다.

떨어지면 어떡하지?

붙어도, 내가 일을 잘 못하면 어떡하지?

직장동료들과 안 맞으면 어떡하지?

상사가 고약한 사람이면 어떡하지?

사무실이 너무 낡았으면 어떡하지?

3일도 안 되어 그만두고 싶으면 어떡하지?

어떡하지?

몇 시간을 망설이다가 기어이 서울역에 도착할 때까지 아무것도 하지 못했습니다. 집에 돌아갈 기분도 아니어서 여의도로 향했습니다. 여름 밤바람이 시원하더군요. 한강의 검은 물은 깊이를 알 수 없었고, 대충 제 미래도 그랬습니다. 저는 장수 녀석을 떠올렸습니다.

한 치 앞도 안 보이는 세상에서 한 걸음 내디디는 법은 뭘까요?

놈이 밀리지도 않는 제 몸을 우직하게 계속 밀어댔던 것처럼, 나도 이 어둠을 밀어낼 수 있을까요?

앞으로 밀고, 밀고, 밀다 보면 기어이 나아갈 수도 있는 셀까요?

저는 무작정 걷던 걸음을 멈췄습니다.

나아가야 하잖아.

걷지 않으면, 80년을 못 살잖아.

오래오래 살고 싶으면,

쉬지 않고 어둠 속으로 발을 밀어 넣어야 하잖아.

그날 집에 돌아온 저는 이력서를 썼습니다. '에라이 모르 겠다.' 하는 심정으로 그 회사에 이력서를 넣었습니다. 다음 날 아침에는 모처럼 술에 취하지 않은 채 번듯하게 옷을 입 고 나가 청년 취업센터 문을 두드렸습니다. 내일배움카드도 하나 만들었지요. 딱히 제가 배울 만한 과목은 없었지만 말 입니다.

약간 다른 일상이 시작되었습니다. 화이트 와인에 취한 아침은 바뀌지 않았지만, 취해서 성인 소설을 쓴 후에 하는 일이 달라졌습니다. 구직 사이트를 뒤져서 이력서를 내기 시 작한 겁니다. 이력서는 딱 하루에 3곳에만 냈습니다. 회사 소 개를 읽고, 그곳에 먹힐만한 내용으로 자기소개서를 바꿔 쓰 고, 눈 딱 감고 이력서 송부를 눌렀습니다. 결론적으로, 제가 원하던 그 회사는 떨어졌습니다.

하지만 뜻밖의 작은 회사에 붙었습니다. 제가 지금껏 해 오던 일과는 약간 다른 일이었는데, 한번 시도해 볼만한 일 이긴 했죠. 바로 월간지 편집자 겸 기자 일이었습니다. 첫 출 근 때는 '3개월만 버티자.'라고 생각했는데, 그곳에서 무려 5 년을 버텼습니다. 지금은 또 다른 회사에서 지지고 볶으며 일하고 있습니다.

어둠이라는 건, 걸어 보니 생각보다 더 싫더군요. 해 보니 의외로 쉽다거나 사회생활 할만하다 따위의 말은 못 하겠습니다. 굶어 죽기는 싫으니까, 일하는 것뿐입니다. 장수 놈을 80년간 건사하려면, 로또가 되지 않는 한, 저는 일을 하고, 먹고 살아야 하니까요. 여전히 내일 어떻게 될진 모릅니다. 한 달 후도, 10년 후도 어떻게 될지는 모르죠.

하지만, 그때 장수가 제 다리를 밀어내던 그 순간처럼. 밀리지 않을 것 같은 미래도 꾸역꾸역 밀면 어떻게든 밀리겠지요. 지금까지 살아왔듯이, 앞으로도 살아가겠지요. 지금도 장수는 고향 집에서 왕자님처럼 잘살고 있습니다. 저는 속으로 말하지요.

> 그래, 이 자식아. 우리 오래오래 살자.
> 1년이고, 10년이고, 100년이고.
> 생물이 살아가는 게 별거겠니.
> 밥이나 먹고, 찬이 없어도 김치나 몇 점 올리고
> 그러고 살자.

05

열대어

자신이

초라하게

느껴질 때

고시원을 전전할 때의 이야기입니다. 어느 여름이었지요. 걷는 것만으로 숨이 막힐 정도로 지독하게 더운 날이었습니다. 짐가방 두 개를 들고 어느 고시원 방으로 들어섰습니다. 천장은 네모반듯한 모양이 아니라 마름모꼴이었고, 벽은 살짝 기울어져 있더군요. 벽에 붙어 있는 오래된 나무 책상이 하나, 작은 침대 하나, 그리고 제가 간신히 서 있을 수 있는 자리가 이 방의 전부였습니다. 저는 짐을 내려놓고 침대에 누웠습니다. 검은 방 안에 누워 있노라니, 패배감이 밀려오더군요.

파주 출판단지에서 일하다가 부산으로 내려온 길이었습니다. 파주에서 다니던 출판사는 제법 명망 있는 곳이었고, 사옥도 아주 아름다웠지요. 초겨울부터 눈이 아주 많이 내렸지만, 입김을 내뿜으며 출근할 때는 제법 어깨에 힘이 들어갔습니다. 그런데 이 회사에서도 오래 버티질 못했어요. 뭔가 운이 없는 듯 사소한 일조차도 뜻대로 풀리지 않았고, 실력도 부족하다는 걸 절감했던 겁니다. 서울의 출판사에 취직할 자신은 없고, 달리 모아놓은 돈도 없고, 졸업한 대학이 있는 부산에 내려가서 경력을 더 쌓고 싶어서 낙향을 선택했지요.

창문도 없고, 에어컨도 없고, 화장실도 남녀가 공동으로 쓰던 고시원! 그 당시 지방의 월세가 35만 원, 다른 고시원들이 25만 원이었으나, 저는 18만 원짜리 고시원을 골랐습니다. 어쩌면 자기 자신을 삶의 한구석으로 몰아붙이고 싶었던 건지도 모릅니다. 서울에서 살아남지 못했다는 책임을 물어서 자기 자신을 힘들게 하고 싶었습니다. 극한의 환경에 자신을 밀어 넣으면 어떻게든 성장할지도 모른다고 생각했습니다. 최대한 빨리 돈을 모으고 싶기도 했습니다.

그러나 빈 통장보다 뼈아픈 건, 서울에 취직한 친구들의 연락을 받는 일이었습니다. 소식이 쉴 새 없이 들어왔습니다. '누구는 지방의 부자와 결혼했다.', '누구는 대기업에 입사했다.', 또 '누구는 자기 사업을 시작했다.'라고 하더군요. 막 20대 후반에 들어서고 있었고, 저를 제외한 모두가 인생의 고속도로를 타고 있는 것 같았습니다. 저도 20대 초반에는 고속도로를 타서 그럴싸한 회사에 첫발을 디딘 것까진 분명히 좋았던 것 같습니다. 그러나 여기서 무너진 겁니다. 더 나아가지 못하고, 처음 시작한 곳으로 굴러떨어진 셈이었습니다. 그로부터 지겨운 생활이 시작되었습니다.

부산에 있는 어느 작은 출판사에 출근하면서 하루하루 시간을 죽여나갔습니다. 같이 일하는 사람들은, 당시의 제 눈으로 보기에는 자존심이 상할 정도로 시원치 않은 사람들이었습니다. 손이 어처구니없을 만큼 느린 조판 담당자, 정식으로 디자인을 배우지 않았다는 디자이너, 그리고 이유도 없이 저와 눈도 마주치지 않던 쌀쌀맞은 여직원이 있었죠. 사장은 더 가관이었습니다. 얼굴 가득히 욕심이 묻어나는 50대 남자는 출판사 사장이라고는 믿을 수 없을 만큼 교양이 없는 사람이었습니다. 문학을 핑계로 돈을 벌었을 뿐, 사실은 다른 사업에 더 열중하고 있었지요. 이들에 섞여서 김치

찌개를 먹을 때면, 왜일까요? 자신이 초라하다는 생각에서 벗어날 수 없었습니다.

내가 바라던 건 이게 아니었는데, 더 나은 삶을 생각했는데, 왜 여기에 있는 걸까 싶었습니다. 자신을 포근하게 안아 줄 힘도 용기도 없었습니다. 대신에 자신을 더 나락으로 빠뜨리는 길을 선택했습니다. 그게 더 쉬웠기 때문입니다. 퇴근길에는 소주 한 병에 맥주 두 캔을 들고 들어갔지요. 고시원이 있던 좁은 보수동 책방골목길에 들어서면 자욱한 오래된 먼지 냄새가 났고, 나이 든 책방 사장의 얼굴, 지붕 끝에서 흘러내리는 빗물, 그리고 책방골목 앞에 무엇인지 알 수 없는 돌로 된 동상이 놓여 있었습니다. 이 모든 것을 지나가 고시원 문을 열면 코를 골면서 자던 옆집 남자와 방 안에서 담배를 피우던 남자가 나타났지요.

그해 장마는 너무나 길고, 또 너무나도 무채색이었습니

다. 그 무렵 제 세상은 흑백이었습니다. 딱히 즐거운 일도, 기쁠 일도 없었고, 그저 결혼했다는 대학 동기들의 소식이 담긴 청첩장이 날아오면 돈 5만 원이나 보내주고 그게 끝이었지요. 부산에 살고 있던 친구들로부터도 연락이 왔습니다만, 이 꼴로는 영 다시 만나기 싫더군요.

작은 방이 숨 막히는 날이면 술에 취한 채 남포동 골목을 헤매다가 용두산 아래 동백나무가 무성한 골목에서 담배를 피웠지요. 아스라하게 사라지는 흰 연기를 보며, 아, 정말로 지긋지긋하다고 중얼거렸습니다.

그 수족관은 남포동 외곽에 있었습니다. 그날도 술에 취한 채로 길을 걷고 있었지요. 평소와는 다른 골목으로 들어왔다 싶었는데, 관상어 파는 수족관이 보이더군요. 그 순간 어떤 그립고 친근한 느낌이 들었습니다. 고향인 경주에 있을 때는 커다란 수족관에 열대어를 키웠습니다. 물고기 한 쌍을 키웠는데, 새끼를 낳고 돌보는 모습을 보며 즐거웠던 기억이 났습니다. 그 사소한 기억의 한 조각이 저를 수족관 안으로 이끌었습니다.

> 눈을 즐겁게 하는 형형색색의 열대어들!
> 작은 물고기들이 물풀 사이를 헤엄치는 모습을 보고 있으면, 어쩐지 숨이 쉬어지죠.
> 꼬인 마음이 풀리는 기분이 들어요.

꼬리 색이 현란한 구피, 가느다랗고 재빠른 테트라, 체리 색이 요염한 바브, 지느러미가 멋진 백운산이나 뚱뚱한 풍선 몰리, 자그마한 노란색 복어들도 있더군요. 한참 동안 물고기를 보고 있으니, 조금은 마음이 차분해졌습니다. 한 녀석 데려갈까 하는 생각도 들었지요. 그러나 작은 고시원에서 키울 수 있는 열대어는 없었습니다. 열대어를 키우려면 어항을 놓을 공간이 필요하고, 공기를 넣어 줄 에어펌프도 필요하고, 물을 데울 히터도 필요했습니다. 어항을 씻을 화장실이 있어야 하는 건 당연했습니다. 저는 이 무엇도 가지지 못했고, 그래서 이 아름다운 열대어를 제 방에 둘 수 없었습니다. 사장님이 이런저런 물고기를 소개했지만, 저는 제 상황을 설명하고 발길을 돌렸습니다.

"베타는 에어펌프가 없어도 키워요."

사장님이 저를 붙잡았습니다. 그가 소개한 건 '베타'라는 물고기였습니다. 지느러미가 풍성하고, 색상이 매우 다양한 이 물고기는 에어펌프도 필요 없고, 히터도 필요 없고, 큰 어항도 필요 없다고 하더군요. 그저 작은 티슈 곽 크기의 어항만 있으면, 밥만 먹고 자란다고 했습니다. 과연, 수족관 한구석 어두운 곳에, 그것도 작은 비닐봉지 안에 한 마리씩 들어 있더군요. 저는 그중에서 파란 놈 하나를 골랐습니다. 아무리 힘들어도 이 정도 생명은 지탱할 수 있겠다 싶었어요.

　퇴근하면 이 녀석을 물끄러미 보고 있곤 했습니다. 녀석은 어항 한구석에 거품으로 집을 만들더군요. 나중에 그 집에다가 산란한다고 합니다. 주인은 짝을 맞춰줄 생각이 전혀 없는데도, 녀석은 부지런히 거품 집을 만들었습니다. 물속에서 일렁이는 지느러미를 보고 있노라면, 뭐랄까, 이 세상에 존재하는 색이 흑백, 그리고 파란색뿐인 것 같았습니다. 흑백이었던 세상에 파랑 하나가 더해진 셈입니다. 그 파란색을 보고 있으면, 이상하게 위로가 되더군요. 손가락을 어항에 갖다 대면, 이 녀석은 손가락을 쪼르르 쫓아오기도 하고, 밥을 주면 냉큼냉큼 잘 먹었습니다.

　어느 열대야의 밤이었습니다. 에어컨은 없는 거나 마찬가지였고, 저는 작은 선풍기를 켜고, 물을 한 통 갖다 놓고, 수시로 팔다리를 적시면서 잤습니다. 팔다리에 물을 적신 채 선풍기 바람을 쐬면, 물이 증발하면서 나름대로 체온이 떨어지기 때문이었죠. 그렇게 한참을 자는데, 갑자기 옆방에서 벽을 쾅 치는 소리가 들렸습니다. 코를 심하게 골면서 자던 남자였는데, 이날따라 뭔가 화가 났나 봅니다. 다 죽여버리겠다든가, 더 이상 못 참겠다든가, 방에서 다 나오라고 외치는 거친 소리가 고시원을 쩌렁쩌렁 울렸습니다. 새벽 1시였습니다.

　저는 황급히 문이 잠겨 있는 것을 확인하고, 벽에 귀를 갖다 댔습니다. 남자는 악에 받친 듯 쿵쿵거리며 고시원 복도를 걸었습니다. 그리고 손에 닿는 대로 벽이나 남의 집 문을 두들기기 시작했습니다. 그가 제 방문을 쾅쾅 두드리는 순간, 저는 다리에 힘이 풀려 바닥에 주저앉았습니다. 경찰에 신고해야겠다고 생각은 했는데, 제가 전화를 걸면 그 목소리가 문밖으로 들릴 것 같았습니다. 저는 오들오들 떨며, 다만 숨을 죽인 채 어두운 방 안을 응시했습니다.

그렇게 몇 시간이나 지났을까요? 그 남자가 고시원 밖으로 나간 모양이었습니다. 한참 적막이 흘렀습니다. 고시원의 사람들은 그대로 잠이 든 것인지, 누구 하나 무서워서 나오지 못하는 것인지, 아무런 반응도 없었습니다.

상황은 그렇게 끝났지만, 도무지 잠을 이룰 수 없었습니다. 완전히 한잠도 자지 못하고 회사에 출근했습니다. 하필이면 그날 중요한 서류에 숫자를 잘못 입력하는 실수까지 저질렀습니다. 사장에게 꾸중을 듣고, 다른 직원들의 동정 어린 눈빛을 받으며 자리에 가서 앉으니, 화가 난다거나 짜증이 난다기보다는 그냥 멍하더군요. 위로해 주는 사람은 없고, 같이 퇴근하면서 한잔 술을 해줄 사람도 없고, 전화할 사람도 없고, 죽을 만큼 힘들다고 문자메시지 한 통 보낼 사람도 없더군요. 방에 들어가자, 베타는 여전히 거품 집을 만들고 잘 놀고 있었습니다. 저는 조용히 물었습니다.

> 너는 이것만으로 괜찮은 거니?
> 더 큰 어항은 필요 없니?
> 수족관에서 본 물풀은 필요 없니?

거대한 모터가 돌아가는 에어펌프는?

외롭지 않게 해줄 더 많은 물고기는?

더 질 좋은 사료는?

다른 무언가. 또 다른 무언가.

뭔가, 더 필요하지 않니?

째깍째깍 밥이 나오고, 물을 갈아주고, 그것만으로도 베타는 살 수 있었습니다. 아무리 작은 집이라도, 아무리 열악한 환경일지라도 언젠가 짝을 만나 잘살 수 있으리라 믿으며 거품 집을 만들고 살았습니다.

저 역시 마찬가지였습니다. 열악한 환경일지라도 언젠간 더 제대로 살 수 있으리라 믿으며, 고시원에서 살고 있었습니다. '나나 너나 비슷한 신세구나.'라고 생각하는 순간, 어처구니가 없어서 웃음이 나더군요. 세상에 책임질 것이 나 하나, 그리고 베타 한 마리였습니다. 정말 초라하기 그지없는 삶이었습니다.

아무것도 이룬 것이 없고,

아무것도 잘되어가는 것도 없고,

누군가에게 떳떳하게 나설 수도 없고,

술에 의지하면서 밤이면 겁에 떨어야 하는 삶이라니.

나 자신이 바닥에 떨어진 걸레 조각 같더군요. 밥만 먹고 사는, 그저 생존하고 있을 뿐인 존재의 초라함이라니. 창문 없는 작은 어항에 갇혀, 저는 수도 없이 많은 파랑에 대해 생각했습니다. 하늘의 파랑, 바다의 파랑, 새벽 시린 공기의 파랑, 파란색 수국과 물망초와 팬지와 앵초, 붓꽃과 수레국화, 매 발톱, 꿀풀, 초롱꽃, 라벤더, 쑥부쟁이, 그리고 블루베리들. 정원에 달린 수많은 블루베리…….

뜨겁고 찬란한 햇빛과 서쪽에서 불어오는 시원한 바람의 감촉, 나무에 매달린 작고 여린 잎들과 새의 소리, 여기에 더해서 풀에서 나는 좋은 향기, 해바라기의 노란색, 장미의 빨간색, 튤립의 분홍색, 아이비의 초록색. 그 속을 하염없이 걷고 있는 나!

아아, 정말로 이렇게는 살기 싫더군요. 저는 휴대폰으로 베타 사육법에 대해 검색했습니다. 베타를 키우는 환경 자체는 문제가 되지 않더군요. 그러나 아무리 베타가 이렇게 살 수 있다고 해도 에어펌프가 있으면 좋고, 히터가 있으면 더 좋다고 했습니다. 수초 같은 것도 있으면 당연히 더 좋았고요. 다른 물고기는 넣어주지 않아도 된다고 했습니다. 원래 혼자서 사는 열대어이고 혼자서도 잘 살기 때문에 필요하다면 달팽이 몇 마리를 넣어주라고 했습니다. 저는 베타를 흘끔 바라보았습니다.

이 아이를 잘살게 해준다면,
이 아이를 아껴준다면,

그만큼 나도 행복해질 수 있을까?

이 초라한 어항에서 벗어날 수 있게 해준다면,

그러면 정녕 모든 게 더 나아질 수 있을까요?

그다음 달, 저는 고시원을 떠났습니다. 새로 이사한 고시원은 여성 전용 고시원이었습니다. 리모델링을 잘해서 가구는 모두 흰색이었고, 서 있을 수 있는 공간 말고도 가부좌를 틀고 앉아 있을 정도의 공간은 생겼습니다. 책장이 넓어져서 책도 몇 권 살 수 있었고, 옷장도 딸려 있더군요. 가격은 30만 원으로 제법 나갔습니다만, 그냥 처음부터 없는 돈이려니 싶었습니다. 헬스를 시작하고, 이불도 새로 샀습니다. 화병을 사서 장미 한 다발도 꽂았습니다. 흑백과 파란색뿐이던 세상에 색이 추가되었습니다. 장미의 분홍, 이불의 녹색, 헬스장에 있는 사람들의 다양한 색채들로 세상이 다시 변화하기 시작했습니다. 현실이 대단하게 바뀐 건 없었지만, 그저 조금 더 나아갔다는 느낌이 들더군요.

퇴근하고 집에 와서는 새로운 베타의 어항을 오랫동안 들여다보았습니다. 녀석은 작은 티슈 곽만 한 어항에서 벗어나 제법 큰 30cm짜리 크기의 집에 살게 되었습니다. 에어펌프를 설치하고, 플라스틱 수초까지 심어놓은 어항이었습니다. 이 녀석은 그 한구석에도 열심히 거품 집을 만들며 제 나름의 꿈을 꾸더군요. 세상이 어두워지면, 저는 작은 창문 앞에 앉아 밤의 한 조각을 지켜보았습니다.

더 좋은 날이 올까요?

그건 저도 모를 일이었습니다.

오늘은 모르겠고, 내일도 알 수 없고,

미래는 차가운 밤보다 더 막막할 뿐이었습니다.

그저 저는 베타를 돌보며 삶을 조금씩 아주 조금씩 회복하고 있었습니다. 이 작은 생명체를 책임지듯이, 이 작은 생명체를 소중히 여기듯이, 나 자신도 소중히 여기고, 스스로 책임지기 시작했습니다. 맞습니다. 그 작은 물고기가 초라한 저의 삶을 다시 돌보게 하고, 소중히 위로해 주었던 것입니다. 그래서 저는 오늘도 어항 앞에 앉아 있습니다.

푸른 지느러미가 일렁이는 그 물속 세계를 바라보며, 비록 지금은 여전히 작고 초라할지라도, 언젠가 나도 그처럼 나만의 색을 지닌 채, 흔들림 없이 헤엄칠 수 있을 거라고 믿습니다. 아주 조금씩, 아주 천천히, 그러나 분명히, 저는 앞을 향해 나아가고 있으니까요.

든든한 음식들로부터

회국수

오늘 하루를

견디기

힘들 때

유독 하루를 견디기 힘들 때면, 남포동 매운 회국수가 생각납니다. 20대 후반, 저는 부산 보수동 책방골목에 있는 작은 고시원에서 살았습니다. 골목 모퉁이에 있는 출판사에서 일했는데, 월급이 고작 120만 원이었습니다. 당시 파주에 있던 출판사의 편집부 신입 정직원도 150만 원을 받았으니, 편집자의 노동이라는 게 제대로 된 가치가 매겨지지 않던 시절이었습니다. 지금이야 출판사들도 직원 복지나 수당에 많은 투자를 하고 있고, 큰 출판사에 입사하면 대기업 못지않은 대접을 받을 수 있지만, 10년 전에는 사양산업이라는 평계로 타 직종에 비해 열악하기 짝이 없었습니다. 제 경우, 문예창작학과 석사 학위 졸업에 월 120만 원을 벌었습니다. 어디 가서 말도 하기도 부끄러운 월급이었습니다.

파주출판단지에서 1년간 편집부 인턴을 끝내고, 연고지인 부산으로 내려왔을 때, 지방이라 연봉이 깎이는 걸 고려했어도 통장에 찍힌 금액을 보고 한동안 말을 잇지 못했지요. 정녕 나라는 사람의 가치가 이 정도인지, 내가 하는 일이 이토록 하찮은 일인지, 밤을 새워 고민하기도 했습니다. 그러나 그 당시의 저는 입사한 회사에서 2년을 꼭 버텨야 이력서에 쓸 만한 경력이 된다고 생각했고, 돈을 모아 다시 서울에 올라가리라는 꿈을 꾸고 있었습니다. 착실하게 책을 만들어서 포트폴리오를 채우면, 언젠가 제가 원하는 출판사에 취직해서 만들고 싶은 책을 만들 수 있을 것만 같았죠.

그러나 그 출판사에는 경력이 될 만한 제대로 된 원고가 들어오지 않았습니다. 지방의 작은 출판사에 어느 저자가 원고를 투고하겠냐만, 아무리 기다려도 제대로 된 원고를 만질 수 없었습니다. 그 출판사에서는 다만 지방의 문인들이 모여 계간으로 문예지를 냈는데, 오직 이것만이 그곳에서 발간하는 유일한 책이었죠. 그 외에는 '문학기행'이나 '어린이 글쓰기 교실' 같은 것으로 연명하고 있었고, 제가 입사할 당시 이미 문예지에는 담당자가 있었으므로 자연히 책과 별로 관계없는 잡무들이 제 몫이 되었습니다. 문학의 근방에서 그 젖줄을 먹고 자라는 행사들이 제 주된 일거리였습니다.

새벽부터 일어나 초등학생 아이들을 버스에 태워다가 김소월 문학관이나 박목월 문학관 같은 지방의 문학 명소를 돌고, 하루 종일 아이들 잡도리를 하다가 저녁 늦게 퇴근했습니다. 매일 평생 한 번도 해 보지 않은 일을 해야 했는데, 가령 버스에서 마이크를 들고, 여행지에 관해 설명하기, 아이들 인솔하여 출석을 부르거나 과제 채점하기, 아이들이 읽을 소책자 만들기 따위였죠. 가끔은 '청소년 희망 강의' 같은 강연을 진행하기 위해 한때 메달리스트였던 탁구선수나 씨름선수, 등산가 같은 명사를 섭외하는 일도 했고, 어르신들을 대상으로 '해운대 바닷길 걷기' 프로그램도 진행하고, '문학콘서트'라는 이름으로 시민들을 대상으로 좋은 책을 소개해 주기도 했습니다. 좋게 말하자면, 사무실 책상 앞에서는 경험할 수 없는 다양한 세계를 접했던 셈입니다.

그러나 어떤 사람에게는 도움이 되었을 경험들이, 정작

제 자존심을 흔들더군요. 그 당시 제 입장에선 이 모든 업무가 도무지 편집자 같지 않고, 지금 무슨 일을 하고 있는지 도무지 모르겠고, 퇴근길이면 바닷냄새에 젖은 남포동 거리가 마냥 낯설고 보금자리 같지가 않았더랬죠.

특히 고시원으로 돌아가는 퇴근길, 그 까마득하고 좁은 보수동 골목길을 걸을 때면 쌓여 있는 오래된 책들에서 묵은 먼지 냄새가 났는데, 드는 생각이라곤…….

> 뭔가 길을 잘못 든 것 같다.
> 책을 안 만들고 있는데, 출판사 편집자라고 할 수 있나?
> 지금 그만두면 경력도 뭐도 안 될 텐데.
> 친구들은 서울에서 쌩쌩 잘나가는데,
> 나는 부산 구석에서 왜 이러고 있나?

피난민들이 자리 잡았다던 까치산 아래 미로처럼 펼쳐진 작은 사람들의 삶 속에서……. 퇴근길에는 보통 소주 1병에 맥주 2캔을 넣은 검은 비닐봉지를 들고 고시원으로 돌아갔습니다. 그날도 마찬가지였습니다. 마침, 장마철이라 며칠째 비가 내렸고, 창문 없는 고시원에서 취한 채 잠이 들기 일쑤였으므로 좀처럼 집에 돌아가고 싶지 않았습니다. 청회색 물에 젖은 남포동 아스팔트 길을 찰박찰박 걷다가 물기가 무릎까지 적실 무렵, 시간은 어느덧 8시를 넘어갔고, 점점 배가 고파졌던 저는 더는 안 되겠다 싶어서 또 그 집으로 갔습니다. 바로 남포동 회국수 집이었지요.

회국수는 마음껏 구겨진 못생긴 양은그릇에 양념한 비빈 소면을 담고, 새콤달콤한 빨간 회무침, 그리고 상추 몇 점을 올린 음식이었습니다. 더할 것도 뺄 것도 없이 그뿐이었죠. 덤으로 제공되는 육수는 양은 주전자에 항상 가득 차 있었고, 묵은 생선 뼈 냄새가 진하게 났습니다.

찢어진 상추 몇 점이 올라간 호젓한 회국수 한 그릇!
회가 들어있기로서니 화려하기가 물회만은 못하고,
그렇다고 쫄면처럼 갖은 재료가 듬뿍 들어간 것도 아니고,
그저 단출한 매운맛 하나로 승부를 보는
고집 세고 야무진 한 그릇!

국숫집은 남포동 어느 골목에 있었습니다. 당시에는 드문 바석 형태, 그러니까 마치 아주 오래된 일본의 노포에 찾아온 것 같은 기분이 드는 음식집이었습니다. 목조로 마감된 내부에는 태극기와 박정희 대통령의 사진 액자가 걸려 있었고, 이미 해를 한참 넘겨버린 달력이 노랗게 물들어 있었습니다. '회국수 한 그릇에 오천 원이오!'

음식은 금방 나왔습니다. 빨간 앞치마를 한 흰머리 할매가 느릿느릿 음식을 내어줬죠. 저는 오래 떠돌아다닌 걸귀처럼 허겁지겁 면을 빨아들였습니다. 시뻘겋고, 아주 매운 면이 입안을 헤집으면 그 순간 고통 외에는 느껴지지 않았습니

다. 뜨거운 육수까지 한 모금 마시면 입천장이 무너져 내릴 것만 같았지요. 젓가락질을 몇 번 하면 양은그릇은 바닥을 드러냈고 코 푼 휴지만 산더미같이 쌓였습니다. 그렇게 한바탕 전쟁을 치르듯 먹은 후에야 천장에 달린 낡은 선풍기라든지, 박물관에 있어야 할 것 같은 TV 따위가 눈에 들어왔습니다. 그리고 사방을 때리는 빗소리가 들리고, 홍수가 난 것처럼 콸콸 흐르는 물소리가 달팽이관을 울렸습니다. 하늘과 땅 사이를 가득 채운 습기 속에서, 저는 숨을 죽였습니다.

> 매운 걸 먹지 않으면 죽을 사람처럼 먹는데,
> 이런 날들은 이상하게도
> 제대로 죽지도, 제대로 살지도 못하는 느낌이 들기 마련입니다.

회국수는 사실 맛이 있지도 맛이 없지도 않았습니다. 정확히 오천 원 정도의 가치였죠. 면과 회 몇 점, 상추가 전부였습니다. 그런데, 회국수 꼴인 건 저 역시 마찬가지였습니다. 자은 기시워 방과 통장에 있는 560만 원 언저리의 돈, 그리고 120만 원의 월급이 이십 대 후반의 전부였습니다.

저는 제가, 정확히 120만 원 정도 가치의 인간이라고 느꼈습니다. 120만 원 정도의 삶을 살고, 120만 원 정도의 능력이 있는, 그런 120만 원의 인간이 저였습니다. 친구들을 부러워하며 오천 원짜리 회국수에 소주나 들이마시는. 20대의 마지막 벼랑에 선 존재! 외롭고, 배움이라고는 없고, 숨도 못 쉴 것 같은 시간이 그저 비처럼 내 인생을 때렸다가 탁한 오물이 되어 하수구 둑으로 흘러 내려갔지요. 그 시기, 제가 할 수 있는 건 그저 하루를 사는 것, 그저 하루를 버티는 거였습니다.

'아무리 힘든 일이어도 누구나 하루는 견딜 수 있다.' 소설가 로버트 스티븐슨 (Robert Louis Stevenson)의 말인데, 그 무렵 저는 이 말을 자주 되새기곤 했습니다. 저는 하루를 살아 넘겨 버텼습니다. 하루의 형태나 모양은 아무래도 좋았습니다. 그저 살기 위해서는 이해할 수 없고, 이해하기도 싫은 현실과 타협하며 하루, 하루 또 그렇게 살았습니다.

힘든 일이 있을 때면 매운 회국수를 먹었습니다. 지독하게 매운 회국수를 먹을 때면, 휴지로 이마에 맺힌 땀을 닦아 낼 때면, 뭔가 이제야 살아 있다는 느낌이 들었죠. 이윽고 하루가 모여 한 달, 두 달이 되었고 그렇게 일 년, 이 년을 견뎌 냈습니다.

물방울이 모여 대양이 되듯이 저는 바다가 되었을까요?
그 넓고 푸른 남해가 되었을까요?
아니, 그 근처에라도 닿았을까요?
어쩌면 뻘밭에 발을 담그고
하염없이 참방참방 걷고 있지는 않았을까요?

저는 37년을 살았지만, 여전히 인내력이 주는 성과에 대해 모릅니다. 다만 반복되는 일상들, 아이들을 챙기고 소책자를 만들고, 창문 없는 고시원의 천장을 보고, 술에 취한 날들이 지층처럼 겹겹이 쌓여야 비로소 또 소중한 하루가 온다는 건 압니다. 그 하루는 바로 오늘입니다. 맞습니다. 눈 감고, 귀 막고, 입을 다물고, 감각을 죽이며 보낸 모든 시간이 오늘로 이어지더군요.

실로 부산에서의 많은 날 중 단 하루라도 발을 헛디뎠다면, 저는 아마 신년의 공기를 마실 일도, 매년 4월 화사한 벚꽃을 볼 일도, 새로운 책을 만들 일도, 새로운 저자를 만날 일도 없었을 것입니다. 다만 매운 회국수를 먹고 난 후의 성취감, 그 예감, 언젠가 좋은 날이 올지도 모른다는 흐릿한 믿음만이 그 시절의 하루를 견인했고, 힘겹게 계단을 오르듯 하나하나, 저는 앞을 향해 걸어가기 시작했습니다.

정말로, 부산을 떠난 건 얼마 후의 일입니다. 2년쯤 되던 어느 날 대학원 지도교수님이 새로운 출판사를 추천해 주셨습니다. 서울 홍대에 자리 잡은 그 출판사는 부부 둘이 경영하는 아주 작은 회사였지만, 원고를 만질 수 있었고, 제대로 된 책도 만들 수 있었습니다. 월급도 조금은 올랐습니다. 저는 홍대 앞 놀이터에 고시원을 잡았습니다. 이번에도 고시원에서 살기는 마찬가지였지만, 느낌은 달랐습니다. 어두운 긴 터널을 지나 이제 막 탈출한 사람처럼, 홍대의 거리를 걸을 땐 비로소 살아 있는 느낌이 들었습니다.

한 해가 지날수록 퐁당퐁당 사람은 바뀌고, 풍경도 바뀌고. 제가 담당하던 그 많은 프로그램은 아직 진행되는지 모르겠고, 그 경리 직원은 재혼을 했는지 모르겠고, 그렇게 까칠했던 편집자 선배는 아직도 출판사에 다니는지 모르겠고, 가난뱅이인 나에게 영국 유학을 권하던 부장님은 아직 계시는지, 그 얄밉던 디자이너는 기어코 아들을 낳았는지 궁금하지만, 여름이면 남포동에 장맛비는 내릴 것이고, 보수동 책방골목에는 오래된 책이 쌓여 있을 것이고, 까치산 아래 펼쳐진 가난한 골목들도 자리를 떠나지 않고 있을 것입니다. 그리하여 혀에 얼얼한 매운맛만 남습니다.

욕심으로 가득 찬 늙고 애잔한 그 출판사 사장의 얼굴도, 문학기행에 데리고 다니던 초등학생 아이들의 얼굴도, 월급 통장에 찍혔던 수치스러운 숫자들도 모두 장맛비 흰 물살을 타고 어디론가 흘러가 사라지지만, 빨간 양념장만큼은 돌연 기억의 숲 어딘가에서 튀어나옵니다.

이게 제가 서울에서도 회국수를 못 잊는 이유고, 기막히게 매운 음식을 먹을 때면 기어코 하루를 견뎌내는 이유입니다.

02

상추쌈

자신이

정체되어 있다고

느낄 때

쌈장을 얹어 상추쌈을 쌀 때면, 홍대에서 일하던 시절이 생각납니다. 시원한 오이 향기, 혀를 찌르는 풋고추의 맛, 그리고 마당을 가득 채우는 초여름의 햇살이 떠오릅니다. 그럴 때면 으레 사람의 얼굴도 함께 따라옵니다. 하루 종일 사장실 의자에 앉아 담배를 피우시던 사장님, 출판사의 회계일을 하시면서 동화책도 만들던 편집실장님도 기억납니다. 그리고 여름 내내 하늘 높은 줄 모르고 자라던 상추의 싱그러운 연두색!

그 출판사는 지금도 서교동 골목에 있습니다. 겉보기에 일반 주택과 다를 바 없어서 자그마한 파란 간판을 보지 못하면 지나치기 쉽습니다. 주차장으로 사용하는 너른 마당 한쪽에는 배롱나무, 라일락, 작은 단풍나무가 자라고, 빨간 우체통이 하나 서 있습니다. 이 건물의 1층, 새카맣게 코팅된 전면 창이 벽 대신 서 있는 곳이 바로 출판사입니다. 사장인 남편과 실장인 아내가 경영하는 이 작은 출판사는 누구나 아는 베스트셀러를 출간한 적 있고, 지금도 정말 좋은 소설책을 만들고 있습니다.

10년 전, 이 출판사에서 일하던 당시 저는 애물단지였습니다. 대학 지도교수님의 추천으로 출판사의 하나뿐인 직원으로 취직한 저는 일을 척척 해내는 직원이 아니라 일을 펑펑 만드는 직원이었습니다. 애초에 대학 시절 교정 교열 과목에서 C를 받았을 정도로 한국어문법에 대한 기본기가 없었고, 이전 출판사들에서 제대로 된 책을 만드는 과정을 거쳐보지도, 기초를 배우지도 못했습니다. 사장님이 심각한 얼굴로 밖에 나가 담배를 몇 대 피우고 와선 긴 한숨을 쉬며 저를 가르치던 기억이 납니다. 실장님은 저를 보며 종종, 아니 자주 속이 터진다는 표정을 지으셨지요.

저는 또 저대로, 뭔가 열심히는 하는데, 능력이 안 되어서 허우적거렸습니다. 출판사를 추천해 주신 지도교수님은 사장님과 인연이 깊은 오랜 친구이자 유명한 소설가셨습니다. 낙하산으로 취직한 주제에 감히 스승님 명성에 먹칠할 수 없는 노릇이었습니다. 내세울 거라곤 성실함뿐이었기에 그저 열심히 하는 것만이 전부였습니다. 그나마 인디자인 같은 출판 프로그램은 금방 깨우쳤고, 포토샵 같은 그래픽 프로그램도 다룰 줄 알아서 다행이었습니다. 커피를 타거나 청소 같은 잡무를 싫어하지 않는 것도 장점이라면 장점이었지요. 하지만 이것만으로는 편집자라고 하기엔 부족했습니다. 고시원에 돌아오면, 교정 교열에 관련된 책을 달달 읽곤 했습니다.

그 무렵 좋아하지도 않는 문법책이란 문법책은 다 읽은 기억이 납니다. 그런데 아무리 공부해도 도무지 글자가 보이지 않았습니다. 정확히 말하자면, 오탈자를 못 잡았습니다. 눈앞에 뻔히 놓여 있는 오자도, 그저 한번 꼼꼼하게 읽으면 알 수 있는 탈자도 못 잡았습니다. 제가 잡지 못한 오탈자를 사장님께서 모두 잡아내서 보여주실 때, 정말 크게 충격을 받곤 했습니다. 그도 그럴 것이, 오탈자는 원래 그 자리에 있기 때문입니다. 누가 글자를 망가뜨리는 것도 아니고, 갑자기 생겨나는 것도 아닙니다. 그냥 그 자리에 있는 거고, 있는 걸 찾기만 하면 됩니다.

번역서는 그나마 나았습니다. 영어 원서와 대조하면서 번역 투를 고쳐나가면 되니까요. 정말 어려운 건 국내 소설이었습니다. 손도 댈 수 없었습니다. 제가 뭐라고 감히 소설가의 글에 빨간 줄을 긋겠습니까? 어떤 문장은 소설가의 문체 같고, 어떤 문장은 애매해서 어디가 문제라고 딱 꼬집지를 못하겠고, 또 어떤 문장은 잘못된 게 분명한데 차마 저자에게 물어보기 힘들었습니다. 하루 종일 교정지만 물끄러미 보고 있노라면, 자신이 빈 깡통 같았습니다.

자신이 성장하지 못하고 있다는 생각, 발전이 없고 정체된 것만 같은 느낌이 들었습니다. 눈물이 핑 도는 날도 많았습니다. 그럴 때면 창밖을 멍하니 보며, 그저 '나가고 싶다. 나가고 싶다. 나가고 싶다…….'

매화 가지에는 잎사귀가 무성하고, 청단풍은 푸른 파도처럼 일렁이고, 늦봄의 열기를 품은 바람이 실내로 밀려 들어올 때면 고향 뒷산의 들깨밭은 올해도 잘됐는지, 중학교

담벼락을 채우던 장미 덩굴은 봉오리를 맺었는지, 안압지 옆 연못에는 커다란 연잎이 무성한지 따위를 상상하곤 했습니다.

회사 마당에 화분을 사 오기 시작한 건, 정말 저 자신을 위한 일이었습니다. 어쩌다 사장님께서 '삭막하다.'와 같은 이야기를 하신 날, 어이쿠 이때다 싶어 당장 꽃시장에서 화분을 잔뜩 사서 마당에 늘어놓았습니다. 초롱꽃을 닮은 보라색 캄파눌라, 분홍색 찔레꽃, 색색의 피튜니아, 빨간 제라늄이 속속들이 출판사 앞마당을 채웠습니다. 꽃들은 금세 피어나서 출판사 앞을 화사하게 장식했습니다. 사장님과 실장님이 꽃을 보며 기뻐하실 때, 손님들이 꽃을 칭찬하실 때면, 그토록 뿌듯할 수가 없었습니다. 처음으로 회사에 도움이 되는 기분이 들고, 비로소 회사에 필요한 사람이 된 것만 같았습니다. 그때부터 책은 적당히 만들고, 꽃들을 열심히 가꿨습니다. 그런데 그렇게 꽃들을 돌보다 보니 다른 욕심이 생겼습니다.

꽃시장에 가면, 꼭 한구석에 상추나 고추 모종이 있었습니다. 기왕 꽃을 키우기 시작했으니, 먹을 수 있는 상추나 겨자 따위도 키우고 싶어졌습니다. 은근히 편집실장님을 떠봤는데, '그럼, 해 볼까?' 하고 혹하시는 게 아닙니까. 저는 속으로 만세를 외치며 꽃시장으로 달려가 양손을 무겁게 하여 돌아왔습니다. 그로부터 얼마 가지 않아 출판사 앞마당에는 상추와 적상추, 겨자 화분이 나란히 자리를 잡았습니다. 어린

모종들을 보고 한참을 흐뭇해하던 기억이 납니다. 책 만드는 일에 재미를 붙이지 못한 저는, 기어이 회사를 제 개인 텃밭으로 만드는 데 성공한 셈입니다. 어찌 되었든, 상추는 잘 자랐습니다.

출근할 때면 상추가 얼마나 자랐는지 살펴보고 헝어 벌레는 안 붙었는지, 어느 고얀 놈이 잎을 뜯어가지는 않았는지 확인했습니다. 점심 식사 때면 물뿌리개로 물을 뿌려줬습니다. 여린 상추의 잎 위로 물방울이 산산이 튀며 떨어져 내릴 때면 속이 시원했습니다. 보고만 있어도 마음의 응어리가 풀리는 느낌이 들었습니다. 글자로 빽빽한 교정지도, 그 앞에 앉아서 아무것도 못 하는 나도 잠시나마 잊을 수 있었습니다. 그러나 현실은 별로 달라지지 않았습니다. 상추는 한 뼘씩 쑥쑥 자라는데, 도무지 제 실력은 느는 것 같지 않았습니다. 매일매일 제자리걸음인 것 같았습니다. 언젠간 사장님은 말씀하셨습니다.

"이런 단순한 일도 못 하면 여기를 나가서는 어떤 일도 못 해."

맞는 말이었습니다. 간단한 오탈자, 맞춤법, 띄어쓰기 하나 못 잡는 저는 어느 출판사에 가서도 적응을 못 할 게 뻔했습니다. 그렇다고 다른 직종으로 옮길 용기도 나지 않았습니다. 문예 창작을 전공으로 해서 평생 글만 쓰고, 글만 보아 왔는데 다른 일을 한다는 건 상상조차 할 수 없었습니다. 새로운 무언가에 도전할 패기도, 지금 하고 있는 일을 지속할 근성도 없었습니다. 그저 이러지도 저러지도 못하는 날이 계속되었습니다.

어느 여름날, 실장님과 저는 상추를 수확했습니다. 제법 양이 많아서 한 소쿠리가 나왔습니다. 저와 실장님은 소담한 식탁에 마주 앉았습니다. 흰 밥 한 대접, 직접 키운 상추와 겨자잎, 실장님이 가지고 온 고추와 오이, 쌈장이 전부였습니다. 우리는 물기에 젖은 상추를 탁탁 털어 따뜻한 밥을 얹고, 쌈장을 조금 올려 입안으로 밀어 넣었습니다.

한 입 아삭 깨물었을 때,
아, 그 달콤한 맛!
물을 가득 먹은 줄기의 표면이 톡 하고 터지면서
튀어 오르는 채소의 즙,
씹을 것도 없이 녹는 이파리 부분.
진수성찬이 밥이겠니?
이게 음식이지.
이게 사람이 머는,
응, 이게 음식이야.

그렇게 맛있는 쌈을 다시 먹을 수 있을까요? 우리는 정말 잘 키웠다는 자화자찬과 함께 감동의 탄성만 내며 계속 쌈을 쌌습니다. 고기 한 점 없이 달랑 쌈장 하나 넣었을 뿐인데 그토록 맛있을 수가 없었습니다. 상추를 다 먹을 때쯤엔, 정말 올해 가장 잘한 일이 상추를 키운 일이라는 생각이 들 정도였습니다. 우리는 더 나아가 고추도 키우고, 깻잎도 키우고, 호박도 키우고, 기왕 하는 거 온갖 것들을 다 키워보자고 의지를 다졌습니다.

그러나 그 꿈이 이루어지는 일은 없었습니다. 얼마 안 가 상추는 꽃을 피웠습니다. 초보 농부들의 손에서 자란 상추는 금세 웃자라 버렸습니다. 꽃대를 올릴 때 잘라줘야 했는데, 그걸 예쁘다고 손 놓고 보고 있었던 게 문제였습니다. 뒤늦게서야 이 사실을 알게 된 우리는 망연자실한 얼굴로 내년을 기약하기로 했습니다. 그래도 노란 상추꽃은 나름의 멋이 있긴 했습니다. 상추꽃 주변에 흰 나비들이 팔락팔락 날아다닐 때면, 또 그냥저냥 저런 것도 괜찮겠다 싶었습니다. 그렇게 시간이 흘렀습니다.

긴 장마가 오고, 정원의 배롱나무가 붉게 물들고, 더위가 극에 치닫고, 또 한풀 꺾일 동안 정원의 꽃들은 수시로 바뀌었습니다. 그때 즈음해서는 저의 삶도 조금씩 바뀌기 시작했습니다. 문법책 읽는 일을 그만두고, 기분 전환 삼아 한두 장씩 소설을 썼는데, 이게 뜻밖의 소식을 물고 왔습니다. 장난삼아 쓴 5페이지짜리 웹소설이 정식 연재요청을 받았습니다.

친구와 주고받기 위해 대충 쓴 로맨스 소설이었습니다.

19금 성인물 요소가 들어간, 정말 장난처럼 쓴 글이었지요. 어느 웹소설 사이트에서 투고작을 받는다기에 별 기대 않고 던져보았는데, 매달 원고료를 받고 정식으로 연재해 달라는 요청을 받았습니다. 심지어 소설에 곁들일 전문 일러스트 작가까지 모시고요. 처음에는 영 내키지 않았는데, 곰곰이 생각하니 이것도 기회인 것 같아 받아들이기로 했습니다. 세상 참 별일이 다 있다 싶었습니다. 삶이 이렇게 뜻밖의 방향으로 풀리기도 하는 건가 싶더군요. 그러자 자신감이 조금 붙었습니다. 어쩌면 자신이 로맨스 소설 쓰는 데 재능이 있을지도 모르겠다는 막연한 생각이 들었습니다.

그해 가을, 그 출판사를 떠났습니다. 소개해 주신 지도교수님께는 차마 죄송스러워 인사도 못 드렸습니다. 마지막에 실장님이 뭐라고 하셨는지 기억이 나지 않습니다. 사장님도 무언가 조언을 해주셨던 것 같은데, 기억을 지운 듯 선명하지 않습니다. 그저 이 회사를 그만두더라도 잠시나마 내 글로 먹고 살 수 있다는 기대감, 앞으로도 어떻게든 살 수 있으리라는 흐릿한 희망에 자신을 맡겼습니다. 그리고 앞으로는 절대로 편집자로 일하지 않으리라 다짐하며, 출판사 앞마당을 벗어났습니다. 상춧잎 도둑처럼 도망치면서, 마지막으로 한 번 출판사 앞마당을 돌아보았습니다. 출판사 앞마당은 어둠 속에 싸여 있었고, 잠든 듯 고요했습니다. 다시는 이곳을 방문할 일이 없으리라 생각했습니다. 새로운 곳에서 소설을 쓰면서, 완전히 다른 사람으로 살리라 다짐했습니다.

그랬습니다만,

그러나, 역시나 인생은 이상합니다.

아무리 사람이 굳게 마음먹기로서니,

인생은 뜻대로 되는 법이 없습니다.

도망쳤다고 생각했는데, 제자리고,

제자리라고 생각했는데, 생판 다른 곳에 와 있는 겁니다.

그렇게 편집자로 일하지 않겠노라 맘을 먹으면,

지독하게 당한 만큼 멀리 도망가야 했는데,

먹고산다는 일의 올무란 왜 이리 강한지.

인생이 왜 이리 억센지.

저는 결국 다시 편집자로 일하게 되었습니다. 그뿐일까요? 7년이 더 지나서는, 그 출판사에서 5분 거리에 있는 다른 출판사에 취직했습니다. 어느 날 점심 식사 후 산책을 하다 문득 10년 전에 일한 이 출판사를 떠올렸습니다. 옛 기억을 헤집으며 길을 찾았습니다. 그 자리에는 그때 그 출판사가, 그 작은 간판이 여전히 사라지지 않고 호젓이 있더군요. 배롱나무도, 단풍나무도, 10년 전과 달라진 게 없었습니다. 다만 제가 일하던 때와 달리 앞마당에 꽃 화분이 하나도 없고, 유리창 코팅은 더 짙어진 것 같았습니다. 차마 문을 두드릴 용기는 나지 않아 앞마당에서 서성였습니다.

아직도 사장님은 줄담배를 피우고 계실까요?

아무것도 알 수 없는 노릇입니다. 다만, 저 창문 너머에 앉아 있던 그 시절의 저. 아무리 노력해도 도무지 나아가지 않는 것 같아 답답해하던 저의 그림자가 오늘의 저에게 길게 드리웠습니다. 그 아픈 그림자를 밟고 서서 저는 잠시 생각에 잠겼습니다. 10년 전, 그 시절의 저에게 말해주고 싶습니다.

"있지, 넌 10년 후에 업무능력 평가에서 만점을 받는 편집자가 된다. 다른 선배 직원들 다 제치고 편집 우수상도 받는다. 까다로운 저자조차 너에게 잘해줘서 고맙다고 인사한다. 후배가 해온 교정지를 보고 얘를 어디서부터 가르쳐 줘야 하나 고민할 만큼 실력이 생긴다. 일이 재밌어진다. 책을 계속 만들고 싶어진다. 그런 날이 온다. 정말로, 언젠가 자신을 긍정하는 날이 온다. 상추처럼 쑥쑥 눈에 보이진 않겠지만, 너는 분명히 성장하고 있다. 그러니까 괜찮다. 자신을 믿어도 된다. 궁상떨지 말고, 자신을 미워하지 말고, 꿋꿋이 앞을 향해 걸어 나가렴. 미래의 너는, 지금의 너를 정말로 사랑한단다."

그날, 출판사 앞을 서성이던 저는 결국 조용히 돌아섰습니다. 다시는 안 올 줄 알았던 그곳 앞에서, 가만히 그 시절의 나를 끌어안고 한참을 머물렀으니까요. 이제는 압니다. 제가 무너지지 않고 살아남을 수 있었던 이유를. 그것은 제가 끝내 저를 포기하지 않았기 때문입니다. 비록 상추처럼 눈에 띄게 자라지는 않았지만, 어딘가 보이지 않는 뿌리 깊은 곳에서 저는 조용히 계속 자라고 있었던 겁니다. 실수로 자란 상추꽃처럼, 이 삶도 그 나름대로 멋이 있을지도 모릅니다. 돌아가는 길, 밤바람이 제 등을 떠밀었습니다. 저는 자신에게 조용히 속삭였습니다.

> 괜찮아. 잘하고 있어.
> 지금도,
> 그리고 앞으로도.

part 02

03

석화

자신에게 주어진

책임이 너무

무겁게 느껴질 때

부산에 눈이 많이 내린 날이었습니다. 남포동 수산시장에는 겨울 냄새가 자욱했습니다. 저는 대충 가까운 어느 횟집에서 석화 두 박스를 샀습니다. 납작한 스티로폼 박스 안에 석화 25개 정도가 차곡차곡 쌓여 있었습니다. 수산시장에서 나오자마자 택시를 잡았습니다. 창밖으로 보이는 부산 시가지 풍경이 낯설었습니다. 5년간 부산에 살았지만, 눈 쌓인 풍경은 그날 처음 보았습니다. 부산에서 눈은 귀한 손님이었지요. 택시는 눈이 덮여 희끗한 승학산 언덕에 멈춰 섰습니다. 저는 청바지 주머니에서 꺼낸 구겨진 천 원짜리 몇 장으로 값을 치른 후, 인문대학교 계단을 올랐습니다. 교수실 문을 열고 들어가자, 이미 모든 준비가 끝나 있었습니다.

굴에 곁들일 레몬에 회 초장, 그리고 화이트 와인 두 병이 테이블에 놓여 있었습니다. 솔방울과 겨울 낙엽으로 장식된 테이블 중앙에는 보라색 양초 두어 개가 어둠을 밝혔고, 얇은 와인잔 표면에 촛불의 빛이 일렁였습니다. 이 자리에 초대받은 특별한 사람들이 테이블을 둘러싸고 서 있었습니다. 같은 대학원생이었던 K 씨, P 씨, 학부생 두어 명, 그리고 가운데에 교수님이 계셨습니다.

아, H 교수님!
거칠고 단단한 굴 껍데기에 담긴 이 이야기는
제 오랜 죄에 대한 고백입니다.

우리는 자리에 앉아 의식을 치르는 사람처럼 굴을 까먹었습니다. 오묘한 굴 내음이 입안에 가득 찼습니다. 별다른 양념장 없이 레몬즙만 쳐서 먹어도 맛있었습니다. 싱그러운 굴을 한 입 먹고 화이트 와인으로 혀를 씻어내면, 정말 이게 각별한 겨울의 맛이구나 싶었습니다. 테이블 한쪽에 빈 굴 껍데기가 쌓여갔고, 우리는 두런두런 이야기를 나눴습니다. 오늘 내린 특별한 눈에 관해, 최근에 읽은 소설에 관해, 엊그제 수업에서 배운 문학 이론에 관해, 학과에서 소문난 스캔들이나 논문 주제, 사소한 일상 이야기도 오갔습니다. 그러나 주된 주제는 곧 졸업을 앞둔 우리들의 생업이었습니다. 대학 4년, 대학원 2년 내내 글 쓰는 것만 배우고, 기어이 등단도 못 한 못난 녀석들이 졸업 후 무슨 재주로 먹고 살 수 있을까요?

"출판사에서 일하렴. 글의 곁에 있어야 글을 쓴단다."

교수님께서 말하셨습니다. 이미 몇 해 전부터, 교수님은 문예창작학과 졸업생들이 출판사에 취직할 수 있도록 길을 열어주셨습니다. 서울에 있는 유명한 출판사에서 편집장들이 내려와서 편집자라는 직업을 소개하는 '출판사 편집자 특강' 프로그램을 진행하기도 하고, 학부생들을 모아다가 파주 출판단지 견학을 보내기도 하셨습니다. 자연히 저도 출판사에 들어가기를 희망했습니다.

저는 자신의 적성이나 미래에 대한 별다른 고민이 없었습니다. 그저 편집자가 되는 게 당연하게 느껴졌습니다. 마침, 교수님도 제가 편집자 일을 잘 해낼 거라고 말하셨기 때문에 마냥 제 능력으로 되는 일인 줄로만 알았습니다. 석사 학위를 따고, 파주의 한 출판사에 인턴으로 올라갈 때만 해도, 저는 제가 정말 잘할 거로 생각했습니다. 동기나 후배들의 앞길을 쫙 열어주는 훌륭한 편집자가 되어서 교수님의 기대도 충족시켜 드리고, 언젠간 모교에 돌아와 편집자 특강을 하는 꿈도 꿨더랍니다.

> 그러나 그 모든 건 착각이었습니다.
> 에라, 이 망할 놈의 인생.
> 뜻대로 될 리가 없죠.
> 나는 나 자신도 몰랐고,
> 세상 물정도 몰랐고,
> 남의 속도 몰랐고,
> 좌우간 할 줄 아는 거라곤 하나도 없는
> 천둥벌거숭이였던 겁니다.

환상은 달랑 1개월 만에 깨졌습니다. 막상 해 보니, 아무것도, 진심으로 단 하나도 뜻대로 되는 일이 없었습니다. 글쓰기 능력은 실무에서 전혀 쓸모가 없었습니다. 아니, 애초에 자신에게 능력이 있는지조차 확신할 수 없었습니다. 당시 인턴으로 있던 출판사에서는 박경리 장편소설『토지』를 비롯해 박경리 단편선을 냈습니다. 저는 여기에 쥐꼬리만큼도, 정말 출판사 천장에서 뛰어다니던 쥐새끼 한 마리만큼도 도움이 되지 못했습니다. 심지어 출판사의 가장 기본적인 업무인 교정은커녕 단순한 오탈자나 적자 대조 작업조차 똑바로 못했습니다. 이상하게도 원고를 열 번 확인해도 열 번 다 놓치는 게 있었습니다. 덤벙거리는 제 성격에 편집부장님도 손발을 들었습니다. 매일 퇴근할 때면 '나는 정말 바보인가?'를 중얼거리며 어둠이 내린 파주출판단지를 헤맸습니다.

파주에서 인턴을 마치자마자 부랴부랴 부산으로 도망쳤습니다. 이 허접한 실력으로 서울에 있는 출판사에 취직하는 건 영 안 될 것 같았습니다. 지방에서 착실히 경력을 쌓고, 다시 파주로 올라가려 했습니다. 그러나 부산에서 일했던 그 출판사는 책을 만들기보다는 '청소년 문학기행'이나 '노인 글쓰기 특강'을 주력으로 했고, 사장은 극장 운영에나 더 신경을 쓰는 사람이었습니다. 책과는 서서히 거리가 멀어졌고, 이즈음에는 현실에 지쳐서 더 이상 글도 쓰지 않았습니다. 저는 끝없이 바닥으로 꺼져가는 듯했습니다.

그러던 중에, 교수님께서 저를 다시 서울로 보내주셨습니다. 교수님의 추천으로 취직한 홍대에 있는 작은 출판사에서, 저는 이번에야말로 제대로 일을 해내리라 다짐했습니다. 희망과 의지가 샘솟았습니다. 다시 한번 기회를 주신 교수님의 은혜를 저버리고 싶지 않았습니다. 악착같이 해서 정말 제대로 된 편집자가 되고 싶었습니다.

이번에는 성공했을까요?
아뇨, 완전히 실패했습니다.
또다시요!

너덜너덜해져서 도망치듯 그 출판사를 빠져나왔습니다. 2년을 버티는 게 고작이었습니다. 교수님께는 퇴사한다는 소식조차 못 전해드렸습니다. 저는 정말로 편집자라는 일에 재능이 없었습니다. 꼼꼼하지도, 섬세하지도, 그렇다고 미감이 뛰어나지도 않았습니다. 오직 이것만이 진실이었습니다. 출판사를 나온 이후로는 성인물 웹소설을 연재하며 하루하루를 보냈습니다. 쏠쏠하게 돈은 되었기에 그냥저냥 밥은 먹을 수 있었습니다. 그렇게 대학원을 졸업하고 사회에 뛰어든 지 4년째가 지나가고 있었습니다.

그 무렵에는 함께 석화를 까먹던 대학 동기들과 더는 연락하지 않았습니다. 부끄러웠습니다. 교수님께서 두 번이나 출판사에 밀어주셨는데, 단 한 번도 제대로 해내지 못했습니다. 당신의 제자가 한심한 꼴이 되어 방황하고 있다는 걸 들키기 싫었습니다. 가끔은 대학에서 저를 알고 지낸 모든 사람이 저에게 실망하는 것만 같았습니다. 후배들이 원망하는 소리가 들리는 것 같았습니다. 선배가 잘해야 후배들도 출판사에 취직하기 좋을 텐데, 오히려 추한 꼴만 보이다 도망쳤으니 도움은커녕 폐나 끼친 셈이었습니다.

어쩌면 가장 실망한 사람은 저 자신일지도 모르겠습니다. 왜 해내지 못하냐고 자신을 닦달하던 시절도 있었습니다. 그저 스스로가 어쩔 수 없는 구제 불능의 인간이라는 좌절감만 쌓여갔습니다. 정신과에 가서 우울증약을 타 먹고, 아침부터 술을 마시고, 하루하루 숨을 죽이고, 그렇게 몇 년을 살았습니다.

한 번은 대학원생 중 한 분이 SNS에서 저에게 인사한 적이 있었습니다. 박사과정을 하던 동화 작가였는데, 몇 년간 소식이 없던 제가 SNS에 나타나자 반가워서 인사를 한 거였지요. 그러나 저는 유령이라도 본 사람처럼 식겁하며 그분을 차단했습니다. 더 이상 찾지 말아 달라는 메시지를 한 줄 남기고선 말이죠. 또 다른 한 번은 대학원생이던 선배가 연락을 줬습니다. 서울에서 잘 지내고 있냐? 가끔 생각난다고 했습니다. 걱정과 연민 어린 따뜻한 인사였지만, 황급히 차단해 버렸습니다.

아, 그저 너무 무서웠습니다!
제 꼴을 누구에게도 보여주기 싫었습니다.
직장 생활에 실패하고, 작가로서도 참패하고,
한 인간으로서도 패배했습니다.
잘난 줄 알고 나대다가
무대 위에서 크게 실수해 버린 광대처럼.

대학 시절 학점을 잘 받고, 동기들로부터 기대를 받고, 교수님의 사랑을 받으며 잘나가던 저는, 사회로 나가자마자 바람 빠진 풍선이 됐습니다. 쪼글쪼글해진 저는 대학 시절 행복했던 기억을 모두 제 안에서 지워버렸습니다. 그러고는 '20대가 지옥 같았다.', '힘들었다.', '술만 마셨다.', 따위의 거짓말로 자신을 속였습니다. 그러면서도 한편으로는 호기심을 억누를 수 없었습니다. 대학 동기들의 SNS를 뒤져 그들이 뭘 하고 있는지 음침하게 훔쳐보곤 했습니다.

그 무렵, 동기들은 인생의 고속도로를 달리고 있었습니다. 함께 굴을 까먹던 그 사람들은 부산에서 출판사를 운영하기도 하고, 책을 소개하는 라디오를 진행하기도 하고, 문학을 주제로 하는 콘서트를 열거나 대학에서 강의를 했습니다. 아직도 그 대학에 계시는 교수님을 중심으로 똘똘 뭉쳐서 나름의 꽃을 피우고 있었습니다. 단단한 껍데기 속에 숨어 있는 건 오직 저뿐이었습니다.

웹소설 작가로도 슬슬 기력이 떨어져 가던 어느 날, 저는 다시 출판사에 취직했습니다. 그나마 있는 경력이라고는 출판사뿐이라, 또 출판사에 취직해서 일할 수밖에 없었습니다. 정말로 자신이 한심하게 느껴졌습니다. 저는 도망자였습니다. 패배자이자, 실패자였습니다. 이력서를 쓸 때면 'D 대학교 대학원 출신'이라는 글자를 종이에서 파내버리고 싶었습니다. 경력이랍시고 적어 놓은 출판사들도 없는 것으로 치고 싶었습니다. 그러나 먹고 살기 위해, 어찌 되었든 돈을 벌기 위해 부끄러운 경력 위에 또 경력을 쌓았습니다. 그렇게 시간이 흘렀습니다. 대학 사람들과 연락을 끊은 지, 무려 10년이 지나버렸습니다. 10년이란 시간이 참 빠르고 부질없더군요.

서울에서 눈은 흔한 손님입니다. 너무 많이 내려서 성가실 정도죠. 싸라기눈이 내리는 어느 겨울날, 시장을 지나다가 우연히 석화를 파는 횟집을 발견했습니다. 한 박스를 사 들고 집으로 돌아와 레몬즙을 뿌렸습니다. 화이트 와인이 아니라 소주를 곁들여서인지, 아니면 서울이라서인지, 그 시절 교수실에서 먹던 맛은 나질 않더군요. 섭섭하기도 하고, 마음이 쓸쓸하기도 해서 공연히 메모장을 펼쳤다 덮었다 했습니다. 그해 겨울부터 에세이를 썼습니다.

아무리 둔한 사람이라도 버티고 버티면 시간이 해결해 주는 걸까요?
글쎄요. 시간이 뭘 하겠습니까?
가만히 숨만 쉬어도 흘러가는 게 시간인데.
다만, 그 째깍째깍 흐르는 초침의 간격을 혼나는 걸로 채우고.
우는 걸로 채우고. 술 마시는 걸로 채우고.
그래도 다시 한번 살아보자! 하고 일어서는 걸로 채우고.
그런 걸 보고 대충 말하는 거죠.

경력이 10년쯤 차자, 신간을 빠르게 잘 뺀다는 평가를 듣는 편집자가 되었습니다. 센스가 있다거나, 저자 관리를 잘한다는 칭찬도 들었습니다. 제가 만드는 책도 그럴싸하니 예뻐졌습니다. 후배들도 가르치고, 마음에 여유가 생겼습니다. 그러자 지금껏 외면하고 지냈던 글이 생각나더군요. 눈물 같은 짭조름한 맛으로 말캉하게 제 속에 자리 잡은 흰 속살은 어쩌면 못다 이룬 꿈에 대한 미련일지도 모르겠습니다. 어쩌면 제 인생의 오래 묵은 숙제 같은 것일지도요. 마무리 짓지 않으면, 살아도 사는 것이 아닐 것 같은 느낌. 그 마음이 저를 이끌었습니다.

10년 만에 다시 글을 붙잡았습니다. 교수님의 말이 옳았습니다. '글의 곁에 있어야 글을 쓴다.' 남의 책만 만들다가 자신의 책도 만들고 싶어졌습니다. 그러나 워낙 오래간만에 문장을 쓰려니 도무지 뜻대로 백지가 채워지지 않았습니다. 그래도 얼렁뚱땅 분량을 채워 다른 작가님들과 공저로 수필집 하나를 냈습니다.

이윽고 겨울이 지나 벚꽃이 날리는 봄날, 저는 이 수필집을 교수님께 보냈습니다. 따로 편지는 쓰지 않았습니다. 대신 새로운 책에 넣을 에세이 몇 꼭지를 인쇄하여 덧붙였습니다. 그 에세이에는 제가 홍대에 있는 출판사에서 도망친 이야기, 서울에서 갖은 방황을 하던 이야기들이 담겨 있었습니다. 문장이나 구성은 엉망진창이었지만, 그런 거야 상관없겠다 싶었습니다. 택배 송장을 부치고, 책이 제 손을 떠나는 순간, 뭔가 후련했습니다. 비로소 어둡고 긴 터널에서 빠져나온 듯한 기분이 들었습니다.

> 답신이 올까요?
> 오지 않을까요?
> 답신이 온다면 그건 어떤 모습일까요?
> 그 답신이 오는 날엔, 저도 답을 해야 할까요?
> 만약 답신이 오지 않는다면,
> 제가 보낸 택배는 영영 어떻게 되는 걸까요?

그건 저도 모릅니다. 아직 미래가 제 발끝에 당도하지 않았기 때문입니다. 다만 하나는 압니다. 제가 딱딱한 굴 껍데기에서 탈출했다는 것. 비로소 제 부드러운 흰 속살이 바깥 공기를 마시기 시작했다는 사실 말입니다. 이 마침표를 찍기까지, 무려 10년이 걸렸습니다.

> 이 글을 읽는 당신에게도 마음의 짐이 있을까요?
> 아마 그러리라 생각합니다.
> 사람은 누구나 무거운 무언가를 안고 사니까.
> 없는 사람은 없으니까.

품에 안고 있다가 못내 너무 아파서 못내 놓아버린 무언
가. 이루지 못한 꿈. 잊어버리려고 창고에 쌓아놨지만, 자꾸
생각나는 무언가. 손에 잡힐 듯 잡히지 않는 소망과 방학 내
내 쌓아만 놓았던 것 같은 숙제들. 끝내 이루지 못해 한처럼
묶여있는 그런 것이요. 이것들을 꺼내서 햇살 아래에 말리
고, 훌훌 털어낼 순간이 올 것입니다. 설령 긴 시간이 걸리더
라도 당신이 하고자 한다면 언제든지요. 지금 당장일 수도
있구요.

좀 더 자유롭게. 좀 더 가볍게.
용기를 내어 부끄러운 꿈을 똑바로 마주 보고 설 수 있는
그날이,
반드시 올 것입니다.

뽈찜

새로운 업무에

도전해야

할 때

그 도전은 정말 갑작스럽게 인생에 들이닥쳤습니다. 부산의 출판사에서 일하던 때입니다. 당시 출판사 사장은 극장 하나를 소유하고 있었습니다. 어느 날 사장이 저를 부르더니, 내일부터 극장으로 출근하라고 하더군요. 무슨 소리냐고 되물으니, 저더러 연극 선생을 보조해서 초등학생 아이들과 함께 3개월 후, 성탄절에 연극을 올리라는 겁니다.

> 네?
> 올해 성탄절이요?
> 연극이라뇨?
> 초등학생 보조 교사라뇨?

저는 황당해서 대꾸조차 못 했습니다. 평생 종이와 얼굴을 맞대고 살아온 사람에게는 청천벽력 같은 소리였습니다. 어디 가서 선생 역할 같은 것은 해 본 적도 없고, 초등학생들과 어울릴 일은 더더욱 없었습니다. 모든 게 처음이었습니다. 참 난감했습니다. 그래도 보조 선생쯤이야 어떻게든 되지 않겠나 싶어서 용기 있게 극장으로 출근을 시작했습니다. 그러나 만만치 않은 일이란 걸 깨닫기까진 오래 걸리지 않았지요.

> 아이들 30명 앞에 섰을 땐, 눈앞이 캄캄하더군요.
> 야, 이거 잘못됐다.

완전히 망했다.

지금이라도 도망갈까?

도망가기엔 좀 늦었나?

괜히 한다고 했나?

역시, 지금이라도 튈까?

무대 위에 선 저를 말똥말똥 올려다보던 아이들의 눈망울을 본 첫 순간, 이거 도무지 감당할 수 없는 일을 맡았구나 싶었습니다. 사람 얼굴도 잘 기억 못하는 데다, 이름도 잘 못 외우는 제가 좋은 선생이 되기에 글렀구나, 하는 생각이 그때 번쩍 들더군요. 더군다나 아이들 뒤에 앉아 있는 학부모들의 얼굴을 보니 진땀이 흐르더군요. 앞으로 3개월간 이들을 이끌고, '연극'이라는 걸 만들어야 한다니, 가능한 일인가 싶었습니다.

연극 선생님은 20대의 남자분이었습니다. 체격이 좋고, 아주 기운 넘치고 활발한 사람이었습니다. 연극 하는 사람들 특유의 강한 에너지가 느껴진다고 할까요? 그는 아이들도 썩 잘 다뤘습니다. 아이들이 삼삼오오 몰려와서 선생님 이름을 부르며 키더치덕 달라붙으면 '어이구' 하며 아이들을 팔로 들어 올려 장난을 치기도 하고, 아이들을 별명으로 부르며 극장을 술래잡기 놀이터로 만들곤 했습니다. 그러면 저는 내심 잘됐다 하며, 아이들의 그날 수업 교재를 준비하거나 녀석들이 먹고 남긴 간식 쓰레기를 모아서 치웠습니다. 물론 얼마 가지 않아 아이들에게 붙잡혀서 저도 술래 신세가 되었지만요.

　연극 작품은 김정한의 소설『사하촌』이었습니다. 초등학생을 대상으로, 그것도 성탄절에 올릴 연극의 주제가 왜 하필『사하촌』이냐면, '청소년 문학교육'의 일환으로 예산을 받은 연극 수업이었기 때문입니다. 소설의 배경은 1950년대 부산 '사하' 지역을 배경으로 하고 있습니다. 당시는 한국전쟁 직후라 피란민들이 몰려들어 형성된 가난한 마을이었고, 열악한 환경 속에서도 사람들이 삶을 이어가던 곳이었습니다. 이처럼『사하촌』은 격변기 서민들의 삶과 애환을 그린 작품입니다. 지역 사회의 소설가를 발굴하고, 그 작품을 연극으로 만드는 일이 교육적으로 의미가 있는 일로 여겨졌던 모양입니다.

　그러나 오디션부터가 난관이었습니다. 아이들에게 소설의 줄거리와 인물을 소개해 주고, 각자 원하는 캐릭터를 골라서 오디션을 보기로 했습니다. 오디션 당일이 되자, 아이들이 제각기 하고 싶은 역할에 지원하고 오디션 무대에 올랐습니다. 모두 주인공을 하려나 싶었는데, 오히려 악역이나 조연을 하고 싶어 하는 친구들도 있었습니다. 어두운 무대 가운데에 불이 켜지고 오디션을 볼 아이들이 차례차례 올라왔습니다. 저도 심사위원석에 앉아 아이들이 준비해 온 캐릭터 해설이나 짧은 연기를 보며 점수를 매겼습니다.

"저는 정말로 주연을 하고 싶습니다! 왜냐하면, 저는 소설을 3번이나 읽었고, 그리고 음…"

다들 나름의 야무진 이유가 있더군요. 저 자그마한 아이들에게 어떻게 저런 놀라운 용기가 나오는 것인지, 어디에서 의지가 나오는 건지 신기할 따름이었습니다. 오디션이 끝나자, 연극 선생님은 '주연보다 더 중요한 조연'에 대해 설명해 주었습니다. 덕분일까요? 오디션이 끝나고 배역에서 떨어져도 우는 아이들은 없었습니다. 다들 제각기 역할 하나씩을 맡고, 하다못해 코러스라도 하나씩 가지고 본격적인 연습에 돌입했지요.

무대 소품은 모두 우리가 직접 만들었습니다. 저 혼자서 중앙동 공구상가로 새벽같이 출근해서 재료를 몽땅 사 왔습니다. 크레파스, 유화 물감, 붓, 커다란 도화지, 스티로폼, 실타래 같은 것들이 무대를 가득 채웠습니다. 아이들은 삼삼오오 조를 짜서 저마다 이번 시간에 만들어야 할 무대 소품을 직접 만들었지요. 무대 배경으로 쓸 나무 그림이나 초가집 그림, 울타리 같은 것들이었지요.

아이들이 고사리손으로 하는 일이라 쉽게 만들어지지는 않았습니다. 몇 주에 걸쳐 수업 중에는 연극을 준비하고, 수업 후에는 자발적으로 남아 소품을 만들었습니다. 제법 많은 아이가 남아서 함께 작업을 도와주었습니다. 아이들이 입을 무대 의상도 준비했습니다. 대부분 스님 옷과 한복이었는데,

이 바느질은 저와 연극 선생님 담당이었지요. 연극 선생님이야 능숙했지만, 저는 옷 바느질은 처음이라 스스로 답답함에 천 조각을 집어 던진 게 한두 번이 아니었습니다. 한참 그렇게 옷과 소품을 만들고 있으면, 간식이 들어왔습니다.

"한별이 어머님께서 피자를 보내주셨습니다!"
"소희 어머님께서 떡볶이랑 순대를 보내주셨어요!"
"정희네 아버지가 보낸 햄버거 왔습니다!"

그러면 아이들이 너나 할 것 없이 다들 만들던 재료를 손에서 놓고 뛰어가서 간식을 무대까지 배달해 왔습니다. 다들 주변을 정리하고 먹을 인내력도 없었습니다. 그냥 손에 물감이나 풀을 묻히고는 대충 무대에 퍼질러 앉아 쩝쩝거리며 음식을 나눠 먹었죠. 이 시간에는 농담도 하고, 학교 이야기도 했습니다. 아이들은 아이들대로 '선생님은 결혼 언제 하세요?', '선생님은 여기 왜 계세요'라고 물어댔습니다. 그러다가도 자신은 커서 뭐가 되겠다거나, 얼마 전에 갔다 온 가족 여행 이야기 따위를 늘어놓았습니다. 우리는 한참을 별것도 아닌 일에 웃으며 떠들어댔지요.

필요한 소리나 노래도 모두 우리가 직접 녹음했습니다. 연극 중간에 들어갈 노래를 녹음하기 위해 아이들을 세워놓고 박자를 맞추던 기억. 그렇게 녹음한 최종본 파일이 손상되어서 다시 불러야 했던 기억. 연극 중간중간 들어가는 음악에 맞춰서 율동을 했던 기억이 납니다. 100% 성공적인 연결이 되는 날이 잘 없었어요. 꼭 한 녀석이 틀렸습니다. 안 되면 다시 하고, 또다시 연습하다가 그래도 영 안 되면 아예 동작을 바꾸거나 노래를 바꿔버렸죠.

우리는 모두 연극이 처음인 사람들이었고, 정해져 있는 건 없었습니다. 서로서로 의지하면서 한 걸음씩 걸어 나갔습니다. 하루 연습을 몽땅 망치기도 하고, 잘 외우던 대사를 잊어버리기도 하고, 바빠서 수업에 나오지 못하거나, 소품이 망가지거나, 의상이 사라지거나, 마음먹은 대로 연기가 되지 않아서 속상해서 울거나 하며 그렇게 하루씩 하루씩을 쌓아 나갔습니다.

3개월이라는 시간은 정말 훌쩍 지나갔습니다. 어느새, 우리가 준비한 연극 공연 날이 다가왔습니다. 생각보다 춥지 않은 날이었고, 공기가 맑고 깨끗했지요. 극장 앞은 학부모들과 관객들로 발 디딜 틈 없이 가득 찼습니다. 학부모들 사이에도 약간의 들뜸과 함께 긴장감이 흘렀습니다. 학부모들을 만나 인사를 한 바퀴 건넨 저는, 무대 뒤에 있는 아이들을 살피러 갔습니다. 세상에, 새파랗게 얼어 있는 아이들을 보고 깔깔 웃었습니다.

"선생님, 우리 실수하면 어떻게 해요?"

아이 중 하나가 말하자, 다른 여자아이가 냉큼 소리쳤습니다.

"그러면 안 되는 거지! 잘해야 하는 거지!"
"근데 실수할 수 있잖아."
"노력했는데, 실수하면 어떻게 해?"

순식간에 아이들이 불안에 떨었습니다. 순간적으로 뭐라고 위로해야 할지 말은 떠올랐는데, 선뜻 입이 떨어지지는 않더군요. 제가 망설이는 사이, 연극 선생님이 나섰습니다.

"우리는 처음이잖아! 도전하는 것만으로 우린 멋있는 거야. 알았지?"

그리고 그가 덧붙였습니다.

"어차피 우리가 실수해도 저 사람들 몰라. 뻔뻔하게 연기해."

그 말을 하자 그제야 아이들이 좀 웃었습니다. 누군가가 '처음이니까.'하고 말하자, 누구는 또 '난 처음인데도 잘한다고.' 으스대고, '아니야. 넌 거기서 실수할 거야.'라며 놀리기도 했습니다. 연극이 시작되고, 아이들이 차례차례 무대에 올랐습니다. 아이들이 정말 예쁘더군요. 파랗고 노란 조명 아래에서 낭랑하게 대사를 외우고, 준비해 둔 개그 대사를 처리하고, 노래를 부르는 걸 보니, 정말 말로 할 수 없는 뿌듯함이 밀려오더군요. 저 친구가 저렇게 무대 체질이었나 싶고, 쟤는 또 왜 저렇게 잘하나 싶고. 얼어 있던 친구는 늘 실수하던 노래도 박자 안 틀리고 잘하고, 타이밍도 잘 맞추고. 연습 때 매일 속상해하던 그 아이들이 맞나 싶었습니다.

무대는 성황리에 끝났습니다. 우리의 첫 도전은 성공적으로 끝났습니다. 공연이 끝나고, 대기실에는 작은 축제가 열렸습니다. 추억으로 남길 사진을 찍고, 긴장을 풀고 떠들고 뛰어댔죠. 다 같이 기념사진도 여러 장 찍었습니다. 연극 선생님이 정말 좋아했어요. 마치 자신의 연극을 끝낸 사람 같았죠.

차가운 성탄절 밤,
하늘은 어둡고. 지상은 빛으로 가득한데.
여기 있는 사람들은 마음껏 기쁜 사람들.
오늘을 무사히 보낸 것에 행복한 사람들.
"이걸로 됐지.", "이만하면 잘한 거야."
"고생했어.", "재밌었어."
"선생님, 다음에 또 하고 싶어요.", "선생님, 고맙습니다."
"또, 감사합니다."

한참 아이들과 놀다가 덥기도 해서 슬쩍 극장에서 나왔습니다. 극장 밖은 사람 없이 고요하고, 도시는 어둠에 잠겨 있더군요. 가끔 지나가는 차 몇 대. 고요에 잠긴 주택가 창문에는 주황색 불이 들어와 있고, 멀리에서 반짝이는 십자가. 십자가. 십자가들. 입김 너머로 보이는 평화로운 지상의 풍경은 부유하거나 찬란한 것으로 가득 차지 않았어도 충만한 듯했고, 저는 어쩐지 벅찬 기분에 젖어 벽에 등을 기대고 물끄러미 그 풍경을 오래도록 바라보았습니다.

이윽고 아이들까지 모두 돌아간 후, 나와 선생님만이 남았습니다. 3개월간 함께 한 여정도 여기서 끝이라고 생각하니 좀 섭섭하더군요. 마지막으로 술이라도 한잔하려고 들어간 곳은 극장 옆에 있던 대구 뽈찜 집이었습니다. 둘 다 뽈찜이라는 음식은 먹어 본 적이 없었는데, 성탄절에 그 시간까지 문을 연 집은 여기가 유일해서 딱히 선택지가 없었어요.

> 뜨끈한 뽈찜 소짜 한 접시에 소주 두 병!
> 매콤한 양념에 버무려진 콩나물과 대구 살!

생각보다 빠르게 나온 이 음식은 소주 안주로 제격이었습니다. 그리고 따뜻한 흰쌀밥이 입에 들어가자, 오늘 하루 종일 먹은 게 없다는 사실이 생각나더군요. 식당에 걸린 TV에서는 성탄절과 관련된 뉴스가 흘러나오고, 상점 주인은 꾸벅꾸벅 졸고, 우리 둘 다 일단 허기를 허겁지겁 채웠습니다.

"사실은요, 저 학생들 데리고 연극 하는 건 처음이었어요."

그의 난데없는 고백에 저는 깔깔 웃었습니다. 너무 능숙해 보여서 생각지도 못했던 고백이었습니다. 그에게 그런 것치곤 너무 잘했다고 칭찬해 준 후, 저 역시 조심스럽게 고백했습니다. 초등학생 데리고 교육하는 건 처음이었다고요. 마이크 들고 무대 올라간 것 자체가 처음이었다고 말입니다. 그러자 연극 선생님도 웃었습니다. 그 사람은 제가 베테랑인 줄 알았답니다. 저도 당신이 베테랑인 것 같았다고 말했습니다.

"제 인생에 다시 이런 시도를 할 일이 있을까요?"

제가 물었습니다. 그가 그냥 웃었습니다.

"그럼요. 또 있죠! 인생은 새로운 도전의 연속이잖아요."

뽈찜은 매콤하고, 부드럽고, 이상하게도 고된 시간이 녹아든 맛이었습니다. 입안에 퍼지는 첫맛이 어쩐지 우리의 첫 도전과 닮아 있었습니다. 우리는 소주잔을 부딪치며 가볍게 '짠'하고 입으로 소리 냈습니다.

그렇게 부산에서의 첫 연극 수업이, 뽈찜 한 그릇과 함께 끝났습니다. 그리고 일 년 후, 저는 서울에 올라왔습니다. 서울에 올라온 후, 저는 한 번도 뽈찜을 먹은 적이 없습니다. 여기서는 대구 뽈찜이라는 음식이 그렇게 흔하지는 않은 것 같습니다. 흔하지 않은 건 뽈찜만이 아니지요. 아니, 어쩌면 그때의 용기와 설렘을 아직 찾지 못한 걸지도 모르겠습니다. 바쁘게 살다 보니, 새로운 도전이 조금은 두려워지곤 합니다. 늘 하던 일을 반복하게 되고, 만들던 책을 만들고, 하던 교정을 똑같이 다시 하고, 매일매일 익숙한 일만 하게 되었지요. 하지만 성탄절이 오면, 문득문득 생각납니다.

다시 뽈찜이 필요할 때가 온 것 같다고.
익숙한 자리에서 벗어나,
또 한 번 새로운 무대에 서야 할 시간이 필요할 것 같다고.

쌈밥

친구가

이유 없이

멀어질 때

제 고향 경주 이야기를 좀 할까 싶어요. 지금이야 경주가 젊은이들 관광지로 인기 있고, 제법 세련된 이미지도 있지만, 20년 전에는 느낌이 달랐어요. 물론 그때도 인기 있는 관광지였지만, 어딘가 고리타분한 수학여행지, 사색에 잠긴 여행자가 찾는 조용한 소도시에 불과했습니다. 그래서 제가 경주에 대해서 가지고 있는 기억은 지금의 경주와는 사뭇 다른 모습입니다.

낮은 기와지붕이 이어진 골목에 듬성듬성 서 있는 전봇대. 대문 앞에 꽂아 놓은 대나무와 희고 붉은 깃발. 재미있을 것도 흥미로울 것도 없던 몇 블록 안 되는 시내. 간판이 문짝만큼 큰 구멍가게. 만화방, 굴다리, 팔우정 로터리. 경주역 앞 시장. 시래기와 건어물 냄새. 어느 여름, 땀을 뻘뻘 흘리며 버스를 기다리는 사람들.

저는 여기서 70번 버스를 타고 집에 갔습니다. 버스는 털래털래 서천 냇가 위에 다리를 건너고, 선도산이 보이는 구름다리 하나를 더 건넜습니다. 지금은 다리 밑에 한국수력원자력 건물과 경주여중이 있지만, 그 당시에는 논밭이었죠. 그 다리를 건너기 전에 오른쪽으로 꺾으면 김유신장군묘 가는 길이 나옵니다. 봄이면 벚꽃이 만개해서 관광객들로 꽉 차는 곳이지요. 그 길로 가지 않고 직진하면, 충효동이라는 곳이 나옵니다. 지금은 신경주 KTX역도 연결되어 있어서 관광객이라면 반드시 지나쳐야 할 동네가 되었지만, 그때만 하더라도 시내 외곽의 볼품없는 동네였습니다. 갓 세워진 작은

초등학교가 하나, 아파트 단지가 몇 개가 전부였죠. 저는 그
곳에서 스무 살까지 보내고, 뒤도 안 돌아보고 도망친 사람
입니다.

> 정말이지, 넌더리를 치며 짐을 싸서 고향을 떠났다고 해야
> 할까요.
> 40대를 목전에 둔 지금은 생각이 다르지만,
> 적어도 20대 때엔 이랬지요.
> 내가 다시는 이놈의 동네에 돌아오나 봐라.
> 이런 곳에 집이나 사나 봐라.
> 너희들끼리 잘 먹고 잘살아라.
> 아니, 못 먹고 못 살아라.
> 내가 더러워서 간다.
> 퉤퉤.

'고향을 저주까지 하면서 도망칠 필요가 있냐?' 하시겠지
만, 제 입장에서 굳이 변명을 해보자면, 이렇습니다. 사실 경
주는 10대였던 저에게는 지지리도 재미없는 동네였습니다.
손바닥만 한 시내 블록에 있는 카페라고는 두어 개, 대형 문
구점 두 개, 서점 두 개. 미술용품을 파는 큰 가게가 하나 있
었습니다. 햄버거 하나 먹고, 근처 문구점 좀 가서 쇼핑하다
가, 옷이나 좀 보다가, 노래방 갔다가, 카페 갔다가, 그러고
돌아와도 시간이 남았죠. 그런데 혼자서 이렇게 논 건 아니

고, 늘 함께 있던 친구가 있었어요. C 양입니다.

C 양은 제법 잘 사는 집 아이였어요. 경주 보문단지 쪽에서 소고기 가든을 하던 집 외동딸이었죠. 저와는 만화방 친구라서 학교만 마치면 작은 만화방에 자리를 잡고 300원짜리 만화책을 대여해 돌려 보곤 했습니다. 둘이 만화 취향이 비슷했어요. 무협이나 액션물을 좋아했고, 잘생긴 남자가 나오는 만화라면 무엇이건 좋았어요. 둘의 가방에 교과서보다 만화책이 많을 때도 있었죠. 우리를 키운 8할은 그 종이가 까슬까슬하던 만화책일 겁니다.

C 양과는 같은 중학교, 같은 고등학교를 나왔습니다. 선덕여자중학교라고 안압지 옆에 있는 여자중학교가 하나 있지요. 그리고 근화여고라고 용강동에 가톨릭 미션계 고등학교가 있습니다. 그녀와 저는 6년을 동고동락한 친구이지요. 학창 시절 내내 신세를 졌던 참 고마운 친구이기도 합니다. 지금도 그렇지만, 저는 동급생들과 잘 어울리지는 못했어요. '쟤는 왜 혼자 다니니?', '어딘가 이상하다.', '소문에 의하면 영재학교에 다녔는데, 성격이 이상해서 쫓겨났다더라.' 등등. 제가 알지도 못하고, 당최 근거도 없는 흉흉한 소문들이 그림자처럼 쫓아다녔죠.

경주는 작은 도시잖아요. 지방 소도시들이 좀 그렇습니다. 동네에서 한번 이미지가 잘못 잡히면, 꼼짝도 못 하는 겁니다. 세 사람 입만 건너 건너면 누가 누군지 다 알아요. '그집 딸이 어디서 무엇을 했다더라,', '누구 집 아들은 누구랑 결혼했다더라.' 등등. 사생활이 없지요. 이미 학생 때부터 입방 아 찧기 좋아하는 사람들은 제 과거도 미래도 아주 잘 알고 있더군요. 점쟁이들이 따로 없었어요. 이런 곳에서 앞서 설명한 이상한 소문들과 함께 20년을 살면 숨이 턱 막힙니다. 그래서 저는 고등학교 졸업 즉시 도망을 쳤더랍니다. 정확히 말하면 이 도시의 사람들을 피해서, 그들의 입에서 도망친 거였지요.

멀리는 못 가고, 저는 부산에 있는 대학교로, C 양은 경주에 있는 대학교에 갔지요. 일본어학과였던 걸로 기억합니다. 경주는 관광 도시니까 일본어를 해두면 좋았지요. 대학 입학전, 그녀와의 마지막 만남은 어느 겨울이었던 것 같습니다. 2월 정도일까? 상수리나무 앙상한 가지 사이로 찬 바람이 불었지요. 우리는 늘 가던 카페에서 만났어요. 그 당시만 해도 경주에 카페는 많지 않았는데, 그중에서도 분위기 좋고 팥빙수도 맛있었던 카페가 있었어요. '풍금이 있던 자리'라고 지금은 보문에 있는 듯한데, 그때에는 시내 외곽에 지하 1층에 있었지요. 따뜻한 붉은 조명이 채운 카페에 앉아, 따뜻한 유자차와 모과차 한 잔을 주문하고. '너도 잘살아라.', '나도 잘살겠다.', '언제 또 만날까?', '잊지 말아라.' 그런 말들을 나눴지요.

그런데, 참. 그래요.
아무래도 그렇죠.
이런 건 다 거짓말이에요.

"대학 들어가도 연락 계속하자."

이런 말이, 서로 못 지킬 걸 잘 알고 있어요. 새로운 환경에 가면, 또 그곳의 삶이 생기고, 새로 만난 사람들을 중심으로 굴러가죠. 옛날의 약속은 잊히기 마련입니다. 이걸 둘 다 알면서도, 이미 예정되어 있으면서도, 아닌 척 끝까지 '다음에 만날 날짜', '3일에 한 번 연락하기', '메일 주고받기' 같은 약속을 하는 건 얼마나 소꿉장난 같은 일인지요. 카페에서 나올 무렵엔 서로 알았을 겁니다.

돌아본 자리에, 그녀가 골목길로 홀로 사라지고 있었습니다. 친구들 모두가 경주를 떠날 때, C 양은 고향에 남아 있었어요. 이유는 따로 묻지 않았어요. 그냥 수능성적 탓이려니 한 거죠. 경주에 있는 대학교에 다니면 집값도 절약되고. 저는 그저 좋았죠. 고향에 돌아가면 만날 친구가 있으니, 어딘가 믿을 구석이 있다는 느낌이었지요. 천년고도(신라의 수도 경주)에서 소고기 가든을 하며, 부잣집 외동딸로 사는 그녀에게 무슨 걱정이 있겠나 싶었습니다. 오히려 고향 땅을 안 벗어나고, 타지에서 고생 안 하는 팔자가 상팔자다 싶을 때도 있었죠.

그렇게 한 해 두 해가 흘렀습니다. 모든 게 예상대로 흘러갔지요. C 양과는 그저 어쩌다 드문드문 연락만 주고받았죠. 깜빡이도 한 번 켜지 않고, 서로의 길에서 무던히 액셀을 밟으면서, 가끔 갓길에서 접하곤 했지요.

> 그런데, 이 갓길에서 만난다는 게 말입니다.
> 문제가 하나 있었어요.
> 약속을 잡는 사람이 오직 저였던 겁니다.

만나자고 먼저 연락하는 사람도 저. 약속 장소를 잡는 사람도 저. 뭘 먹을지 고르는 사람도 저였죠. 제가 연락을 하지 않으면, C 양과는 도통 이어지지 않는 관계였던 겁니다. 옛날에는 이렇지 않았던 것 같은데, 그녀가 통 적극적이질 않았어요.

> 적극적이지 않을 뿐이었을까요?
> 밍기적거리며 메시지에 대답도 제대로 하지도 않고,
> 통화음만 계속 가니까.
> 망할 가시네!
> 그러면서 전화를 끊고,

힘들게 서울에서 경주까지 내려가서 약속 장소에 갔더니, 자기는 힘들다고 나오지 않은 적도 왕왕 있었습니다. 해가 거듭될수록 심해졌지요. 그동안 저는 부산에서 파주로, 파주에서 서울로, 서울에서 다시 부산으로, 출판사 뺑뺑이를 돌고 있었죠. 지치고 힘들어서 고향 친구 얼굴이라도 한번 보려고 애써 경주에 가면, 약속 장소에서 퇴짜 맞기 일쑤였으니 제가 어떻겠습니까? 몇 년간 이랬습니다. 기어이 제 인내력도 바닥나고, 한 번은 정말 약이 오를 만큼 오르더군요. '너 이번에 약속 장소에 안 나오면 진짜 끝이다. 꼭 나와라!' 이런 메시지를 보내놓고 이를 갈았습니다.

제가 경주에 내려가서 보낼 수 있는 시간이라고 해봤자, 주말 2박 3일이나, 명절 전후뿐이었습니다. 서울에서 사는 직장인에게는 황금 같은 휴일이지요. 그런데도 경주에서 회사에 다니며, 경주에서 살고 있는 C 양이 '바빠서' 나를 못 만나러 오겠다는 말은 선뜻 이해가 가지 않았죠. 다행히 약속한 날, 이번에는 그녀가 모습을 드러냈습니다. 만나면 혼을 내 주리라 생각했는데, 막상 해사한 그녀의 얼굴을 보니, 화낼 맘이 사르륵 사라졌어요. 입 밖으로 원망의 말 하나 안 튀어나오더군요. 한편으로는 그동안 저 친구도 바빴으려니 싶고, 옛날 일이야 그냥 지나가지. 싶고, 오늘 하루를 잘 보내자고 마음을 먹었죠. 그래서 친구 손을 잡고 '잘 지냈냐? 예뻐졌다.' 인사하다가 근처에 있는 쌈밥집으로 발을 옮긴 겁니다.

경주 쌈밥! 지금이야 황리단길이다, 뭐다 해서 음식점이 제법 들어왔지만, 그 당시에 경주는 먹을 것이라곤 없는 동네였습니다. 농담으로 하는 이야기가 아니라. 진짜 제 고향이라서 어지간하면 좋게 말해주고 싶은데도 맛집이 없었어요. 황남빵은 유명한데, 그밖에 내세울 만한 음식이 없었습니다. 그 당시, 그나마 하나 꼽자면, 대릉원 근처에 있는 쌈밥집이 있었습니다. 잘나가는 특정 쌈밥 식당이 하나 있었다기보단, 그저 그 근방에 쌈밥집이 좀 많았어요. 쌈밥이랄 게, 사실 별건 없지요. 싱싱한 쌈 채소를 물에 탈탈 씻고, 고기를 조금 준비하고, 된장찌개 하나면 넉넉합니다. 음식에 기교를 부릴 것도 없고, 맛을 내려고 손이 많이 가는 것도 아니지요. 담담하게 자연에서 주어진 맛 그대로 먹으면 그뿐일 음식이었습니다.

C 양은 운전을 해야 하니 콜라를 마시고, 저는 소주를 한 병 곁들였습니다. 남자 친구 이야기니, 직장 이야기니, 쓸데없는 이야기를 하면서 소주를 반병 정도 비웠을 때였습니다. 저는 술김에 은근슬쩍, 그간 연락이 왜 안 되었냐며 원망하는 말을 내뱉었지요. 약속을 잡고 안 나와서 서운했다, 그렇게 바빴느냐는 말 따위였지요. 답은 기대 안 하고, 빈 잔에 술을 채울 때였습니다. 고개를 푹 숙인 그녀가 그렇게 말하

더군요.

“난 네가 부러웠어.”

먹다가 얹히는 줄 알았습니다. 소주 반 병짜리 술기운이 깨어나는 한마디였어요. 저는 다 싼 쌈을 입에 밀어 넣지도 못한 채 한동안 말을 잊었습니다. 평생 제가 더 힘들다고 생각했거든요. 서울로, 부산으로 떠밀리듯 나가 살아남기 위해 아등바등하던 건 저였고, 제대로 된 안정된 직장도 없이 밥벌이하고 겨우겨우 버텨내던 것도 저였어요. 고향에서 조용히 지내는 친구를 보며 한 번도 ‘우쭐함’ 같은 감정을 품은 적이 없었습니다. 오히려 부잣집 소고기 가든의 외동딸로, 강아지 한 마리를 키우며 유유자적 사는 그녀의 삶이 너무 부러웠지요. 가끔은 저 애랑 인생을 바꾸고 싶다고 생각한 적도 있었는데, 그런 사람이 저에게 부럽다는 말을 하니, 어딘가 조화가 맞지 않는 느낌인 겁니다. 그녀가 말했습니다.

“나는 경주에 남았고, 너는 바깥세상을 봤잖아. 자유롭잖아. 나는 경주 벗어나 본 적이 없는데.”

순식간에 머리가 복잡해졌습니다. 저는 머릿속에 나오는 대로 말을 던졌어요.

"얘. 밖에서 내가 뭔 고생을 했는지 넌 몰라. 나 월급도 짜고, 직장도 불안정하고. 집도 맨날 원룸 월세야. 서울 방값 더럽게 비싸."

"그래도."

"뭐가 그래도니? 네가 훨씬 더 잘 사는 거야. 경주 좋잖아. 나도 나중에 여기 돌아오고 싶어. 임마! 너는 건물 물려줄 부모님도 계시고, 회사 업무도 어렵지 않다며. 신이 숨겨 놓은 직장이라고 할 만큼 한가하다며?! 그럼 좋지. 뭘?"

그러면서도 '아차!' 싶었습니다. 우울한 C 양의 얼굴을 보자, 내 생각이 완전히 틀렸다는걸, 그때 눈치챘던 것 같습니다. 저야 이상한 소문들을 피해서 도망쳤던 거지만, 제법 유복했던 그녀에게도 한없이 떠나고 싶은 곳이 고향 땅 아니겠어요? 젊은이란 피가 끓는 존재니까요. 생각해 보면, 학창 시절에는 저도 그녀도 이 소도시를 벗어나 서울로 가려고 무진 애를 썼어요. 고등학교 입학조차 성적순으로 나뉘던 이 작은 도시에는 일종의 눈에 보이지 않는 카스트 같은 제도가 있었어요. 지방에는 토호(지방 토착 세력)가 따로 있고, 그들이 군림하는 것도 사실이지요. 가끔은 작은 왕국 같기도 해요. 중학교 3년, 고등학교 3년, 철들 무렵, 고향 사람들 간의 이런 계급을 눈치채면, 조금 질린다고 해야 할지요. 기어이 탈출에 성공해서, 외지 생활을 하면서 떠돌고서야 '아 고향이 좋았다. 돌아가고 싶다.' 하는 생각이 드는 게지요. 나이 아주 많이 먹어서는 돌아와서 정착하고 싶고. 그런데 이곳에 평생을 사는 사람의 마음을 저는 몰랐던 것 같아요.

정작 자신은 지독하게 미워한 고향이었으면서, 이곳에서 벗어날 기약 없이 머물러 살고 있는 친구의 마음을 몰랐다니. 좌우간, 예나 지금이나 저는 제 생각만 하는 인간이었죠. 그저 C 양 팔자가 나보다 낫고, C 양 사는 게 나보다 낫다고 생각했는데, 사람 입장에 따라서 그것도 아니라는 사실을 이제야 눈치를 챈 겁니다. '그럼, 너도 벗어나면 되잖아?' 따위의 말은 나오지 않았습니다. 사람마다 고향을 떠나지 못하는 사연이 있잖아요. 이제 이 친구 같은 경우에는 가업을 물려받아야 했죠. 외동딸이었으니까요.

"야, 난 이렇게 한심하게 산다. 난 오히려 네가 부럽다."

이런 말을 주절거리던 저는, 어느 순간부터 입을 다물고 술잔을 비웠습니다. 조용히 다시 쌈을 쌌어요. 노릇하게 구운 고기를 올리고, 미나리 한 줄기, 부추, 마늘을 툭툭 얹었습니다. 그리고 친구에게 건넸어요.

"먹을래?"

C 양은 눈썹을 축 늘어뜨린 미소를 지으며 조용히 고개를 젓더군요. 저는 머쓱하게 쌈밥을 한입 가득 넣고 우물거

렸습니다. 지금, 이 순간 그녀가 얼마나 부끄러울지, 그리고
내가 얼마나 사려 깊지 못한 사람인지 실감이 되기 시작했습
니다. 나도 잘나가는 친구들이 꼴 보기 싫듯, 그녀도 그랬겠
지요. 옛날부터 책을 좋아하던 그녀였으니까, 제가 출판사에
일하는 것도 걸렸을 테고. 서울에서 사는 것도 걸렸을 테고.
이런저런 것들을 헤아리지 못한 게 미안하더군요.

앞에 있는 C 양의 눈빛을 외면한 채 꾹꾹 씹고 있노라니,
온갖 재료가 입안에서 어우러지는 게 생생하게 느껴졌습니
다. 미나리의 향, 물기 가득 먹은 상추의 식감, 알싸한 마늘,
구수한 쌈장. 문득 밥상을 보니 삶의 지도를 보는 것 같았어
요. 이게, 쌈밥이라는 게 별것 없지만, 한 상 안에 계절이 담
기고, 땅과 바람이 담기고, 사람살이가 담기잖아요. 밥상 위
에 재료는 정해져 있고, 그냥 풀잎 한 장 위에 내가 넣고 싶은
재료 담아다가, 양념 좀 쳐서 입에 왕창 때려 넣는 거.

그런데 우리 모두 인생에 차려진 밥상이 다르고, 쌈 채
소 종류도 다르고, 고기가 몇 점 있는지, 젓갈이 있는지 없는
지도 다르고, 그렇게 자기 앞에 펼쳐진 인생의 밥상에서 그
나마 마음에 드는 것들 주워다가 한입에 넣어 우걱우걱 씹는
거. 그렇게 가슴 팍팍 치며 먹는데, 어쩌다가 남의 밥상이 눈
에 들어올 때가 있는 거죠. 남의 밥상에는 스테이크도 있고,
쌈 채소도 막 밭에서 걸어온 것 같고. 그러면 쓸쓸하고 외롭
고, 저는 오직 저만 남의 것을 부러워한다고 여겼는데, 때로
는 남도 제 것을 부러워 하나 봅니다.

이 세상의 당연한 이치를 왜 저는 모르고 있었을까요?
왜 나만 남을 보고 발을 동동 구른다고 생각했는지,
왜 나만 생각했는지,
참 소견이 좁았던 거였죠.

쌈밥 한입 가득 넣으며 마음속으로 중얼거렸습니다.

그래, 우리는 모두
자기 앞에 차려진 밥상을 고스란히 안고 살아가는 거야.
밥상을 엎어버리겠니? 어쩌겠니?
주면 주는 대로, 안 주면 안 주는 대로,
먹고, 씹고, 또 삼키는 거지.
살고, 살고, 또 사는 거지.
나는 도망치고 싶었으니, 도망쳤고,
너는 가업을 받아야 하니, 머물렀고,
너나 나나 가엾은 사람들.
자기가 못 간 길을 자기가 못 받은 밥상을
못내 부러워하는 사람들.

때로는 내가 부러워하는 사람도 나를 부러워하고, 내가
못 견디겠다고 여긴 삶도 남에겐 한없이 자유로워 보일 수
있고, 고기 몇 점 올리고 마늘 한 쪽 얹어 쌈 싸듯이, 우리도
결국 주어진 재료 안에서 최선을 다해 쌈 싸며 사는 거겠지.

누구 인생은 된장찌개 맛 같고, 누구 인생은 마늘의 알싸한 맛 같고, 또 누구는 기름기 자르르 흐르는 삼겹살 같겠지. 하지만 결국 입안에 넣고 씹어 삼키는 건 우리 각자뿐이고, 그걸 맛있다고 여길지, 씁쓸하다고 여길지는 우리가 선택하는 문제겠지.

저는 이 쌈밥집에서 다시 배웠던 거 같아요. 내가 힘들다고, 내가 초라하다고, 내가 지겨운 밥상을 마주하고 있다고, 남들이 부러워하지 않는 게 아니라는 걸. 그러니 덜 억울해하기로, 덜 부러워하기로 했습니다. 지금 내 밥상 위의 이 쌈밥처럼, 나의 삶도 그냥 고소하게 한입 크게 삼키기로, 때로는 밥상머리에서 친구의 쌈도 챙기며 살기로, 그렇게 쌈을 또 하나 싸서 고개를 푹 숙인 친구 앞에 내밀었습니다.

"그래도 먹어. 얘. 쌈은 따뜻할 때 싸 먹어야 맛있단다. 차려진 건 달라도 같이 먹자. 그래도 혼자 먹는 것보단 더 맛나지 않겠니."

향긋한 꽃들로부터

동백꽃

자신의 성격이

마음에 들지

않을 때

가끔 저는 자신이 투명하게 느껴집니다. 가령 누가 '너, 이런 부분은 좀 고쳐!' 하면, 다음 날 냉큼 성격을 바꿉니다. 또 다른 사람이 '넌, 그런 부분이 별로야.' 하면, 또 후다닥 성격을 바꿉니다. 마치 가면을 쓰듯이 성격을 휙휙 바꾸고 있노라면, 내가 누군지, 원래 어떤 사람이었는지, 잘 기억나지 않습니다. 음악이나 문학에 대한 취향, 패션, 그 밖의 다른 부분도 마찬가지입니다. 권위 있는 누군가가, 심지어 처음 보는 사람이 흘러가는 말로 한소리를 해도 불에 덴 듯 깜짝 놀라 자신을 바꿉니다. 물론 이 과정은 무척 마음이 아프고, 때론 이게 옳은지도 모르겠습니다.

다만,
내가 누군가에게 거슬린다는 사실이 너무 불편하고 힘이 듭니다.
왜 그럴까요?
어쩌면 남을 바꾸는 건 어렵지만, 나를 바꾸는 건 쉽고,
남을 상처입히기는 어렵지만,
저 자신을 무너뜨리는 건 간단해서일지도 모르겠습니다.

그렇다 보니, 자존감 도둑들의 좋은 먹잇감이 되곤 합니다. '자존감 도둑' 즉, 어떤 사람들은 남을 괴롭혀서 타인의 자존감을 빼앗아 갑니다. 그들은 보통 '고집이 세다.'라는 말로 상대방을 공격합니다. 그러고는 '태도', '말버릇', '눈빛' 따위

로 흠을 잡습니다. 실컷 난도질하고서는 '다 너를 위해서 하는 말이다.'라고 호의를 베푼 척합니다. 이 과정을 상대방이 지칠 때까지 반복합니다. 버티다 못한 상대가 무너지면, 마침내 이들은 남의 영혼을 꺾어놓았다는 사실에 만족감을 느낍니다. 아마, 이 글을 읽는 독자들 머릿속에 어떤 사람의 얼굴이 떠오를지도 모르겠습니다.

제 경우, 가장 오래된 기억은 20대 초, 대학원 조교로 일할 때의 일입니다. 대학원 조교라고 해봤자, 대단한 업무를 하는 자리는 아니었습니다. 그저 행정실에서 요청하는 사소한 서류를 정리하거나, 교수님이 요청하는 일 따위를 하면 되는 간단한 업무였지요. 보통은 바쁘지 않았기 때문에, 일을 모두 처리하고 시간이 날 때면 메모장을 켜서 소설을 썼습니다. 느슨한 분위기였던지라, 그래도 된다고 생각했습니다.

그런데 이게, 제 상사인 학과 조교의 눈에 띄었습니다. 그 조교는 같은 학과 3년 선배였습니다. 한때 소설을 썼는데, 지금은 접었다고 했습니다. 야무지고 똑똑한 사람이라, 교수님들로부터도 신뢰를 받았습니다. 저는 그녀의 말에 잘 따랐고, 그날도 그저 소설을 쓰지 말라고 경고하면 될 일이었습니다. 어쨌든 업무 시간 중에 사적인 일을 한 게 잘못이니, 약간의 꾸지람도 곁들일 수 있었습니다.

그런데, 왜일까요?
그날따라 기분이 안 좋았기 때문일까요?

잔뜩 화가 난 그녀는 흥분하여 따지기 시작했습니다. 저는 왜 그렇게 그녀가 화를 냈는지 이유를 몰랐습니다. '너, 지금 소설 쓰지? 이게 뭐야? 너, 날 무시해?'부터 시작된 그녀의 말은 '눈! 똑바로 안 뜨니?'로 이어졌고, '사회생활 못 배웠니? 제대로 하는 일이 없어! 네가 그러고도 조교니? 네가 잘난 줄 알아? 너, 소설 그렇게 쓴다고 등단할 거 같아?'까지 나아갔습니다. 제 부정은 아무 소용이 없었습니다. 다시는 사무실에서 소설을 쓰지 않겠다는 말도, 다 제가 잘못했다는 말도 그녀에게 들리지 않는 듯했습니다. 급기야 제가 울음을 터트리자, 그녀가 쐐기를 박았습니다. '뭐가 잘났다고 울어? 당장 고개 못 들어? 이거 하나 못 참아? 똑바로 못해?' 남에게 그토록 호된 질책은 정말 처음 들어 보았습니다. 고시원으로 돌아온 저는 천장을 보며 한없이 울었습니다. 작은 정육면체의 방에서 내가 뭘 잘못했는지, 무엇을 바꿔야 하는지 곰곰이 생각했습니다. 소설을 쓰지 말라고 한 말이 전부라면야 그렇게 하면 되는데, 태도를 지적당하자 뭘 어떻게 고쳐야 할지 알 수 없었습니다.

당시 제 성격은 주변 사람들에게서 호불호가 많이 갈리는 편이었습니다. 어떤 사람은 영혼의 동반자인 것처럼 저를 좋아했는데, 또 어떤 사람은 인사말도 안 나눌 정도로 저를 싫어했습니다. 그러나 제 어떤 부분이 인간적인 매력이고, 또 결함이었는지, 도무지 알 수가 없었습니다. 대신 저는 좀 더 쉬운 길을 택했습니다. 그녀가 평소 좋아하던 후배를 떠올렸습니다. 그녀가 아끼던 후배는 싹싹하고, 밝고, 명랑한 사람이었습니다.

가면을 쓰기로 결심했습니다. 도망치거나 유연하게 빠져나가는 지혜가 20대 중반의 저에게는 없었습니다. 다음 날,

저는 완전히 가면을 쓴 채 출근했습니다. 어제 그토록 혼이 났음에도 밝게 미소 지으며 90도로 몸을 꺾어 인사하며, '어제 잘못했다. 반성했다. 가르침 감사하다. 앞으로 달라지겠다.'라고 말했습니다. 과거의 저는 없었습니다. 저 대신 모두가 좋아하는 그 후배가 되었습니다. 애교 가득한 제 행동에 그녀가 웃을 때면, 반가우면서도 한편으로는 슬펐습니다. 후배처럼 행동하는 제 모습에 교수님도, 학부생들도, 친구들도 행복해하는 것 같았습니다. 마음이 칼로 난도질당한 듯 아팠지만, 남들이 좋다면 그걸로 됐다고 생각했습니다.

어느 때가 되자 가면이 편해지기까지 했습니다. 처음에는 거부감이 느껴졌던 가면이 계속 연기를 하다 보니, 저와 한 몸이 되어 갔습니다. 연기를 하다 보니, 자신의 행동이 연기인지 실제인지, 지금 짓는 표정이 진심인지 아닌지, 과거의 내가 어떤 사람이었는지조차 모르게 됐습니다. 출근할 때면 능숙하게 가면을 썼습니다. 퇴근해도 벗지 않고 잠에 들었습니다. 어차피 내일 아침에도 또 써야 하니까요.

그렇게 시간이 흘렀습니다. 그녀는 먼저 대학을 떠났고, 굳이 연락할 일은 없었습니다. 다만 인격이 기묘하게 바뀐 저만 남아서, 가끔 그녀의 악몽을 꾸거나, 수치스러운 기억에 빠져서 헤어 나오질 못하거나, 남의 눈을 심하게 의식하게 되어서 한 번씩 자신이 무엇인가 잘못한 일은 없는지 노심초사하며 불안에 떨 뿐이었습니다.

그녀와 다시 만난 건 용두산공원에서였습니다. 새빨간

동백꽃이 환히 핀 초봄이었습니다. 아직 쌀쌀했고, 키가 큰 동백나무의 잎사귀는 햇살을 받아 반질반질 윤이 났습니다. 부산의 동백꽃은 당당하고 대범한 맛이 있었습니다. 자신감에 꽉 찬 젊은 여성을 보는 느낌일까요. 저는 듬성듬성 꽃이 떨어진 길을 따라 걸었습니다. 그러다 맞은편에서 오는 그녀를 발견했습니다. 가죽점퍼를 입고 옆에 남자 친구를 낀 그녀가 저를 보고 반갑게 웃었습니다. 데이트를 하느라 한껏 빼입은 그녀는 용두산공원의 동백꽃처럼 싱싱하고 아름다웠습니다. 간단한 안부를 나눈 후에 그녀가 눈을 반짝이며 말했습니다.

"난 조교로 일하던 내내 정말 네가 존경스러웠어."

뜬금없는 칭찬에 저는 멍청하게,

"네?"

하고 되물었습니다. 그녀가 마치 준비라도 되었다는 듯 빠른 목소리로 말을 이었습니다.

"그렇게 혼냈을 때 180도로 달라지는 사람은 없거든. 그런데 너는 변하더라고. 어쩜 그렇게 하루 만에 사람이 바뀔 수 있는 건지 좀 놀랍고 존경스러웠어."

순간 당황스러웠지만, 성능 좋은 제 '가면'은 정답을 말했습니다. 저는 활짝 웃으며 너스레를 떨곤,

"아뇨! 조교님이 더 고생 많으셨죠! 저야 괜찮아요."

라고 말했습니다. 그 순간 뭔가 어두운 것이 제 안에 쿵 하고 떨어졌습니다. 제 기분을 알 리가 없는 그녀가 제 어깨를 두드렸습니다.

"그땐 솔직히 미안하고, 후회도 많이 했어. 예술가인 너를 꺾은 것 같았거든. 난 소설을 그만뒀는데, 열심히 쓰고 있는 네가 좀 부럽더라고. 솔직히 네가 그렇게 완전히 달라질 줄은 몰랐어. 네가 괜찮다고 하니, 나도 마음이 편하네."

> 아. 제가 뭐라고 대답해야 했을까요?
> "허, 참! 어이가 없네요.", "지금 그걸 말이라고 하시는 거예요?"
> "그렇게 상처입히시고 본인은 마음이 편하세요?"
> "사람 무시하는 거예요?"
> 아니지,
> 차라리,
> "야, 이 못된 기집애야!"

그녀가 멀리 사라졌습니다. 저는 길바닥에 떨어진 동백꽃을 내려다보았습니다. 사람들의 발에 밟히고 짓이겨진 꽃잎을 보며 한없이 바닥으로 꺼져갔습니다. 깊고 어두운 감정이 파도처럼 밀려와 저를 뒤덮었습니다. 그건 슬픔인지, 후회인지, 분노인지 알 수 없는 이름 없는 감정이었습니다. 저는 멀리 사라지는 그녀를 불러 한마디를 하고 싶었습니다. 그러나 무슨 말을 해야 할지 도무지 단어가 떠오르지 않았습니다. 제 가면은 아무런 답을 제시하지 않았습니다. 저는 제 언어를 잃었습니다. 그렇게 그녀를 보냈습니다. 그게 마지막이었습니다.

어차피 작별할 사람 마음에 들기 위해,

나는 왜 그다지도 자신을 죽여가며 애를 썼을까요?

자신의 마음에 제초제를 뿌려가며,

제발, 죽으렴.

내 안의 못난 부분아

제발, 죽어주렴.

내가 죽어야, 내가 산단다.

세상일이라는 게, 그게 그렇단다.

그녀와는 작별했지만, 가면과의 동거는 10년도 넘게 이어졌습니다. 어쩌면, 그때 그녀에게 혼난 게 예방접종 효과를 냈는지도 모릅니다. 사회생활에서 이 가면은 꽤 요긴하게 쓰였으니까요. 저는 실력은 좀 모자랄지언정 사회생활 잘하는 성격은 좋은 직원이었습니다. 그러나 저는 그 이전의 제가 어떤 모습이었는지 도무지 기억이 나지 않습니다. 무엇을 좋아했는지, 어떤 점이 매력이었고, 어떤 점이 사랑스러웠는지, 전혀 모릅니다.

다만 찬란한 동백꽃. 당당하게 피어 있는 빨간 동백꽃을 볼 때면 마음이 시립니다. '아, 빛나는 동백꽃.' 어리숙하고 요령 없었던 잃어버린 제 젊은 시절의 모습일지도 모르겠습니다.

아, 대관절, 20대 초의 나는 어떤 사람이었을까요?

말이 많은 사람?

까칠한 사람?

자주 웃는 사람?

다소 우울한 사람?

이 모든 걸 가지고 있으면서도,

그러면서도 아름다운 사람?

마음에 들지 않는 모난 성격은, 어쩌면 생의 가장 찬란하고 예쁜 모습일지도 모릅니다. 자신의 긍정적인 부분을 믿길 바랍니다. 누군가에게 난도질당해 잃어버리기 전에, 자기 자신을 스스로가 지키고, 보호하고, 소중히 간직하길 바랍니다.

아카시아

지금 하는 일이

적성에 맞지

않을 때

오랫동안 해온 일이 내 일이 아니라고 느껴질 때가 있습니다. 저도 그랬습니다. 5년 정도 도서 편집자로 일은 했지만, 이 일이 정말 저에게 맞는 일인지 확신하기 힘들었습니다. 5년간의 회사 생활은 실패의 연속이었습니다. 꼼꼼하지 못해서 놓치는 것투성이였고, 하루 종일 책상에 앉아 있으면 지루해지기 일쑤였죠. 그 직장들 모두 마지막에는 도망치듯 나온 터였던지라, 다시 직장을 구한다면 차라리 다른 일을 하고 싶었죠. 그래도 해오던 일의 영역을 완전히 벗어날 수는 없어서, 저는 기자의 길을 선택했습니다. 제가 어느 월간지 출판사에서 기자 겸 편집자로 일하던 시절의 이야기입니다.

그 월간지는 축산, 그것도 양돈을 전문으로 다루는 전문지였습니다. 저는 그곳에서 수의사들이 쓴 원고, 사료 회사 직원이 쓴 정보 글, 기자재 광고 글 등의 원고를 정리하고 교정 교열을 해서 인디자인으로 책의 형태를 만들었습니다. 가끔은 직접 카메라를 들고 양돈에 관련된 학회나 세미나에 가서 사진을 찍고 기사글을 썼습니다. 직접 인터뷰를 따 오기도 했지요. 전에 기자 일은 해본 적이 없었는데, 중소기업들이 다 그렇듯, 그냥 하다 보니 어떻게든 되었습니다.

제 명함에는 '돼지'를 '전문'으로 하는 축산업 '기자'라는 타이틀이 붙었습니다. 문예창작학과 출신 편집자(그것도 전에는 국내 문학과 교양서를 만들던)가 어쩌다가 양돈 축산 전문지 기자가 될 수 있는지, 누가 '전문'이라는 자격을 주는지는 알 수 없을 노릇이었습니다. 사장은 책임감 무거운 명함과 함께 생전 처음 보는 용어들이 담긴 두꺼운 축산 사전을 건냈습니다. 저는 부지런히 돼지에 대한 글을 읽고, 수많은 돼지 사진을 보았습니다. 핑크색 보송보송한 새끼 돼지에서부터 파랗게 된 귀, 잘려 나간 꼬리, 때론 노란 설사에 범벅이 된 엉덩이까지도.

불판에 올라가 있지 않은 형태의 돼지! 이 회사에 들어오기 전까지 돼지란 마트에 가면 연분홍색으로 잘 썰린 채 정렬되어 있는 식품에 불과했습니다. 돼지가 새끼를 몇 마리 낳는지, 어떤 병을 앓는지, 돈육 재고와 유통과 세계적인 판매량 따위는 저와 별 상관도 없는 일이었습니다. 그러나 세상이 문자와 컴퓨터로만 되어 있는 줄 알았던 사무직에게 축산업의 세계는 놀랍도록 신선하고 감명 깊었습니다.

세상에 돼지라니!

돈사에서 실물로 보니,

더 희고, 커다랗고, 푸둥푸둥했던 돼지!

그러니까, 삼겹살이라는 게 원래는 생명이었어?

원래는 저렇게 생긴 거였어?

저 작고 포동포동한 걸 키워서 내가 먹었던 거야?

맙소사!

세상에!

그럴 수가!

처음 몇 년만 해도, 저는 이 회사가 무척 재밌었습니다. 국내산 돼지가 사실은 전 세계에서 온 녀석들이라는 사실을 알게 되었을 때는 기분이 고양되기까지 했지요. 놈들은 주로 캐나다, 미국, 덴마크, 프랑스에서 왔습니다. 축 늘어진 몸뗑이 안에 가득 종자를 담은 종돈은 배를 타고 바다를 건너 한국에 도착했습니다. 언젠가 카탈로그에서 본 종돈의 토실토실한 얼굴에는 산업역군과 같은 어떤 기특함이 있었죠. 그건 실로 그랬습니다. 그러나 이 즐거움은 오래 가지 못했습니다. 기자일 자체가 영 적성에 맞지 않았던 겁니다. 세미나에 가면, 한 구석에서 조용히 앉아 사람들과 눈도 마주치지 못했고, 축산 전공자가 아니니, 인터뷰 중간중간 대화를 이끌어가기도 어려웠습니다. 본디 학회나 양돈 관련 행사 자리에 가면, 기자라는 직업은 교수나 전문가들에게 슬쩍 명함을 나눠주고 인사도 하는 영업자의 역할도 겸해야 합니다. 그런데 활발하지 못한 성격인 저는 이런 역할을 전혀 할 수가 없었던 겁니다.

지방 출장이 잦은 것도 몹시 힘들었습니다. 출장지는 주로 경기도, 충북, 대전 등지였습니다. 보통 아침 7시 반에 출발해 밤 8시나 되어야 서울에 돌아올 수 있었습니다. 집에 들어오면 완전히 녹초가 되는 건 둘째 치고, 그 모든 시간 동안 부장님과 단둘이 이동해야 한다는 것도 쉽지 않았습니다. 부장님은 좋은 분이었지만, 12시간 이상 붙어 있고, 그중 몇 시간을 고속도로에서 정체된 상태로 함께 있는 건 정말이지,

숨이 턱 막히는 일이었습니다.

그럴 때면 으레 창밖의 풍경, 그중에서도 하얗게 핀 아카시아 꽃들이 눈에 들어왔습니다. 고속도로 양옆으로 펼쳐진 산이 아카시아 꽃으로 하얗게 물들어 있을 때면, 그냥 그걸 보는 것만으로도 이 하루를 조금은 더 견딜 수 있을 것 같았습니다. 하지만 '견딜 수 있다.'라는 것과 '오래 할 수 있다.'라는 다른 개념이었습니다. 저는 기자라는 일을 도무지 오래 할 자신이 없었습니다. 그렇다고 쉽게 그만두지도 못했습니다.

왜냐하면, 저는 이전에도 여러 번 직장생활에 실패했었고, 이번까지 실패하면 정말 끝일 것 같았기 때문입니다. 편집자라는 일도 실패했는데, 기자로서 사는 것도 실패한다면, 정말 끝이라는 생각이 들었습니다. 어떻게든 이 회사에서 적응해 내는 게 내 존재 가치를 증명하는 것처럼 느껴졌고, 여기서 그만두면 더는 먹고살 길도 없을 거라는 생각이 목을 조여왔습니다.

그러던 어느 날, 한 중소기업 사장님을 인터뷰하는 날이었습니다. 축사 건축에 사용되는 기자재를 만드는 사장님이었습니다. 깊은 주름과 까만 피부에서 그간의 고된 노동이 느껴지더군요. 과연, 젊은 시절엔 떠돌아다니며 고생을 많이 했다고 하셨습니다. 이 사람 밑에서 몇 년, 저 사람 밑에서 또 몇 년을 배우며 떠돌다 나이 예순이 되어서야 겨우 사장이라는 명함 하나를 가지게 됐다고 하시더군요. 그동안 안 해본 일이 없다고 하셨습니다. 생전 처음 보는 낯선 기자들 앞에서 자신의 옛일을 풀어놓으며 눈시울을 붉히시는데, 그분의 청춘 시절 이야기가 제 지금 처지 같기도 해서 어딘가 씁쓸했습니다. 사람의 인생이란 어찌 이리 고달픈지요.

　부장님이 잠깐 자리를 비운 사이, 사장님과 저는 공장 주변을 한 바퀴 걸었습니다. 공장은 산기슭에 있었습니다. 공장 건물로 쓰는 커다란 컨테이너 박스 몇 개가 곳곳에 놓여 있었고, 사이사이에 포장된 기자재나 기계 장비들이 어수선하게 놓여 있었지요. 사장님은 기계에 대한 설명을 해주고, 또 자신의 이야기도 하면서 천천히 걸음을 옮기셨습니다. 둘이 반 바퀴쯤 걸었을까요? 공장 부지 확장을 위해 공사 중이라는 곳에 도착했습니다. 뜨거운 여름 햇살 아래 뿌연 먼지가 날렸고, 작은 굴착기 한 대가 무너진 흙 속에 우두커니 서 있었습니다. 그리고 공사장 끄트머리에 아카시아 나무 한 그루가 혼자 서 있었습니다. 생뚱맞게 거기 있었지만, 아카시아 꽃은 아주 탐스럽게 피어 있었습니다. 평소 고속도로 좌우의 산에서 피어 있는 것만 보던 꽃이 가까이에 있자 신기하기도 해서, 저는 사장님께 하나를 꺾어가도 되냐고 물었습니다.

"심은 것도 아닌데, 맘껏 가져가요."

　사장님이 흔쾌히 허락하시더니, 이어서 이렇게 말하시더군요.

"아카시아는 어디서든 잘 자라요. 거친 환경에서도 살아남고, 뿌리를 깊게 내리고, 스스로 번식하는 강한 나무예요. 아마 그래서 여기에 혼자서 이렇게 자랐겠죠."

저는 새하얀 아카시아 꽃 한 무더기를 꺾어 손에 들고 서울로 돌아왔습니다. 돌아오는 고속도로 양옆의 산에도 아카시아는 잔뜩 피어 있었습니다. 아카시아는 사람들이 찾지도 않는 곳, 밟히기 쉬운 곳, 누구도 돌보지 않는 공사장 담장 옆에서도 그냥 제때가 되면 하얗게 피는 꽃인 듯싶었습니다. 그날 저는 속으로 물었습니다.

> 나도 아카시아 같은 생명력을 가질 수 있을까?
> 어디에서든 뿌리를 내리고 살 수 있을까?
> 강인하게 잎사귀를 내며 버티고 버티다가,
> 이윽고 희고 환한 꽃을 피울 수 있을까?

알 수 없는 노릇이었습니다. 앞선 세 번의 직장생활에 모두 실패한 상황이었죠.

> 여기서도 실패한다면, 대체 어디에서 적응하고 살 수 있을까요?
> 제가 뿌리를 내리고 다닐 수 있는 회사가 있긴 할까요?
> 스스로 돈을 벌어먹고 살 수 없다면,

이 세상에서 앞으로 몇 년이나 더 살아 나갈 수 있을까요?
편집자도, 기자도 못 하겠다면, 대체 제 적성은 뭘까요?

흰 아카시아는 답이 없었습니다. 나이가 30대 초반이었습니다. 내일은 보이지 않고, 한 달 후나, 1년 후나, 10년 후는 더더욱 보이지 않더군요. 계속 버티거나, 아니면 다른 길을 또 찾아보거나 둘 중 하나였습니다. 오늘 만난 사장님처럼 여기에서 몇 년, 저기에서 몇 년 떠돌다 안 해본 일이 없는 사람이 될 수도 있었습니다.

그렇게 해서라도 자리를 잡는다면 얼마나 좋을까요?
그건 언제 가능한 일일까요?
적성에 안 맞는다는 이유 따위로 이 일조차 그만둔다면,
저에게 미래는 있을까요?

문득, 살고 싶었습니다. 아카시아처럼. 산비탈에서든, 공사장 구석에서든, 어디에서든 정착해서 힘 있고 강인하게 흰 꽃을 피우고 싶었습니다. '거친 환경에서도 살아남고, 뿌리를 깊게 내리고, 스스로 번식할 정도로 어디서든 잘 자라는 그런 꽃나무가 되고 싶다.' 그런 생각을 했습니다.

그로부터 2년을 더 버텼습니다. 포동포동 살이 오른 돼지의 엉덩이를 보며 시간을 죽이고, 또 죽였지요. 종돈 수입 현황을 살피며, 양돈농가에서 자라는 귀여운 아기 돼지 사진

을 찍으며. 그러는 사이에 구제역이 지나가고, 아프리카돼지열병이 지나가고, 파란 방수포 위에 쌓인 수많은 돼지 사체와 그 위에 덮인 소독약들, 영업 중지와 파산 소식들. 어찌어찌 양돈업계의 매력이 저를 끌어당겼습니다만, 그러나 적성에 맞지 않는 일을 억지로 이어가는 건 힘들었습니다. 제가 5년간 확인한 거라고는, 애초에 자신이 활동적인 사람이 아니라는 사실, 사람들 앞에서 마이크를 들고 질문을 주고받는 기자라는 역할은 제가 오래 감당할 수 있는 일이 아니었다는 사실이었습니다.

오히려 어처구니없게도 편집자가 적성이었음을 깨달았습니다. 기자 일을 하면서 따온 원고나 인터뷰 원고를 정리할 때, 사무실에 앉아 워드나 인디자인 프로그램을 만질 때면 그렇게 편할 수가 없더군요. 결국 제가 그동안 편집자의 일이 적성이 아니라고 혼자 생각했던 건, 다른 직종의 경험이 없었기 때문이었습니다. 5년간, 이 사실만 확인했구나 싶어서 헛웃음이 나더군요. 기어이 사표를 썼습니다.

탄천 강변을 걷는데, 마음이 푹 가라앉았습니다. 앞날은 여전히 알 수 없었습니다. 역시나 이번 직장 생활도 실패했다는 생각에 암담한 기분도 들었지요. 한편으로 앞으로 어느 직장에 가든 잘살고 싶다는 생각이 들었습니다. 시간이 흐른 뒤, 저는 더는 고속도로를 달릴 일이 없어졌습니다. 서울의 산에서도 예전처럼 아카시아를 자주 보긴 어렵습니다. 편집자 일이 100% 적성인가? 그렇지 않습니다. 사실은 아니라고 느낄 때가 더 많습니다. 어쩌면 저와 인터뷰를 한 그 나이 든 사장님처럼, 저도 온갖 인생 역경을 통과해야만 인생의 절정에 도달할 수 있는 종류의 인간일지도 모릅니다.

다만, 저는 압니다. 적성에 맞는 일이 아니라고 느낄 때 확실하게 떠나야 하고, 맞는 일이라고 느낄 때 확실히 잡아야 한다는 사실을요. 그러려면 결국엔 많이 실패하고, 많이 도전하고, 많이 아프면서 자라는 수밖에 없을지도 모르겠습니다.

동시에 저는 믿습니다. 나에게도 생명력이 있으리라고. 벽에 부딪히고, 쓰러지고, 실패해도, 또다시 일어나서 살기 위해 문을 두드리는 힘이 있으리라고. 그 어르신이 그토록 실패해도 기어이 사장이라는 명함을 한 장 얻었듯이, 나 역시 떠돌고 떠돌지만, 정착할 자리를 어딘가에서 찾을 수 있으리라고. 기어이 천직을 찾아 하늘을 향해 줄기를 뻗고 잎사귀를 낼 수 있으리라고. 저 하얀 아카시아처럼, 한 무더기 밝게 피어날 날이, 반드시 있으리라고.

03

백합

침대에

누워만 있고

싶을 때

저는 한때 무속인이 봐주는 신점에 빠져 있었습니다. 당시 저는 1년 정도 다니던 회사에서 어처구니없는 모함을 받으며 쫓겨난 상태였습니다. 그 모함의 내용이라는 건 '사원인 네가 사장인 나를 죽이려 했다.'였고, 그 근거는 제 카카오톡 프로필에 올려둔 가위 이모티콘 하나였죠. 지독한 편집증 환자에, 의심증 말기인 사장에게 혹독한 괴롭힘을 받고 쫓겨난 저는, 대체 왜 이런 황당한 재앙이 나에게 일어났는지 생각하며 침대에 누워 있기만 했습니다.

단순히, 그냥 뭔가 하러 나가기 싫더군요. 딱히 거창하게 이유를 가져다 붙일 건 없었습니다. 전 직장에서 그렇게 퇴사 당했다 하더라도 퇴직금과 월급은 받아냈고, 통장에 돈도 3개월 정도는 버틸 만했습니다. 주머니에 돈이 있으니 도무지 직장을 구하기가 싫더군요. 직장만 구하기 싫은 게 아니라, 침대에서 발끝 하나 빼 내밀기 싫었습니다. 식사는 배달 음식으로 해결하고, 설거지하지 않은 그릇은 싱크대에 대충 쌓아놨습니다. 당연히 방 청소는 하지 않았습니다. 머리카락과 먼지가 굴러다녔고, 뭔가 서걱서걱 밟혀도 발바닥만 툭 털고 침대에 기어들어 갔습니다.

우울증이었을까요?
인터넷 어디에서 보니까,
만사를 제쳐두고 뻗어 있는 것도 우울증이라고.
지금 내 꼴이 우울증인 것 같긴 한데,

그러나 이게 우울증인지 아닌지도 확실치 않았습니다. 딱히 우울하지도 않았기 때문이죠. 공허했냐면 그것도 아니고, 그저 앉아서 미래의 일을 생각하다가 의욕이 팍 꺾이곤 했습니다. 또 취직을 하러 나가면, 분명히 어느 회사에서 일은 할 수 있겠지요. 그런데 그곳에서 새롭게 만날 사람들을 어떻게 감당할 것이며, 그곳의 새로운 업무는 어떻게 배우고, 또 9시에 출근하고 6시 이후에 퇴근하는 삶이 지긋지긋하게 반복될 텐데, 아! 정말 싫더군요. 그냥 하루가 이렇게 끝났으면 싶었습니다. 내일도 없이. 모레도 없이.

그러던 중에 점과 관련된 앱을 발견한 게 발단이었습니다. 전화로 상담이 가능하다길래 한번은 전화를 걸어 봤습니다. 가격은 30분에 얼마인가 나왔습니다. 휴대전화 너머에서는 무속인이 생년월일을 묻고 떠들기 시작했습니다. 그녀가 애매한 걸 묻더군요. 몇 년 안에 집안에 죽은 사람은 없었냐? 집안에 비명횡사한 사람은 없었냐? 어머니가 유산한 적은 없었냐? 뱀술이나 개고기를 먹은 적은 없었냐? 등등. 대체 왜 묻는지도 모르겠고, 뭐라고 답해야 할지도 모르는 질문들이 있는데, 그런데 참 이상하더군요. 한 사람이 내게 관심을 가

저준다는 게 좋았습니다.

이건 정말 야릇한 감각이었습니다. 나를 전혀 모르는 어떤 사람이 나에 대해서 알기 위해 이렇게나 노력해 준다는 사실이요. 제가 어떤 고민을 이야기하면, 전화기 너머 무속인은 이 문제를 분석해 주기 위해 최선을 다하더군요. 왜 그런 일이 일어났는지, 어떻게 이 상황을 헤쳐 나가야 하는지, 올해 뭘 조심해야 하고, 뭘 가까이해야 하는지까지 다 알려 주지 뭡니까. 무속인의 설명을 듣다 보면 나도 모르게 안심이 되더군요. 마치 내가 내 인생을 통제할 수 있을 것 같았어요. 내 마음대로 술술 풀리게 할 수 있을 것만 같았죠. 이 말만 잘 따르면, 나도 침대에서 벗어나겠다 싶더군요.

전화로 타로점도 보고, 전화로 무속인과 대화도 했어요. 아침에 일어나서 늘어지라 하품하고, 세수도 하지 않은 채 앱을 뒤져서 용하다는 무속인을 찾았습니다. 지성이면 감천일까요? 얼마 가지 않아, 정말 용하다는 선생님과 연락이 닿았습니다. 그러나 워낙 예약이 많이 밀려 있는 분이라, 전화로는 점사를 볼 수 없고, 직접 방문해야만 한다고 하더군요. 그것도 서울에서 인천까지요! 침대에만 누워서 뒹굴던 저더러 인천까지 오라는 건 사실상 죽으라는 말과 같았습니다. 그러나 기대가 컸기 때문일까요? 저는 침대를 벗어났습니다. 그녀가 얼마나 잘 보는지 너무 궁금해서, 다만 그 호기심 하나가 저를 침대에서 일어나게 만들었습니다.

모처럼 침대에서 일어나 보니 참 집이 엉망진창이더군

요. 싱크대에는 플라스틱 쓰레기가 아직 음식물이 묻은 채 쌓여 있고, 바닥에는 잡동사니가 굴러다니고, 화장실은 눈 뜨고는 못 볼 정도로 처참했습니다. 이 모든 것을 뒤로 하고, 저는 인천으로 향했습니다. 기대에 잔뜩 부풀어 오른 저는 가는 길에 꽃을 샀습니다. 어느 무속 유튜브에서 무속인이 알려주던군요. 점집에 뭔가를 사 오면 성의를 따져서 더 점을 잘 봐주게 된다고요. 그런데 사기로 마음먹은 것이 왜 하필 꽃이었는지는 모르겠습니다. 선녀님들이 꽃을 좋아한다는 말을 들었기 때문일지도요. 랑데부라는 '백합'. 이 커다랗고 풍성한 꽃송이를 보는 순간 반드시 그걸 선물해야겠다는 생각이 들더군요. 그렇게 꽃 한 다발을 품에 안고, 부랴부랴 인천으로 먼 길을 나섰습니다.

꽃다발과 여자를 실은 전철은 늦여름을 통과하고
철컹철컹 느리게 반복되는 지하철 소리와
빠르게 바뀌어 가는 창밖의 풍경과
그 창으로 들어오는 한 줄기 햇살과
꼬박꼬박 조는 사람들과
캐리어를 가지고 어디론가 가는 사람들과
책 읽는 사람, 휴대폰을 보는 사람,
재잘거리는 사람, 아무것도 안 하는 사람
여름 냄새가 나는 여름
여름 냄새가 이토록 자욱한 여름

지독하게 더웠습니다. 창밖은 늦여름의 햇살이 지상을 달구고 있었고, 전철에는 모기 한 마리가 사람들 다리 사이를 날아다니며 귀찮게 했습니다. 전철 안에서 저는 제가 왜 이렇게 되었는지 고민했습니다. 그러나 결론은 쉽게 나지 않았고, 어쨌든 용한 무속인을 만나서 미래에 대해 들으면 모든 것이 해결될 것만 같았습니다. 좋은 것이든, 나쁜 것이든, 누군가와 말하고 싶고, 내 상황에 대해 털어놓고 싶고, 나에 대해 이야기하고 싶었어요. 백합꽃 향기가 코를 찌르고, 무지몽매한 저는 환상에 빠졌습니다.

30대 후반쯤 되어서 대박이 터진다고 하면 어떻게 하지?

정말 좋은 남자를 올해 안에 만나게 된다고 하면 어떻게 하지?

물 근처에 가지 말라고 하면 어떻게 하지?

올해 내로 취직이 어렵다고 하면 어떻게 하지?

부모님이 아프다고 하면 어떻게 하지?

내 사주가 좋다고 하면 뭐라고 감동을 표현해야 할까?

내 사주가 나쁘다고 하면, 나쁜 대로 살아야 할까?

부적을 쓰자고 하면 어떻게 하지?

집 기운이 나쁘다고 하면 어떻게 하지?

굿을 하라고 한다면?

기대 반, 설렘 반, 걱정 반, 두려움 반⋯⋯. 싱숭생숭한 기분으로 들어간 그 신당은 사진에서 본 것처럼 근엄하고 온통 금색과 빨간색으로 칠이 되어 있었습니다. 조각으로 만들어진 으리으리한 신들의 모습을 보는 순간, 아 진짜 이 집이구나 싶었습니다. 저는 조심스럽게 백합 한 다발을 내밀었습니다. 고집 가득하게 생긴 땅딸막한 무속인은 살짝 웃으며 꽃다발을 받더니 제단 한 곳에 올려두고 방울을 흔들었습니다. 그러나 그녀의 입에서 나온 말은……

"너 낙태했지?"
"네?"
"낙태했잖아! 왜 그렇게 많이 애를 지웠어!"

저는 할 말을 잃었습니다. 왜냐하면 남자와는 자본 일이라고는 없는 모태 솔로였기 때문이죠. 기가 막힌 제가, 아니라고 부정하자 그녀는 더 거세게 몰아붙였습니다.

"내가 맞잖아! 어디서 부정을 해! 네가 몸 그렇게 굴리고 산다고 신령님이 화를 내신다!"

저는 지금까지 남자 친구가 한 번도 있어 본 적이 없는 진정한 노처녀 중의 노처녀였습니다. 황당하기로서니 이보다 더 황당할 수는 없었습니다. 차라리 제가 남자라도 있었더라면, 연애라도 한 번 제대로 해봤다면 이해라도 할 수 있었을 겁니다. 이건 뭐, 완전히 헛발질을 하고 있는 게 아니겠습니까. 제가 자꾸 부정하자 그녀는 급기야 화를 내더니, 갑자기 저희 집안을 들먹이더군요.

"집에, 물에 빠져 죽은 젊은 사람이 있어!"

그런 사람은 들어 본 적이 없었습니다.

"묘를 잘못 썼어!"

공동묘지에 계십니다.

"할머니가 억울하게 가셨어!"

병상에서 편히 가셨습니다.

정말 실망스럽기 짝이 없었습니다. 그래도 복채를 내지 않을 수는 없어서 마지못해 오만 원권 두 장을 넘겨주고 자리에서 일어났습니다. 엉거주춤 일어나서 집으로 돌아가려 하자 제 뒤통수에 대고 그녀가 소리치더군요.

"조신하게 살아!"

뭘 더 어떻게 조신하게 살아야 할지 모르겠습니다. 이미 침대에만 있는데 말입니다. 그렇게 신당을 빠져나오니 시간은 달랑 25분이 지나 있었습니다. 한 시간도 채 점사를 보지 못했던 겁니다. 억울하기도 하고 서럽기도 해서, 무더운 9월 초여름의 더위를 견디면서 도로를 걸었습니다. 버스들은 같은 노선을 지겹도록 오가고, 택시는 어디론가 사라지고, 나무들은 무성하게 자라서 잎을 늘어뜨리고 있고, 막 수업을 마친 교복 입은 학생들이 웃으면서 PC방으로 들어가더군요. 걷다 말고, 편의점에서 맥주를 사고 길이 보이는 의자에 앉았습니다. 누군가가 제 인생을 해결해 주진 않는 모양이었습니다. 자신의 삶은 자신이 책임져야 한다는 당연한 말이 뼈아프게 다가오더군요. '쓸데없이 돈만 날렸구나!' 하는 생각이 들자, 여기서부터는 실소가 났습니다. 내 돈을 갖다 바치면서 욕이나 먹고 오다니, 정말 별 웃긴 짓을 다 했구나 싶었습니다.

문득 백합 한 다발을 준 게 너무 아깝더군요. 나 자신에게는 장미꽃 한 송이 준 적이 없는데, 처음 보는 무속인에게 백합 한 다발을 안겨주다니! 내가 한 짓이 너무 바보 같았습니다. 동시에 내가 나를 얼마나 안 챙기고 살았는지 떠오르더군요.

새 화장품은 필요 없어.

향수 산다고 뭐가 달라지니?

좋은 음식 먹으나 싼 음식 먹으나 배부른 건 똑같아.

다이소에서는 뭐든지 살 수 있어.

일이나 해. 쓸데없는 생각 하지 말고,

미래를 위해 건실하게 살고, 절약하고,

뭐든, 하지 말란 말이야!

넌 그것들을 누릴 자격이 없으니까!

세상에, 제가 저에게 얼마나 모질게 굴었던지요?

집으로 돌아가는 길에 이번에는 백합 두 다발을 샀습니다. 품 안 가득 싱그러운 향기가 물씬 풍겨오더군요. 현관문을 열고 들어가자, 난장판이 나타났습니다. 화병이 있긴 했는데, 어디에 있는지도 기억이 안 날 정도였습니다. 이런 집에 백합을 꽂아봤자 별 의미도 없을 것 같아서 일단 청소를 시작했습니다. 싱크대를 치우고, 세탁기를 돌리고, 바닥을 닦고…….

한나절이 지나자, 그제야 사람 사는 방 같아졌습니다. 마지막 물청소를 마치고 창문을 활짝 열자 이미 밤이더군요. 저는 화병에 조심스럽게 백합을 꽂았습니다. 집이 환해지는 느낌은 단순히 기분 탓이 아니었을 겁니다. 저는 저를 오랫동안 가둬두었든 침대를 바라보았습니다. 이제야 조금은 자신이 왜 침대에만 있었는지 알 것 같았습니다.

회사에서 모함을 받고 쫓겨났던 저는 세상에 너무 실망했습니다. 자기 자신에게도 크게 실망했습니다. 누군가에게 기대고 싶어서, 이 억울함을 누군가 알아주었으면 싶어서, 무엇이든 잡고 싶었을 것입니다. 그래서 그토록 신점을 찾아서 돈을 쓰고, 오늘도 인천까지 먼 길을 왔던 거겠지요. 그러면서도 정작 자기 자신은 돌보지 않았던 것입니다. 나는 나 자신을 너무 오랫동안 외면해 왔습니다. 백합이 담긴 화병을 바라보며 나는 아주 작게, 그러나 분명하게 다짐했습니다. 이제는 나를 돌보겠다고. 아무도 나를 위로해 주지 않아도, 내가 나에게 따뜻한 말 한마디 건넬 수 있는 사람이 되겠다고. 집을 치우듯, 마음도 조금씩 정리해 나가겠다고.

그날 밤, 창문 너머로 불어온 바람은 오래도록 밀폐된 방 안의 공기를 바꿔놓았습니다. 그리고 저는 처음으로, 이 작은 공간에서 자신을 위한 삶을 시작해 보기로 했습니다. 그 백합은 제가 저에게 주는 첫 위로였습니다. 루더 버뱅크(Luther Burbank)라는 미국 원예사가 한 말이 있지요. 아마 이런 일을 이야기한 거였나 봅니다.

"다른 사람이 당신에게 꽃을 주기를 기다리지 마라. 그 대신에 당신 자신의 정원을 만들고, 당신의 영혼을 가꿔라."

철쭉

잘나가는

친구에게

시기심이 들 때

오래간만에 그녀의 사진을 봤습니다. 언제 딸아이를 낳았나 봅니다. 병풍 앞에 다소곳이 한복을 차려입은 한 쌍의 부부가 있습니다. 여자는 아담하고, 남자는 키가 훤칠하게 크고 잘생겼지요. 둘은 환한 미소를 지으며 아이를 안고 있습니다. 빛 속에 가득히 웃고 있는 둘을 보며, 저는 무심코 생각했습니다.

저 여자의 행복을 내 것으로 가져오고 싶어.
내 삶은 다 내팽개쳐도 좋아.
저 여자가 가지고 있는 남편
저 여자가 가지고 있는 아이
사진 밖에 있을 하객들 모두
저 공간의 냄새와 소음과 분위기까지 모두 내 것이었으면
좋겠어.

오래전부터 시기하던 한 친구가 있습니다. 대학 동기인데, 엄청 예쁜 친구였죠. 성격도 활기차고 밝아서 누구에게나 사랑을 받는 타입이었지요. 외모나 성격으로만 봐서는 저와는 별로 접점이 없을 사람인데 우연히 친구가 됐습니다. 둘 다 게임이나 만화를 좋아했기 때문이죠. 대학 4년간 PC방에서 밤새도록 게임을 하거나 만화방에서 죽치고 살았지요. 함께 자취를 하기도 했습니다. 한 지붕 아래에서 요리도 하고, 같이 자기도 하고, 술도 마시고, 대학 내내 함께 지내던

친구였습니다. 그러나 우리 사이에는 미묘한 갈등이 있었습니다. 그 감정은 전적으로 저에게 있었습니다.

깊은 열등감. 저는 '그 예쁜 애 옆에 있는 개'로 불렸습니다. 언젠간 모자를 쓰고 강의실에 갔는데, 누군가가 저를 붙잡더니 걱정스러운 얼굴로 이렇게 말하더군요. '너, 남학우들 사이에서 인기투표 한 결과 때문에 모자 쓰고 다니는 거야?' 저는 얼마 안 가 그 말이 무슨 뜻인지 알게 됐습니다. 그들은 제 뒤에서 여자 학우 간 외모 서열을 매기고, 자기들 멋대로 충격받은 제가 모자를 쓰고 다닌다고 믿었던 모양입니다. 이렇듯 저는 예쁘지도 않고, 남자들에게 인기도 없었습니다. 학과 내에서 제 위치는 그냥 그 친구 옆에 붙어 있는 '학점 잘 받는 못난이'였죠. 그래서일까? 4년 내내 그 친구에 대한 지독한 열등감에 시달렸지요. 열등감은 대학 졸업 이후에도 계속 되었습니다.

졸업 이후 저는 출판사를 옮겨 다니며 사경을 헤맸습니다. 파주 출판단지의 안개와 물에 젖은 남포동의 샛길과 깡통이 굴러다니는 홍대 뒷골목……. 거듭되는 실패로 자신의 얼굴에 먹칠을 한 채 술과 정신과 약에 취해 목표 없이 떠돌아다녔죠. 그러는 동안 그녀는 판교의 좋은 IT 회사에서 승승장구했습니다. 유명한 게임 회사에 들어가더니, 곧이어 야구단을 가진 대기업에 입사하고, 제가 닿을 수 없는 곳까지 가버리더군요. 그즈음에는 저도 이 격차를 의식해서 그녀와 인연을 끊었습니다. 곁에 있어 봤자 열등감만 더 깊어질 것 같고, 어쩌다 한 번 만나서 그녀가 으스댈 때면 감정이 상하기도 했죠.

이 시기심은 정말 뼈아픈 것이었습니다. 저는 마치 병에 걸려 시름시름 앓아 죽어가는 잡초인데, 그 친구는 햇살 아래 환하게 핀 작약 꽃송이 같더군요. 물론 저도 알고 있습니다. 그녀의 인생이 행복으로 가득 찼던 것은 아니고, 한때 IT 회사의 박한 근무 환경 속에서 '창밖으로 뛰어내리고 싶었다.'라고 할 정도로 고통을 겪었다는 사실 말이지요. 저는 친구는 그 모든 고통을 견뎌낸 보답으로, 멋진 남편과 귀여운 아이를 획득한 것일지도 모른다고 스스로 달랬습니다.

> 그러면, 반대로 저라고 행복했을까요?
> 저도 똑같이 힘든 건 마찬가지였는데,
> 왜 저는 이렇게 살고 있고,
> 그 친구는 예쁜 백일 사진을 찍고 있을까요?
> 저의 뭐가 그리 부족했던 걸까요?

그런 날이 있지요. 불공평함에 뼈가 시린 날. 이 글을 읽는 당신에게도 그런 날이 있을지 모르겠습니다. 어쩌면 당신은 너무 선한 사람이라 이런 경험을 해 보신 적 없을지도요. 그러나 저에게 이 감정은 고질병이었습니다. 달이 너무 높게 떠버린 가을날, 구름이 지상까지 내려온 흐린 날, 눈 내린 서울의 가로등 아래를 홀로 자박자박 걸어가는 날, 저는 종종 그녀를 떠올리고, 습관처럼 자조하고, 자신이 무너지는 듯한 기분 속에서 한숨을 쉬곤 했습니다.

저는 종종, 아니 자주 그녀를 염탐하곤 했습니다. 그녀의 SNS를 몰래 봤지요. 그녀가 어떻게 연애했고, 어떤 사람을 만났고, 언제 결혼했고, 언제 아이를 낳았는지까지 다 알고 있었습니다. 그러면서도 그녀와의 연락은 절대로 하지 않았어요. 무서웠기 때문이죠. 처참한 내 꼴을 보여주기도 싫고, 그녀가 행복한 모습을 내 눈으로 보기도 싫고, 열등감과 패배감이 뒤죽박죽되어 나중에는 저 자신도 잃어버릴 정도가 되었습니다. 저에게는 좋은 점이 단 하나도 없는 것처럼 느껴졌습니다.

"타인의 하이라이트와 나의 비하인드를 비교하지 말라."

SNS로 남을 염탐하고 비교에 빠지는 사람들에게 주는, 인터넷에서는 유명한 충고입니다. SNS에는 어차피 행복한 것, 잘된 것, 자랑할 일만 올리니까. 그걸 보고 나 자신의 일상이나 어려움을 비교하지 말라는 뜻입니다. 이 말뜻을 저도 잘 알고 있습니다만, 이미 한 번 형성된 마음의 강물을 끊기는 어려웠습니다.

이런 집착과 시기심이 점점 심해지던 어느 날이었습니다. 아버지의 수술 소식이 들려왔습니다. 장비를 정비하다가 기계에 엄지손가락의 끝부분이 잘렸다고 하더군요. 부산의 어느 병원에 입원하셨고, 어머니는 경주에서 부산까지 병수발을 들러 다니기 시작했습니다. 저도 급히 부산으로 내려갔습니다. 병상에 누워 있는 아버지는 초췌해 보이더군요. 그나마 손가락 끝이라서 다행이었습니다. 회복에는 조금 시간이 걸렸지만, 봉합수술도 잘 마무리되었죠.

머칠간 아버지 생각, 가족 걱정으로만 머리가 꽉 찼습니다. 부쩍 늙어버린 아버지가 병상에 누워 있는 모습은 둘레가 굵은 나무가 쓰러진 모습처럼 보였습니다. 병상 옆에 앉아 빨개진 눈으로 '괜찮아. 큰일은 아니잖아.'라고 되뇌는 어머니, 그 옆에서 사과를 깎는 여동생, 그리고 제가 있더군요. 눈앞에 펼쳐진 가족의 초상이 안타까우면서도 머리가 핑 돌았습니다. 일단은 가족 구성원 모두가 힘든 순간이니, 나라도 힘을 내서 이 시간을 잘 버티자는 생각이 들었지요. 뜨개질이 취미인 어머니와는 근처의 실집에 가고, 여동생과는 카페에서 수다를 떨고…….

저와 여동생은 서울에서 10년을 살았고, 고향 경주에 있는 부모님과는 오랜만에 만난 차였습니다. 모처럼 같이 지내니 나눌 이야기도 많고, 같이 먹고 싶은 음식도 많았죠. 표현이 병문안이지, 가족이 모여 한참을 먹고 마시고 놀았습니다. 경주와 부산을 오가다 보니 시간이 훅 지나더군요. 저는 직장 때문에 다시 서울로 올라가야 했습니다. 부산역까지 배웅하러 온 여동생에게 월병을 사다 줬습니다. 차이나타운에서 파는 아주 맛있는 십경월병이었죠. 아버지, 어머니와 나뉘 먹으라고 했습니다. 그렇게 월병을 손에 들고 멀어지는 여동생을 저는 오랫동안 바라보았습니다.

　기차 창밖으로는 한없이 펼쳐지는 들판, 산, 마을, 그리고 다시 들판……. 문득, 아버지를 보는 며칠 동안 그녀에 대해 한 번도 생각하지 않았다는 걸 알아챘습니다. 너무 정신없었기 때문인지도 몰랐죠. 잠시나마 맹목적인 집착과 시기심에서 거리감이 생겼기 때문일까요? 대체 왜 그렇게 그녀에게 집착하고 있었는지 스스로에게 묻게 되더군요. 저는 끝내 해답을 찾지 못한 채 상담 선생님을 만났습니다. 사연을 풀어놓자, 선생님이 웃으면서 물었습니다.

“그녀와 인생을 바꾸자고 하면 바꿀 건가요?”

저는 망설임 없이 대답했습니다.

“네.”
“그러면, 그녀와 무엇을 가장 바꾸고 싶나요?”

　저는 멍하니 천장을 올려다보았습니다. 답을 알 것도 같더군요. 저는 솔직하게 말했습니다. 그녀처럼 예뻐지고 싶다고, 대학 동기들이 그녀를 얼마나 우러러볼지 부럽다고, 나도 충분히 잘 살고 있다고, 타인에게 인정받고 싶다고, 저도 그녀처럼 사랑받고 싶다고, 저도 남편과 아이가 있는 그녀처럼 안정되고 싶다고, 모든 것을 털어놓은 후 저는 침묵을 지켰습니다. 한참의 고요 끝에, 그러자 드디어 솔직한 말들이 쏟아져 나왔습니다.

"솔직히, 전 남편도 아이도 없는 자유로운 삶이 좋아요."
"제 성격에 대기업 생활은 못 해요. 전 작은 회사가 좋아요."
"제가 예쁜 건 아닌데, 나쁘지도 않다고 생각해요."
"평범하지만, 충분히 괜찮은 삶일지도 모르겠어요."
"저에겐 오히려 이 정도가 적당하겠죠."

상담 선생님이 물었습니다.

"지금 가지고 있는 것 중에 감사한 것을 나열해 볼래요?"

그 순간 저는 아버지의 사고를 떠올렸습니다. 삶의 중심이 '그녀'에게서 잠시 '가족'으로 옮겨갔을 때, 그 며칠 동안 그녀를 떠올리지 않았습니다. 이건 단순히 바빠서가 아니었습니다. 삶에서 소중한 것, 제가 진정으로 지켜야 할 것들에 가까워졌을 때, 타인과의 비교는 자연히 멀어졌던 것입니다. 그녀의 SNS에 올라온 사진은 그녀의 '하이라이트'였지만, 내가 아버지 곁에서 지낸 시간은 제 인생의 핵심이었습니다. 저는 천천히 감사할 것을 나열했습니다.

"가족이 건강하고. 크게 아픈 사람이 없고. 저도 건강하죠. 아무튼 직장은 있고요. 월세긴 해도 집도 있죠. 그리고 저는 싱글이어서 자유롭고, 밤새도록 탱고를 출 수도 있고, 글도 쓸 수 있죠. 원하는 만큼요. 그리고 제 매일매일은 평화로워요. 이것뿐이지만, 이게 가장 감사하군요. 그리고 이게 저에게 가장 중요한 것들이죠. 월병을 사다 줄 수 가족이 있다는 거, 내가 월병을 살 돈이 있다는 것,"

상담의 마지막에 선생님이 일러주었습니다. 시기심이 밀려올 때면, 자신이 현재 갖고 있는 것들을 떠올려보라고 하더군요. 저는 '제가 가지고 있는 것들은 너무 평범한 것들이라 가치가 없다. 내가 가지고 있는 것들은 그녀도 당연히 가지고 있는 것들이다. 비교해 보면 별거 아니다.'라고 생각했지만, 또 한편으로는 이 평범한 것들이야말로 저에게 없으면 안 될 보물들이라는 사실을 인정할 수밖에 없었습니다. 나와서 담배를 한 대 피우는데, 하늘이 참 파랗더군요.

쓸데없이 하늘이 파랗다고 생각했습니다. 비라도 왕창 내리면 기분이 좀 더 나았겠죠. 눈길을 돌려 보자, 철쭉이 보였습니다. 상담센터가 있는 고급 아파트의 정원에 자주색 철쭉이 한가득 피어 있었습니다. 철없이 피어 있는 철쭉을 보며 저는 담배를 짓이겨 껐습니다. SNS에서 본 그녀의 결혼사진도, 그 잘생긴 남편도, 그녀가 입은 예쁜 한복도 모두 담배 연기가 되어 바람에 사라지고, 저는 시간을 잊은 바위처럼 우두커니 자리에 서서 떠올렸습니다.

5월 초였고, 20대 대학생인 저와 그녀는 대학도서관으로 향하는 운동장 옆을 지나치고 있었습니다. 그날도 아주 맑았죠. 가로수 아래에 드문드문 진자주색 철쭉이 한가득 피어 있었습니다. 그녀가 철쭉을 보고 말했습니다.

"저걸 봐. 철쭉, 저것도 꽃이라니. 흔하고 어디서든 막 피잖아. 저게 어떻게 꽃이야?"

그녀는 작약 같은 사람이죠. 화사하고 풍성한 색으로, 누구나 눈길을 멈추는 꽃이었죠. 저는 늘 그녀의 화려한 삶을 탐냈습니다. 그러면서 그 곁에 서 있던 제 삶은, 의미도 없고, 아름다움도 없다고 믿었습니다. 어쩌면 철쭉은 그녀의 말대로 너무 흔하고, 어디서나 막 피고, 대단치 않은 꽃일지도 모르겠습니다. 그런데 햇살을 마시며 조용히 피어 있는 철쭉들이 저의 5월처럼 느껴졌습니다. 타오르듯 붉고, 솔직하고, 거침없고, 그러면서도 그저 그렇게 괜찮고, 하지만 분명히 살아 있는 무언가. 이제라면 그녀에게 대답할 수 있을 것 같네요.

"철쭉도 꽃이야."

05

황매화

떠나고 싶으나

떠날 수

없을 때

저는 혼자 하는 여행을 참 좋아합니다. 누구에게 아무 말도 하지 않고, 가방만 챙겨서 훌쩍 떠나는 일이 연중에 몇 번은 있습니다. 비행기 티켓은 3일 전에 끊고, 호텔은 당일에 고릅니다. 여행지에서 뭘 하겠다는 계획도 없습니다. 그저 막연히 캐리어 하나 끌고, 새로운 땅을, 발길 닿는 대로 걷고 또 걷습니다. 그러다 저녁이 되면 로컬 음식점에서 현지인들과 밥을 먹고 호텔에 돌아와 지친 발을 주무릅니다.

이런 제가 가장 많이 가는 여행지가 교토입니다. 저는 정말로 교토를 좋아합니다. 어느 해에는 고향에 간 것보다 교토에 간 횟수가 더 많을 정도입니다. 지금도 눈을 감으면 교토의 지도가 떠오릅니다. 간사이공항에서 하루카(특급 열차)를 타고 교토역에 내리면, 전 세계에서 온 다양한 여행객들이 캐리어를 끌고 개찰구를 오가는 모습을 볼 수 있습니다. 빨간 간판을 단 벤또집, 기념품점, 말차를 파는 카페를 지나 교토역 밖으로 나가면 교토타워가 보입니다.

일본 특유의 공기가 있지요.
묵직한 습기와 햇살의 향기가 섞여 있습니다.
약간 나무 향 같기도 하고,
잘 마른 빨랫감에서 나는 향기 같기도 하고.
이 냄새를 맡으면,
이제 일본에 왔구나.
나는 여행을 왔구나.

교토타워에서 조금만 더 걸으면 히가시 혼간지가 나옵니다. 아무런 예고 없이 도로에 대뜸 놓여 있는 거대한 사찰! 새카맣고 무겁게 드리운 지붕과 찬란한 금장식을 보면 감탄사가 절로 나오고, 그제야 내가 한국 땅을 벗어나 있다는 실감이 들지요. 잠시 경내에 앉았다가 본격적으로 여행을 시작합니다.

숙소는 주로 교토, 가와라마치 쪽에 잡습니다. 바로 앞에 각종 간식거리를 살 수 있는 니시키 시장이 있고, 서쪽으로는 마루야마 백화점, 동쪽으로는 기온이 있어서 멀리 나가지 않고도 교토를 즐길 수 있습니다. 더 동쪽으로 가면 키요미즈데라가 나오고, 기념품 가게가 모여 있는 언덕인 산넨자카, 곳곳에 숨어 있는 식당, 유카타를 대여할 수 있는 상점들이 많습니다. 저는 새벽에 일찍 일어나 관광객이 없는 이곳 골목을 걷는 걸 좋아합니다. 점심때면 유카타를 대여해서 근교를 돌아다니고, 저녁이 되면 가모가와강을 걷습니다. 그리고 맥주 한 캔을 사서 숙소로 돌아오지요.

제가 교토에서 꼭 가는 곳을 꼽자면 크게 세 곳입니다. 하나는 도게츠교와 치쿠린으로 유명한 서쪽의 아라시야마. 또 하나는 킨카쿠지에서 시작해 료안지, 닌나지를 거치는 긴 산길, 그리고 교토 북부 오하라입니다. 이 중에서도 오하라를 가장 좋아하는데, 눈을 감으면 그 고즈넉한 시골 풍경이 떠오릅니다. 오하라는 가와라마치에서 17번 버스를 타고 한 시간 정도 가면 나옵니다. 산젠인, 짓코인, 호센인이라는 정원으로 유명한 걸출한 사찰이 있습니다. 17번 버스에서 내리면, 우리네 시골과 비슷한 느낌을 주는 작은 마을을 보게 됩니다.

오하라를 처음 방문한 몇 년 전, 그날은 비가 내리는 날이었습니다. 비옷을 툭툭 털며 버스에서 내린 제 눈에 들어온 건, 옅은 안개가 낀 자주색 차조기밭과 병풍처럼 늘어선 갈맷빛 산, 어린아이 머리통만 한 커다란 수국이 푸른 물을 뚝뚝 흘리는 모습이었습니다. 초행 지라 길은 몰랐지만, 대략 방향만 보고 서쪽으로 향했습니다. 물에 젖은 작은 점포들이 늘어선 언덕을 10분 정도 올라가니 작은 절이 하나 나오더군요. 라이고인이라는 절이었습니다. 주변은 사람 하나 없이 고요했습니다. 절 안에도 인기척은 없었습니다. 가끔 서늘한 바람이 불어와 비에 젖은 나뭇가지를 흔들었습니다. 시간은 7시 40분을 지나고 있었고, 이 시간에 절에 들어가도 되는지 망설였습니다. 그러나 갑자기 비가 쏟아지면서 선택의 여지가 없어졌습니다. 체면을 차리거나 풍경을 구경할 틈도 없이 허겁지겁 경내로 뛰어 들어갔지요. 비옷은 겉과 속을 구분할 수 없을 정도로 젖었고, 가방은 빗물로 무거워졌지요. 저는 기와 아래에 몸을 숨기고 숨을 돌렸습니다. 급히 나오느라 아침 식사는 하지 않았고, 여행 사흘째였으므로 다소 피곤했지요. 대충 자리에 털썩 앉아 멍하니 사찰 정원을 보고 있었습니다. 그런데 그 순간, 어디선가 자욱한 향 내음이 밀려왔습니다.

아침 예불 시간에 피운 향일까요?
어떤 사연이 있는 향일까요?
백단과 소나무. 그리고 은은하게 섞인 난꽃.
물에 젖으면 향은 왜 더 강해지는 걸까요.
괜스레 뭔가를 떠오르게 하는 걸까요.

자그마한 사찰 안쪽에서 향이 흘러나오고 있었습니다. 기와 끝에서 뚝뚝 떨어지는 빗물, 이른 아침의 산 냄새, 젖어서 축 늘어진 옷과 덜덜 떨리는 손가락, 오래된 절 기둥에서 나는 나무 냄새, 녹음 짙은 산 가운데에서 들려오는 무수한 빗소리, 아! 그리고 정원 한가운데에 황매화가 있었습니다.

절정을 맞아 환하게 핀 노란 황매화 무더기!

저는 향냄새에 휘감겨 시간을 잊은 사람처럼 황매화를 바라보았습니다. 모든 생명이 숨을 멈춘 것 같았습니다. 비 내리는 하늘 아래의 푸르스름한 빛, 시골 산의 고요함이 이 공간을 충만하게 채웠습니다. 저는 거대한 풍경 속의 하나가 되었고, 이윽고 자연 속에 녹아버렸습니다. 마치 영원 같은 시간이 흘렀습니다. 눈 안에 황매화가 깊숙이 자리 잡고, 그 풍경은 머릿속에 사진처럼 꽂혔습니다.

저는 젖은 손으로 휴대폰을 들어 올렸습니다. 그러나 아무리 찍어도 이 풍경, 습도, 공기, 소리가 사진에 담기지 않았습니다. 몇 번을 찍다가 포기한 저는 휴대폰을 손에서 내려놓았습니다. 이건 사물에 담는 풍경이 아니라, 내 마음에 담아야 하는 풍경이었습니다. 저는 알아차렸습니다. 언젠가 이 날의 기억이 저를 살게 할 것임을. 이 풍경으로 인하여 하루를 더 살아 나갈 수 있음을.

심호흡을 하며 눈을 감았습니다. 얼마나 시간이 흘렀는지도 모르겠습니다. 저를 깨운 건, 누군가의 풀 밟는 발소리였습니다. 빗자루를 든 스님 한 분이 절 안으로 들어오시더군요. 비를 피하러 온 나그네인 저는 황급히 자리에서 일어나 정원을 가로질러 절 밖으로 나갔습니다. 다행히 비는 조금 멎었고, 저는 푸른 수국들이 드문드문 피어 있는 산길을 홀로 걸어 내려왔습니다.

그 오하라 여행은 산에서 흘러 내려오는 작은 개울물처럼 졸졸 흘러갔습니다. 산젠인에 들러 돌에 달라붙은 무수한 이끼를 보고, 짓코인에서는 틀이 액자처럼 짜인 기둥 너머로 그림 같은 정원을 구경했지요. 비록 밥집이 없어서 뭔가 먹지는 못했지만, 점심 이후로는 비도 좀 멎어서 눅눅함 속에서 오하라의 자연 속을 걸었습니다.

귀국길은 여느 때와 같았습니다. 하루카를 타고 간사이 공항으로 돌아오며 아쉬웠을 것이고, 선물을 사며 소중한 사람들을 떠올렸겠지요. 비행기를 타고 인천공항에서 내리면 이미 늦은 시간일 것이고, 질서정연한 한국인들의 무리에 섞여 여기가 한국임을 체감하다가 완전히 지친 채로 현관문을 열었을 것입니다. 그리고 침대에 눕자마자 다음에 갈 여행지를 골랐겠지요. 그러나 다시 교토를 방문할 일은 없었습니다. 코로나19가 발병했을 때는 어디도 갈 수 없었고. 그 이후로는 개인적인 일이 너무 많이 생겼지요. 직장을 몇 번 옮기고, 일탈했다가 다시 제자리로 돌아오고, 사정이 생겨서 빚도 냈다가, 이사도 했다가, 원치 않는 고생까지 겪었습니다.

몇 년을 막막하게 살았습니다. 내일이 어떻게 될지 모르겠더군요. 여행 같은 건 꿈도 꾸지 못하고, 돈을 저금하지 않으면 병원비도 없겠다 싶었습니다. 꾸역꾸역 일을 구하다가 뜻대로 풀리지 않은 날이 있었어요. 힘들게 수험서를 만드는 출판사에 취직했는데, 일반 사원 월급을 주면서 팀장 역할을 요구하더군요. 수험서는 제가 잘하는 분야도 아니었거니와 팀장 역할까지 수행하는 건, 제 실력으로는 불가능한 일이었습니다. 3일 만에 퇴사한 날, 그날도 비가 참 많이 내리더군요.

전날 어느 출판사에서 면접을 보라는 연락이 왔었습니다. 그때에는 이미 취직했다는 이유로 거절했는데, 3일 만에 그만둔 저는 결국 다시 그곳에 연락했습니다. 궁색하게나마 면접을 보게 해 달라고 부탁드렸지요. 답이 어떻게 올지는 모르는 노릇이었습니다. 면접을 허락해 주지 않는다면, 다시 이력서를 쓰고, 넣고, 기다리는 하염없는 시간을 견뎌야 하겠지요.

지하철을 타고 가는 내내 공황에 시달렸습니다. 어깨를 들썩이며 숨을 쉬었고, 눈앞이 흐려졌습니다. 멀미처럼 찾아오는 불안은, 가슴 깊은 데서부터 올라와 목울대를 조여왔지요. 미래에 대한 불안감. 당장 다음 달 카드 빚을 막을 생각에 가슴이 조여오더군요. 수험서 출판사를 그만둔 판단 자체는 틀리지 않았지만, 어쩌면 이렇게 악재가 겹쳐서 오는지, 왜 이렇게 며칠째 비가 내리는지, 무엇 하나 감당되는 일 없었습니다. 지하철의 무거운 공기와 많은 사람의 인파에 치이며 저는 비틀비틀 지하철역을 벗어났습니다.

우산을 펼치려 탁탁 터는데, 문득 교토 생각이 나더군요. 장마 기간의 공기와 공황으로 인해 어지러운 정신이 잠시 그곳으로 저를 인도한 것인지도 모르겠습니다. 가와라마치 거리, 기온에서 우연히 본 게이코, 고등어 소바의 맛, 끝없이 이어져 있던 새빨간 도리이…… 그리고 산을 밝힐 듯 환하게 피어 있던 황매화를 떠올렸습니다.

저는 걸음을 멈추고, 그날의 향과 소리와 촉감을 떠올렸습니다. 그날 제 기억 속 깊이 저장해 놓았던 감각들은 마치 어제처럼 살아서 제 주변의 풍경을 바꾸어놓았고, 저는 순식간에 그해 여름, 비가 내리던 아침 7시 40분의 라이젠인으로 돌아가 있었습니다. 모든 것이 젖어 있는 그 풍경 앞에서 저는 그저 물끄러미 황매화를 바라보았습니다. 그 황매화는 아마도 생에 가장 고요하고 충만했던 순간이었을 것입니다. 그리고 지금, 그때의 풍경 하나가 이 막막한 삶을 견디게 해줍니다.

과거에서 보내온 작은 빛,
그 작고 노란 꽃이
저는 아직도 교토에 다시 가지 못하고 있습니다.

언젠가 다시, 정말 언젠가 다시, 가방을 챙겨 그 길 위에 서게 된다면 저는 가장 먼저 오하라로 향할 것입니다. 그 절 라이고인의 기와 아래에 조용히 앉아 그때의 향기를 다시 맡고 싶습니다. 혹시 그 자리에 또다시 황매화가 피어 있다면, 그저 오래도록 바라보다가 그 풍경을 마음속에 또 한 번 새길 것입니다. 그리고 그 기억 하나로, 저는 또다시 하루를 견뎌내겠지요. 이 글을 읽는 독자 여러분에게도 각자의 황매화가 있을 것입니다. 지금 눈을 감고 떠오르는 풍경에 머물러 보세요. 아마, 오늘 하루가 한결 가벼워질 것입니다. 그리고 그 힘으로, 어쩌면 더 박할지도 모르는 내일도 견뎌낼 수 있게 되겠지요.

달콤한 디저트들로부터

제비꽃 설탕절임

오랜 친구가

나를

떠났을 때

대만행 비행기를 타는 날이었습니다. 이른 아침 티켓을 샀기 때문에 공항 철도역 계양역 근처에서 하룻밤을 자고 새벽 6시쯤에 일어나 역으로 들어섰습니다. 지하철 첫차가 오길 기다리며 플랫폼에 앉아 있었습니다. 11월 늦가을이라 제법 쌀쌀했지요. 아직 해는 보이지 않았는데, 저 멀리 하늘이 보랏빛으로 물들어 있었습니다. 지상에 가까워질수록 말간 하늘색이 섞인 그 풍경이 꿈결처럼 고와서 사진을 찍겠다는 생각조차 못 했습니다. 이제 곧 다가올 겨울을 앞둔 가을 새벽녘 하늘은 곧 사라질 보랏빛 제비꽃처럼 정말로 아름다웠습니다.

그런데 그 제비꽃을 닮은 보라색. 그 보랏빛이 무언가에 대한 기억을 일깨웠습니다. 공연히 입안에 달착지근한 맛이 감돌았습니다. 저는 이게 무엇인지 곰곰이 생각하다, 아! 하고 고개를 끄덕였습니다. 오스트리아에서 온 간식. 그건 제비꽃 설탕절임이었습니다. 그 귀한 간식은 Y라는 친구가 준 것입니다. 이제는 떠나가고 없는 친구 Y……

Y는 중학교 동창이었습니다. 성적이 하위권에서 머물던 저와는 달리, 전교에서 한 자릿수를 기록하는 우등생이었습니다. 성격도 똑 부러지고, 지방에서 손꼽히는 부잣집 둘째 딸이었습니다. 야무지고 강단 있는 그녀가 저의 친구가 되어주었을 때, 기쁘다기보단 이해가 가지 않았습니다. 그녀가 저에게 먼저 다가왔기 때문입니다. 중학생 당시, 가난한 데다 반에서 괴짜로 소문난 저에게요. 저와 그녀는 오랜 친구

가 되었습니다. 감성적이고 변덕스러운 저와 이성적이고 안정적인 그녀는 완전히 다른 세계의 사람이었습니다. 서로 관심사도 크게 달랐고, 어울리는 친구 무리도 달랐습니다. 그런데도 어떻게 연락이 계속 닿아서 고등학생, 대학생 시절을 거쳐 직장인이 된 이후로도 1년에 한두 번씩은 만나 식사를 하거나 커피를 마시곤 했습니다. 저는 출판사 편집자, 친구는 서울대 대학원을 졸업해 대학병원 약사가 되었습니다.

인생의 격차가 컸습니다. 저는 그녀를 만날 때면 늘 부끄러웠습니다. 자그마한 원룸에 사는 제 신세를 떠올릴 때면 그녀에게 일상의 사소한 일을 털어놓으려 하다가도 입을 다물게 됐습니다. 그녀의 자매들은 더욱 저를 기죽게 했습니다. 그녀에게는 이미 책을 몇 권이나 낸 유명한 웹소설 작가인 여동생, 방송국 시나리오 작가로 활동하는 언니가 있었지요. 그 둘은 심지어 문학을 전공하지도 않았습니다. 문예 창작을 전공하고도 책은커녕 등단도 못 한 저는, 그녀가 자매들 이야기를 꺼낼 때마다 열등감에 허덕였습니다. 그러나 그녀는 이런 눈에 보이는 격차조차 무시하고 상냥하게 대해줄 정도로, 정말로 좋은 사람이었습니다.

그러나 모든 인연이 그렇듯, 관계에서 오는 불협화음은 있었습니다. 그녀는 주도적이고 자아가 강한 사람이었고, 저는 그녀의 성격을 맞춰주는 편이었습니다. 저는 그녀가 가지고 오는 명품들, 해외의 이야기들을 들으며 '와'하는 역할이었습니다. 그저 고개를 끄덕이며 박수를 쳐 주고, '맞아. 맞아.' 하면 되는 사람이었지요. 그런데 이 불만이 제 안에 쌓였고, 어느 날에 터졌던 모양입니다.

저와 Y가 3박 4일 제주도로 떠났을 때였습니다. 꼼꼼하게 계획 세우는 걸 좋아하던 그녀가 일정을 잡았습니다. 제주도에서 예쁘기로 유명한 고급 숙소에 머무르고, SNS에서 호평받는 유명한 식당에서 밥을 먹고, 성산일출봉에 들르고 하는 계획을 그녀가 결정했습니다. 저와는 달랐지요. 저는 여행을 가면, 보통 일정에는 관심도 없고, 숙소에 도착해서 대충 휴대전화를 들여다보며 그날 방문할 관광지나 몇 군데 고르는 사람이었습니다. 그냥 발 가는 대로 걷는 여행자였지요. 여행에 앞서 큰돈을 그녀에게 건넨 저는 이 여행에서 그녀만 따라가면 되었습니다. 고생해서 섬세하게 일정을 잡아 준 그녀의 뒤만 따라 가면 아무 문제가 없을 터였습니다. 실제로 그리리라고 단단히 마음을 먹었습니다.

그런데, 그 각오와 긴장이 문제가 되었을까요?
하여튼, 저는 조심하면 할수록 뭔가가 고장이 나서
헛소리를 자주 했으니까요.
생각을 안 해도 문젠데,
이게 너무 하니까, 더 문제가 되는

3박 4일간 그녀가 정해 준 일정에만 따르던 저는 마지막 날 즈음, 자신이 대체 왜 제주도에 왔는지 모르겠고, 도통 여행을 온 것 같지 않고, 왠지 마음이 답답했습니다. 실로 저는 혼자서 여행을 다녀야 할 사람일지도 몰랐습니다. 어쩌면 계획을 짤 당시 저에게 선택지가 없었기 때문일지도 몰랐습니다. 그녀가 만들어 준 일정에 맞춰 3박 4일을 잘 견딜 수 있으리란 믿음이, 그날 한라수목원에 다녀온 후 와르르 무너졌습니다. 무더운 열대 식물관에서 선인장을 보던 중, 그녀에게 이 여행이 답답하고 힘들다고 토로해버린 겁니다.

Y가 '이 여행에서 네가 한 게 뭐냐?'라고 물었을 때, 딱히 할 말이 없었습니다. 차마 네 성격을 맞추느라 3박 4일 내내 힘들었다는 말은 굳이 하고 싶지 않았습니다. 어쩌면 그녀도 3박 4일 내내 제 눈치를 보았을지도 모를 일입니다. 단지, 갑갑해진 저는 말없이 한라수목원을 걸었습니다. 야속하게도 햇빛은 찬란했습니다. 한라수목원에서 나올 무렵엔 이대로 서울로 돌아가고 싶더군요. 그러나 여기까지 와서 여행을 깰 수는 없고, 저는 그녀에게 사과했습니다. 둘 다 이 여행을 기분 상한 채 끝낼 수 없다는 데 동의했습니다.

> 여기서부터 잘못된 것이었을까요?
> 어떻게 했어야 사건을 피할 수 있었을까요?
> 그냥 여기서부터 성깔을 죽여야 했는데.
> 그냥 생글생글 웃고 있어야 했는데.
> 아이고! 멍청한 녀석!
> 아이고! 쓸모없기로서니

　　나머지 여행은 어떻게든 흘러갔습니다. 제주공항에 도착했을 무렵에는 서로 농담도 하며 선물을 골랐고, 웃으며 작별 인사를 나눴습니다. 며칠 후 저는 서울에서 Y에게 긴 카톡을 보냈습니다. '네가 결정한 여행이므로 네 뜻에 따르는 게 맞았다. 내가 그날 실수했다. 진심으로 미안하다.'라는 내용이었습니다. 그녀도 답신을 보냈습니다. '자신도 이해한다. 그래도 즐거운 여행이었다.'라는 말이었습니다. 저는 이것으로 끝난 줄 알았습니다. 그러나 이건 제 오해였던 모양입니다.

　　2개월쯤 지난 후, 다시 Y에게 연락했을 때 그녀는 아무런 답도 하지 않았습니다. 재차 SNS로 연락을 보내보았지만, 마찬가지였습니다. 혹시나 번호가 바뀌었나 싶어서 문자메시지도 보내보았지만, 그녀는 읽지 않았습니다. 전화도 걸어보았지만, 아무리 걸어봐도 녹음으로 넘어갈 뿐이었습니다. 며칠에 걸쳐 그 상태가 계속되었습니다. 저는 그녀에게 무슨 일이 생긴 줄로만 알고, 친구들에게 수소문해 보았지만, 이렇다 할 사고는 없었습니다. 저는 몇 달에 걸쳐 그녀에게 연락을 시도했습니다만, 답은 오지 않았습니다. 어느 날에서야 저는 깨달았습니다. 그녀가 완전히 저를 떠났다는 사실을요.

> 화가 났을까요?
> 아니요. 그저 서운했습니다.
> 기왕 갈 거면, 저한테 욕이나 시원하게 하고 가지 싶었습니다.

무려 20년 지기 친구이건만, 저는 작별을 고할 가치도 없는 인간이었던 모양입니다. 그 사실을 인정하는 것이 무척 힘들었습니다. 시간이 날 때면 Y의 심정을 헤아려 보았습니다. 그녀도 많이 아팠겠지요. 제주도 여행에서 그녀가 보인 웃음은 그저 인내력이었던 모양이었습니다. 한라수목원에서 나올 무렵 마음속으로는 이미 저와의 관계를 절단하리라, 그런 생각을 했을지도 몰랐습니다. 그녀는 인간관계에서 칼같이 매서운 사람이었습니다. 나쁜 말을 마지막으로 저에게 남기느니, 좋은 추억만 갖고 저와의 관계를 마무리하길 결심했던 걸지도 모릅니다. 어쩌면 저의 오랜 열등감이 교류하는 내내 그녀를 피곤하게 만들었고, 제주도 여행을 계기로 완전히 저에 대한 기대를 접었을지도 모릅니다. 온갖 생각에 시달렸습니다.

> 하다못해 이유라도 알고 싶었습니다.
> 저는 Y를 오랫동안 놓지 못했습니다.
> 사람에 미련이 많은 편일까요?

이후로도 시간만 나면 Y에게 문자메시지를 보내거나 전화를 걸어보았지만, 단 한 번도 연결된 적은 없었습니다. 그렇게 2년 정도의 시간이 지나자, 비로소 제 마음도 차차 정리가 되었습니다. 그녀 나름의 선택이었겠거니 하며 수긍을 하기도 했고, 서서히 그녀가 잊히기 시작했습니다. 그럼에도불

구하고 갈 거면 한마디라도 하고 갔었으면 하는 안타까움은 마음 한구석에 남아 있었습니다.

한동안 잊고 지내던 Y를 다시 떠올리게 된 건 고향에 내려갔을 때였습니다. 어머니로부터 장식장에 공간이 부족하니 물건을 정리하라는 연락이 왔습니다. 고향인 경주에 내려가서 어렸을 때부터 모아온 소중한 물건을 버리기도 하고, 서울로 가져오기도 할 요량이었습니다. 오래간만에 열어 본 장식장은 오래된 피아노 모양의 오르골, 병에 들어가 있는 나무배, 여행지에서 사 온 펜던트 같은 장식물들로 가득 차 있었습니다. 그런데 그중에 납작한 하트모양의 알루미늄 캔이 있었습니다. 용도가 궁금해진 저는 고급스러운 제비꽃이 프린트된 캔 뚜껑을 열었습니다. 그 안에는 귀걸이나 목걸이 같은 엔티크 액세서리가 가득했고, 달큰한 냄새가 났습니다.

그제야 생각이 났습니다. 이건 Y가 준 제비꽃 설탕절임 캔이었습니다. 아까워서 미처 다 먹지 못한 보라색 설탕 조각 몇 알이 캔 구석에 굴러다녔습니다. 오스트리아에서 온 귀한 선물이었기에 캔조차 버리지 못했던 모양입니다. 그 당시에도 그녀는 유복한 아이였습니다. 중학생 때에도 가지도 못하는 해외여행. 그것도 유럽 여행을 방학 때면 다니곤 했었지요. 여행지에서 사 온 선물을 한가득 안고, 해맑게 웃으며 반 친구들에게 선물하던 사람이었습니다.

설탕 부스러기 몇 조각을 검지로 꾹 눌러 혀에 옮겨 맛을 보았습니다. 제비꽃 설탕절임은 에쿠니 가오리의 첫 시집. 『제비꽃 설탕절임』으로 유명해진 디저트인데, 그 옛날 Y가 어떻게 이 간식을 알고 그 먼 오스트리아에서 사 왔을지 모를 노릇입니다. 반에서 친구들과 향수 냄새가 난다느니, 예뻐서 못 먹겠다느니, 왁자지껄 떠들던 기억이 났습니다. 중학생 그 시절에도 이 간식이 얼마나 달았던지요. 제비꽃 색깔의 작은 설탕 덩어리는 그 오랜 시간을 뛰어넘어, 제 혀에서 달큰한 맛으로 남았습니다. 공항 철도역에서 본 제비꽃색 하늘이 이 모든 기억을 불러왔습니다. 그날 대만행 비행기를 탄 저는 창밖의 구름을 보며 그녀를 떠올렸습니다.

Y는 지금쯤 무엇을 하고 살고 있을까요?

여전히 대학병원에서 약을 짓고 있을까요?

그녀의 여동생과 언니는 여전히 글을 쓰고 있을까요?

그 제주도 여행에서,

그토록 푸르던 한라수목원에서 Y는 무엇을 보았을까요?

그녀는 저에게 뭐라고 말하고 싶었을까요?

정녕 떠나가면서 한마디 말도 하기 싫었던 걸까요?

저에 대한 불편한 감정이 많이 쌓여 있던 중,

제주도에서 인내력이 완전히 폭발해 버린 걸까요?

여전히 모를 노릇이었습니다. Y는 제비꽃 설탕절임으로 남았습니다. 어느 날 갑자기 떠나간 친구와의 인연은 어쩌면 한 조각 보라색 향긋한 달콤함일지도 모르겠습니다. 이제는 돌아올 수 없는 아련한 시절들도요.

탕후루

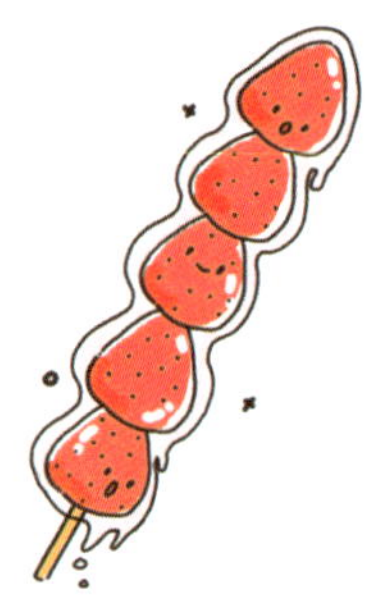

현실에

지쳐서

쉬고 싶을 때

홍대입구역 9번 출구로 나와 오른쪽 횡단보도를 건넙니다. 거기서 조금 더 올라가면 좁은 샛길이 나옵니다. 이 샛길에는 유독 군것질거리를 파는 가게가 많습니다. 메뉴도 다양합니다. 30cm가 넘는 긴 소프트아이스크림, 홍콩식 와플, 속에 과일이 들어 있는 찹쌀떡. 그런데 몇 해 전부터 이 샛길을 완전히 점령한 메뉴가 하나 있습니다. 잘 익은 딸기 5~6개를 꼬챙이에 길게 꽂아 뜨거운 설탕물에 담갔다가 굳힌 간식입니다. 겉면이 딱딱한 사탕 같고, 속은 딸기 과즙으로 가득 찬, 중국 간식 바로 '탕후루'입니다.

지친 날이면 탕후루를 아삭아삭 깨물어 먹곤 했습니다. 탕후루를 먹는 게 스트레스를 푸는 유일한 방법입니다. 새로 취직한 출판사는 유독 야근이 많아서 정기적인 운동을 하기 힘들었습니다. 주말에는 잠만 자기 바빴습니다. 하루의 낙이라고는 퇴근길에 탕후루 하나 먹는 것뿐이었습니다. 당연히 하루하루가 답답하고, 일만 하다 늙을 것 같다는 생각이 들었습니다. 그날도 저는 탕후루 하나를 쥐고, 홍대 골목을 돌아다녔습니다. 그러던 중 제 눈에 간판 하나가 들어왔습니다. 3층에 있는 검은색 커다란 간판에는 돋움체(고딕체)로 '**서울 아르헨티나 탱고 아카데미**'라고 적혀 있었습니다.

> 아르헨티나 탱고!
> 이 단어 안에도 이글거리는 뭔가가 있죠.
> 아르헨티나를 천천히 발음해 보면, 혀가 불꽃에서 튀기는

것, 마냥.

여기에 '탱고'라는 강한 발음이 섞이면,

뭔가 호쾌하면서도 열정적인 이미지가 삭 스쳐 가는 느낌

이지요.

저는 아르헨티나 탱고를 6년 전쯤에 한 번 배운 적이 있습니다. 서울에 정착한 지 2년이 넘어갈 무렵, 직장을 그만둔 후, 운동 삼아 탱고를 시작했습니다. 꼬박 6개월을 배웠고, 마지막에는 어느 남성과 파트너가 되어 공연까지 올렸습니다. 이후 새 직장에 들어가면서 탱고를 출 시간이 없었습니다. 6년이 지난 지금, 탱고는 완전히 옛날 일이 되어 있었습니다. 그런데 이날, 아르헨티나 탱고라는 글자가 6년 전의 추억을 떠올리게 했습니다.

10cm 힐과 드레스와 신사들의 세계!

이 힐은 발을 옥죄고, 아주 불편하지만,

드레스도 철저한 관리가 필요하지만,

잘 단련된 그 아름다움은 어련할까요.

이 여자들을 에스코트하는 신사들은

또 어떤 매너를 갖췄을까요?

아르헨티나 탱고는 스포츠댄스 탱고와는 다릅니다. 우리가 흔히 아는 남녀가 몸을 맞대고 고개를 휙휙 돌리면서 추

는 박력 넘치는 탱고는 스포츠댄스입니다. 아르헨티나 탱고는 남녀가 어울리며 부드럽게 원을 그리며 추는 춤입니다. 반도네온과 바이올린을 주축으로 한 강렬한 아르헨티나 음악을 배경으로 깔고, 사교를 목적으로 살롱(Salon)에서 주로 춥니다. 아르헨티나 탱고에서는 남성을 땅게로(Tanguero), 여성을 땅게라(Tanguera)라고 부릅니다. 아르헨티나 탱고에서는 일반적인 사교댄스들이 그렇듯 남자가 리드를 맡습니다. 탱고에는 정해진 특정 동작들이 있고, 남자가 어떤 동작을 하면 여자는 이에 맞춰서 따라갑니다. 그래서 땅게로를 리더, 땅게라를 팔로워라고 부르기도 합니다. 그렇다고 마냥 여성이 따라가는 역할을 맡는 것은 아닙니다. 장식 동작을 넣어 춤을 화려하게 보이도록 하기도 하고, 남자의 동작을 아름답고 역동적으로 표현하는 역할을 맡습니다. 이렇게 남녀가 모여 아르헨티나 탱고를 추는 공간을 '밀롱가(Milonga)'라고 합니다.

홍대에는 다양한 밀롱가가 있습니다. 마음만 먹으면 일주일 내내, 아니 한 달 내내 하루도 빠짐없이 탱고를 즐길 수도 있습니다. 홍대는 우리나라 라틴댄스의 중심지로, 많은 탱고 아카데미가 이곳에 모여 있습니다. 금요일이나 주말 저녁, 밀롱가에 들어가면 잘 차려입은 신사 숙녀들이 매혹적인 자태로 앉아 쌍쌍이 춤을 추고 있습니다.

아르헨티나 탱고는 춤을 신청하는 방법도 독특합니다. 드레스를 입고, 구두를 신고, 의자에 앉아 와인을 홀짝이고 있으면 땅게로들이 눈빛을 보냅니다. 이를 '까베세오 (Cabeceo)'라고 하는데, '강렬한 눈 맞춤'이라는 뜻입니다. 아르헨티나 탱고에서는 이 까베세오가 곧, 춤 신청입니다. 남녀가 눈이 맞으면 자리에서 일어나 스튜디오 한복판에 섭니다. 커플로 매칭된 사람들이 속속들이 자리 잡으면 탱고 음악이 흘러나옵니다. 둘이 함께 연달아 네 곡을 춥니다. 네 곡이 끝나면 탱고가 아닌, 가요 같은 음악이 흘러나옵니다. 이때 커플은 헤어지고, 자리로 돌아가 다시 까베세오로 새로운 파트너를 찾습니다.

뜨거운 반도네온 가락과 함께 돌고 도는 밤!
탱고의 핵심은 반도네온인데,
이 구슬프면서도 애절한 가락이 주는 감상이 있어,
가만히 와인잔을 굴리면서 듣노라면
뭔가가 잡힐 듯이 잡히지 않듯이.
어떤 빨간 치맛자락이 눈앞에 흩날리듯이.
여자의 빨간 입술이 보이는 듯이.
검은 머리채와 짙은 눈썹이 보이는 듯이.

밀롱가는 보통 저녁 7시에 시작해서 밤 12시까지 이어집니다. 그보다 더 늦게 새벽까지 열리는 밀롱가도 있습니다. 6년 전, 저는 퇴근하자마자 밀롱가로 달려가곤 했습니다. 구두 한 켤레에 탱고용 스커트 한 장만 있으면 되었습니다. 여성 의상실에서 화장을 고치고, 향수를 뿌린 후, 스튜디오 구석에 자리를 잡았습니다. 그리곤 춤추는 사람들을 지켜보았습니다. 춤을 추지 않고 보고 있는 것만으로도 흡족했습니다.

땅게라들이 입은 색색의 새틴 드레스
땅게로들의 유려하고 화려한 발재간!

6년 전 탱고를 출 무렵, 제 자존감은 바닥을 치고 있었습니다. 홍대에 있는 출판사에서 소설과 인문서를 주로 만들었는데, 소설이 문제였습니다. 같은 줄거리를 반복해서 읽는 게 영 재미없었습니다. 편집자라는 직업에 회의가 들었습니다. 천성이 꼼꼼하지 못한 탓에 실수가 잦았고, 출근하면 편집실장님께 혼이 나기 일쑤였습니다. 교정지를 아무리 봐도 틀린 글자 하나 찾아낼 수 없었습니다. 이 일이 손에 안 맞는 게 분명했고, 더 늦기 전에 다른 길을 찾아야 했습니다. 그러나 달리 쌓아놓은 경력도 없고, 딱히 하고 싶은 일도 없었습니다.

그래서일까요?
자유로운 탱고에 더 매력을 느꼈습니다.

회사에 있을 때면 글자 안에 갇힌 듯 갑갑한 느낌이 들었지만, 탱고 스튜디오에 들어가면 비로소 해방감이 들었습니다. 탱고는 정답이라는 게 없고, 실수나 잘못이라는 것도 없는 춤이었습니다. 춤을 출 때 잠깐 실수해도 상대의 배려나 호흡으로 간단하게 날려버릴 수 있었고, 때로는 제 마음대로 예쁜 동작을 끼워 넣을 수도 있었지요. 탱고는 제 마음을 고스란히 담아낼 수 있는 일종의 자유의 춤이었던 셈입니다.

그 시기 탱고는 제 마음을 위로했습니다. 돌고 도는 사람들의 춤사위를 보고 있노라면, 현실을 싹 잊을 수 있었습니다. 그러다 땅게로와 눈이 맞아 춤을 추러 나가면, 또 그 나름대로 음악에만 집중할 수 있었습니다. 4~5분짜리 탱고 음악 4곡을 연달아, 그것도 10cm 힐을 신고 추는 건 무척 체력이 달리는 일입니다. 밀롱가에서 4시간쯤 춤을 추고 나면 온몸은 땀에 흠씬 젖었습니다. 힐에 시달린 발은 퉁퉁 부었습니다. 사람들의 열기로 후끈한 스튜디오 문을 열고 홍대 거리로 나오면, 으레 밤하늘에 달이 둥실 떠 있었습니다. 차가운 밤바람이 뜨거운 몸의 열기를 식히고…….

탱고를 춘다고 해서 미래에 대한 고민이 해결되는 건 아니었습니다. 잠시 영화를 보다가 나온 사람처럼, 제 인생은 여전히 흘러가고 있었고, 고민거리도 해결되지 않았습니다. 그러나 탱고가 주는 그 휴식은 정말 달콤했습니다. 책과 원고에서 이탈하여 완전히 다른 세계인 춤에 몰입하고 나면, 어쩐지 마음이 후련해지기도 했습니다. 탱고는 일종의 '쉼'이었습니다. 지친 세상살이에서 잠시나마 고개를 돌리고, 편안하게 숨을 쉴 수 있는 무언가였습니다.

> 문득, '제대로' 쉬고 싶어졌습니다.
> 쉬면 쉬는 건데, 제대로 쉬는 건 또 뭔가?
> 쉰 후에 개운한 적이 있었던가?
> 쉰 후에 쉰 것 같았던 적이 있었던가?
> 그건 아마도 지금까지 쉬었던 것이
> 쉬는 게 아니라 무언가 다른 게 아니었을까?
> 오히려 나를 더 피곤하게 하고, 지치게 한 무언가
> 과제를 미루듯, 도피를 하듯,
> 아무튼 쉼과는 다른 무언가.

6년 전 치열한 고민 끝에 저는 편집자로 계속 살아가기로 마음먹었습니다. 그러나 여전히 이 일이 맞는지 긴가민가했고, 야근이나 저자들에게 시달리고 있노라면 숨이 턱 막혔습니다. 이날 탕후루를 먹으면서 본 '아르헨티나 탱고' 간판은 작은 탈출구처럼 보였습니다.

> 정말로 내가 완벽하게 숨을 쉴 수 있는 휴식의 장소.
> 글자도 안 봐도 될 것 같고.
> 저자도 안 봐도 될 것 같고,
> 종이니, 뭐니, 쉼표니, 뭐니,
> 온갖 자질구레한 깐깐함에서 해방되어

답답한 네모 종이에서 탈출해서

몸을 움직이고, 술을 마시고,

그러다가 지치면 가쁜 숨을 내쉴 수 있지 않을까?

한숨이 아닌 다른 숨을 쉴 수 있지 않을까?

그때 내뿜는 숨이 진짜 숨인 건 아닐까?

누구든 간에 인생에는 숨 쉴 장소가 필요합니다. 비로소 나로 살아있는 감각, 심장이 뛰는 순간, 생업에서 벗어나 완전히 몰입하는 순간이 있어야 사람은 비로소 일상을 살아갈 수 있는 것 같습니다. 다시 한번 춤을 추고 싶다는 생각에 가슴이 두근거렸습니다.

새콤달콤한 탕후루가 기분을 고양시켰던 것인지도 모릅니다. 저는 빈 탕후루 꼬챙이를 휴지에 돌돌 말아 가방에 넣고, 탱고 아카데미로 향하는 계단을 올랐습니다. 그러다가 문득, 나에게 탱고를 출 여유가 있는지 가늠해 보았습니다. 지금처럼 탕후루 하나로 시름을 잊을 수도 있었습니다. 그렇게 하루하루를 연명할 수도 있었지요. 그러나 저는 보다 '제대로' 쉬고 싶었습니다. 6년 만에 추는 춤이라 몸이 따라줄지는 알 수 없었습니다. 그러나 한 가지는 확실했습니다. 지친 일상에서 살짝 탈선하는 일, 그 자체만으로도 가치가 있음을. 탱고를 통해 저는 또다시 살아갈 동력을 얻었다는 사실 말입니다.

안미츠

가족이

염려될

때

　부모님은 바다 넘어 땅을 밟은 적이 없는 분들이셨어요. 그래서 한 번은 꼭 비행기를 태워드리고 싶었습니다. '어디를 갈까?' 고민하다가 그나마 제가 자주 갔던 교토를 골랐어요. 여기라면 가이드도 할 수 있고, 경주와 분위기도 비슷하고, 티켓값이나 물가가 비싸지 않아서 계산이 맞겠거니 싶었지요.

　여행 준비 자체는 순탄했어요. 가족이 나란히 간사이 공항으로 가는 공항검색대를 통과했어요. 대구공항은 자그마했고, 우리가 탈 비행기도 자그마했지만, 그저 부모님께 효도한다는 생각에 마음이 들떴죠. 내가 즐거운 것만큼, 우리 부모님도 즐거웠으면 하는 소박한 마음이었죠. 그런데, 모든 여행에 사연이 있듯, 이 여행도 시작부터 삐걱거렸어요. 아버지가 몸이 불편하다고 말하신 건, 숙소에서 막 나온 이후부터였어요. 도착하자마자 청수사로 향했는데, 계단이 나오는 니넨자카에서부터

"더는 못 걷겠다."

라고 자리에 퍼져버리신 겁니다. 평소 체력이 좋은 아버지셔서, 이 정도 경사를 못 오르리라고 생각지 않았어요. 아버지 상태가 좋지 않은 것 같았습니다. 연신 땀을 닦으시고, 앉아서 하늘만 보시는 게 아닙니까. 어디가 아프냐고 물어봐도 말이 없으셨어요. 여동생과 함께 나란히 아버지 옆에 앉

아 말동무도 해드리고, 사진도 찍었지만, 기껏 해외여행에 와서 앉아 있을 수만은 없었습니다. 힘들어하는 아버지를 어떻게든 부축하며 청수사로 올랐죠. 그런데 경내에는 들어가지 못하고, 밖에서 대충 훑어보듯 스쳐 지났습니다.

아버지는 숙소에서 완전히 뻗어버리셨어요. 저녁 식사도 못 하겠다고 하셨습니다. 그냥 침대에 누워서 끙끙 앓으셨어요. 대관절 무슨 병인지, 해외에 나와 병원에 가야 하는지, 병원에 가서 무슨 검사를 받아야 하는지 머리가 복잡해졌습니다. 아버지께 어디가 아프시냐고 계속 여쭤봤습니다만, 통 대답을 안 하시는 겁니다. 어디가 아픈 줄을 알아야 병원도 알아보고, 약도 알아보겠지요. 아버지는 묵묵부답, 그냥 식욕이 없다고만 하셨습니다.

일단은 그날 밤, 동생과 함께 잠시 가모가와 강변으로 나갔어요. 처음 해외여행을 온 동생을 숙소에만 있게 할 순 없었지요. 숙소 앞에 상점가가 있어서, 거기서 동생과 밥도 먹고 기념품도 사고 돌아다녔지요. 오는 길에 초밥집에 들렀습니다. 일본에 왔으니, 초밥은 드셔야 할 것 같고, 입맛이 없다 하셔도 막상 드리면 드실 것 같았어요. 그 초밥집에서 가장 비싼 초밥 세트를 사 들고 숙소로 돌아왔습니다. 이거라도 드셨으면 하는 마음으로, 형형색색의 신선한 초밥을 기대하며 뚜껑을 열었지요.

웬걸. 저희 자매가 사 온 건, 채소 초밥이었습니다. 아니, 살다 살다 채소 초밥이라는 게 있다는 것도 처음 봤습니다.

회는 한 점도 없고, 모든 게 채소였죠. 새콤달콤한 일본식 절임류 채소가 올라간 초밥을 보고 자매는 할 말을 잃었습니다. 다른 걸 사 오겠노라 서둘러 채비하는 사이, 아버지께서는 내일 먹겠다고 하시곤 바로 주무셨어요.

둘째 날, 아버지는 숙소에서 쉬시고, 어머니와 여동생만 데리고 여행지로 향했습니다. 대나무숲은 반드시 보여드려야겠다 싶어서, 아라시야마로 향했어요. 치쿠린에서 사진도 찍고, 순두부 정찬 세트도 먹고, 쇼핑도 했지요. 신기한 경험도 했습니다. 글쎄, 도케츠교를 지나가는 길에 머리에 삼각뿔 모양 삿갓을 쓴 뱃사공이 있지 뭡니까. 무릎 아래가 훤히 드러나는 기모노를 입고, 무슨 드라마 촬영하는 것처럼요. 아라시야마에 여러 번 왔는데도 이런 사람은 처음 봐서, 다가가서 뭐냐고 물어봤더니, 배를 태워 줄 수 있다는 겁니다. 어머니가 뱃놀이를 참 좋아하세요. 어딜 가나 배 타는 걸 즐기시지요.

여동생과 어머니를 데리고 작은 배에 올랐습니다. 노인 뱃사공이 노를 젓더군요. 그가 뭐라고 말하는데 사투리가 많아서 다 알아듣긴 어려웠어요. 알만한 말은 통역해 주고, 또 저희가 '한국에서 왔다.', '가족이다.' 따위를 알려주며 강 위를 나아갔지요. 호즈강이라고 하는 강인데, 경치가 일품입니다. 양옆으로 병풍처럼 드리운 갈맷빛 산 가운데를 뚫고 강물이 잠잠하게 흐르고 있지요. 헤이안 시대에는 여기서 귀족들이 뱃놀이를 했다고 해요. 이 강이 또 장관인 게, 물빛입니다. 아주 맑은 옥색이 돌아요. 시원한 강바람을 맞으며, 옥색 물 위를 떠서 배가 물길을 거슬러 올라갔습니다. 뱃사공이 뭐라고 노래를 부르는데, 뭐라는지는 모르겠고, 그냥 꿈속을 가는 것 같았어요.

그런데, 그 순간, 아버지 생각이 나더군요. 아버지도 이걸 보면 참 좋아했을 텐데. 대체 어디가 아파서 같이 오지 못한 건가 싶어 마음 한편이 무겁더군요. '내일은 반드시 함께 모시고 가리라.' 하며 하루를 마무리했지요.

다음 날, 부모님의 숙소에 가자 두 분이 일어나 계시더군요. 아버지의 상태가 조금 좋아졌나 봅니다. 조식도 같이 드시고, 함께 나가자고 하셨어요. 아버지를 생각해서 어려운 코스를 대부분 뺐습니다. 그래도 교토에 왔으니, 은각사와 금각사는 안 갈 수가 없어서 먼저 은각사로 향했지요. 그런데 여기서도 시작부터 문제가 생겼습니다. 버스를 하나 타고 은각사에 도착하면, 야트막한 오르막길이 있습니다. 그다지 길지 않은 길인데, 또 여기서 아버지가 퍼지신 겁니다.

"더는 못 걷겠다."

은각사가 코 앞에 있었습니다. 이걸 안 보고 지나칠 수는 없는데, 아버지가 이렇게 말하시는 겁니다. 그러면서 너희들은 가서 구경하라고 하셨어요. 저는 진퇴양난이었습니다. 어머니와 여동생을 데리고 숙소로 돌아가자니, 이 둘에게 미안하고, 그렇다고 아버지를 두고 가자니, 어디에 마땅히 모실 곳이 없었어요. 길바닥에서 기다리게 둘 수는 없는 것 아니겠습니까? 황급히 여기저기 둘러보는데, 가게 앞에 입간판을 세우는 노인이 눈에 들어왔어요. 일본식 건물의 오래된 찻집이었습니다. 일단 달려가서 사장님으로 추정되는 흰머리 가득한 노인을 붙잡았습니다. 저는 '죄송합니다.'를 연발하며, 제발 도와달라고 부탁을 드렸지요. '우리는 지금 가족끼리 관광을 왔다. 그런데 아버지가 아프시다. 잠시 아버지를 여기에 모실 수 있는가?' 안 된다고 하면 어떻게 해야 할지 혼란스러운 중에 고개를 연신 숙였는데, 뜻밖에 노인이 시원스럽게 괜찮으니 얼마든지 묵으라고 했습니다. 아직 영업이 시작하기는 30분이나 더 남았는데 기꺼이 허락해 주신 거지요.

찻집은 어둡고 작았습니다. 진한 나무 냄새가 났지요. 일단 아버지를 모시고 들어갔습니다. 음식 주문을 안 할 수는 없었으니까, 아무것도 안 먹겠노라고 하는 아버지를 달래 가며, 메뉴판을 살폈습니다. 그때 제 눈에 들어온 메뉴가 안미츠였어요. 안미츠가 뭐냐면, 유리그릇에 과일과 푸딩을 썰어

넣고, 그 위에 팥이나 시럽이나 아이스크림을 얹은 간식입니다. 여름에 시원하게 먹는 간식인데, 달착지근하고 기력도 좀 돌아오지요. 이 찻집에서 파는 가장 비싼 메뉴이기도 했지요. 그렇게 안미츠를 하나 주문하고, 찻집 밖으로 발길을 돌렸어요. 좌우간, 어머니와 여동생에게 가이드는 해야 하니까요.

그런데, 찻집 안에 홀로 있는 아버지가 너무 애처로운 겁니다. 찻집에 아버지를 혼자 두고 가는 게, 옳은 일인가 싶었어요. 체격 좋은 아버지의 몸이 이상하게 왜소해 보였습니다. 이 낯선 땅에, 안미츠 한 그릇과 아버지를 두고, 나는 관광지로 간다는 사실이 가슴에 턱 걸리더군요. 어머니와 동생을 데리고 은각사를 걷는데, 아버지 걱정만 들었습니다.

> 안미츠는 잘 드시고 계실지.
> 입에 맞으셨을지.
> 혼자 무슨 생각을 하고 계실지.
> 나머지 가족에게 미안해하시지 않아도 되는데,
> 또 괜히 걱정하고 계시는 건 아닌지.

아버지는 자기 감정을 표현하는 분이 아니세요. 우리 아버지 세대가 그렇지만, 즐거운 것도 표현 안 하고, 아픈 것도 표현을 안 하고, 당신은 그저 괜찮다며 버티고 버티시는 거죠. 그러다가 어느 날 갑자기 탈이 나서 병상에 눕는 겁니다.

그런 날이 오리라 생각하니 마음이 더 무거워졌습니다.

언젠가는 올 날이겠지요.
병실에 아버지를 혼자 두고 갈 날이 앞으로 왜 없겠습니까?
그럴 때도 주스나 과일을 놓고,
무거운 발길을 돌려 병실 문을 닫아야겠지요.

저는 그날 찻집을 나서며, 그 먼 미래를 본 것 같았습니다.

미래의 그날이 오면,
나와 아버지는 얼마나 쓸쓸할 것인가?
우리는 어떤 모습이 되어 있을 것인가?
안미츠는 무슨 맛일 것인가?

기념품점에서 저는 은각사 과자를 하나 샀습니다. 일본의 큰 사찰 관광지는 자기네들 과자를 팔거든요. 은각사의 상징적인 절 모양이 찍힌 모니카 종류였는데, 이거나마 드셨으면 하는 마음으로 가방에 집어넣었습니다. 찻집으로 돌아와 보니, 아버지와 사장님이 나란히 마주 보고 앉아 있었어요. 저는 황당해서 제자리에 멈춰 섰습니다.

아니, 서로 말이 안 통하는 둘이 무엇을 하고 있었을까요?
눈빛으로 이야기를 주고받았을까요?

수화로 이야기를 주고받았을까요?
아니면, 둘 다 어디선가 주워들은
한국어와 일본어로 짧은 대화나마 나눈 걸까요?
저 둘 사이에 무엇이 있었을까요?

놀란 제가 가만히 보고 있자, 백발노인이 환한 미소로 자리에서 일어나시더군요. 아버지도 한결 기분이 좋아 보였습니다. 안미츠 그릇은 깔끔하게 비어 있었어요. 아버지에게 무슨 말을 했냐고 묻자, 그저 싱글벙글 웃으며 대답이 없는 거 아니겠습니까. 아무튼 좋은 게 좋은 거다 싶어, 속으로 안도하며 아버지의 곁에서 걸었습니다. 지금은 든든한 아버지의 몸도, 언젠간 작게 쪼그라들 날이 오겠지요. 그날이 오기 전까지 부단히 걷고, 행복한 시간을 쌓고, 몸을 움직이지 못하게 되었을 때, 추억할 날들을 쌓아가야겠다고 생각했습니다. 달콤한 안미츠로 그 마음 아픈 날들도 지나갈 수 있겠지요.

결론적으로, 여행은 잘 마무리됐습니다. 안미츠 한 그릇을 먹은 이후, 아버지는 몸이 훨씬 나아지셨는지 제법 걸어다니셨고, 짧은 여행도 그렇게 끝났거든요. 가족을 챙기느라 정신이 없었던 저는, 어머니와 여동생이 즐거웠다면 그걸로 됐다고 생각하고 여행을 정리했지요. 며칠 후, 서울로 올라온 어느 날이었어요. 어머니께 전화가 오더군요.

"아버지가 수혈을 받았어. 사실 일본 여행 갔을 때 치질을 앓고 있었대. 계속 피를 쏟느라, 그렇게 기력을 못 차렸던 거였어."

> 아이고, 맙소사!
> 진작 말을 좀 하지.
> 그런 줄 알았더라면.
> 이것도 모르는 게 무슨 가족이라고.
> 어휴. 정말.
> 어휴.

수혈을 받을 정도로 심각한 상황에서, 아버지는 가족을 위해 버티셨나 봅니다. 자신이 피를 쏟고 있다는 걸 아셨을 테니, 약도 없다는 걸 아셨을 거고, 그래서 별말을 안 하셨던 거겠지요. 지금은 괜찮냐는 제 질문에, 완전히 나아졌다는 어머니의 대답이 들려왔습니다. 아버지는 왜 그렇게까지 하셨나 싶으면서도 한편으론 측은하고, 짠했어요. 안미츠 한 그릇과 함께, 낯선 땅에 혼자 남겨진 아버지 모습이 눈앞에 그려지는 것 같았습니다.

> 말없이 앉아 계시던 그 가운데, 얼마나 깊은 고통이 흘렀을까?
> 얼마나 많은 책임감과 미안함이 짐처럼 얹혀 있었을까?

여름이 오면, 이따금 그때 그 찻집을 떠올립니다. 그리고 얼굴을 맞대고 앉아 있던 그 백발노인과 아버지 모습이 떠올라요. 맑고 조용한 교토의 한 귀퉁이, 말이 통하지 않던 두 노인이 앉아 있던 그 조그만 공간. 언어도, 나라도 달랐지만, 서로의 고단함을 조용히 짐작해 주던 그 시간이 아버지에게도 잠시 숨 돌릴 틈이 되어 주었기를 바랍니다.

앞으로 아버지의 건강이 또 언제, 어떻게 흔들릴지는 모릅니다. 하지만 그럴 때마다 저는 안미츠를 떠올릴 것 같아요. 그날의 걱정과 후회, 다정함과 결심을 기억하면서요. 다음에는 아버지가 말하기 전에 먼저 알아채고, 먼저 물어보고, 먼저 짐을 나누어지고 싶습니다. 그게 우리가 가족이라는 뜻이겠지요.

안미츠 한 그릇처럼, 작지만 달콤하게 서로를 다독이며 살아가는 것.
아버지! 다음 여행에는 꼭 건강한 몸으로 함께 걸읍시다.
이번엔 꼭 끝까지 함께요!

빵

주머니에

돈이 없어서

위축될 때

저는 20대 서울 생활을 홍대의 어느 고시원에서 시작했습니다. 지하 1층에 클럽이 있는 여성 전용 고시원이었습니다. 밤이 되면 소음이 엄청났죠. 그럼에도 돈을 아끼려면 이 고시원에서 1~2년을 버티는 게 최선이었습니다. 보증금을 더 모아서 원룸이라도 가고 싶은 생각이 간절했습니다. 저녁 식사는 고시원에서 무료로 제공해 주는 라면으로 때웠습니다. 고시원의 작은 냉장고에 밑반찬을 한두 개 넣어두고, 제공되는 밥에 의지해 끼니를 때웠습니다. 밥솥에 눌어붙은 밥이나마 있으면 감사하며 배를 채웠습니다.

먹는 것뿐만 아니라, 씻는 것도 편치 않았습니다. 사람들이 고시원으로 돌아오기 시작하는 저녁 8~10시가 되면 단두 개 있는 샤워부스가 다 차버려서 줄을 서서 씻어야 했습니다. 그게 싫었던 저는 일찍 퇴근해서 가장 먼저 씻곤 했습니다. 아침에도 마찬가지였습니다. 줄을 서서 씻는 게 싫어서 가장 먼저 움직였습니다. 화장실에 갈 때도 주도면밀하게, 사람들이 없을 시간대를 골라서 움직이곤 했습니다.

사실, 고시원에서 옆방 사람은 아주 성가신 존재입니다. 시끄럽지만 않으면 다행입니다. 밤새도록 애인과 전화하는 옆방 사람과 싸운 적도 있고, 모닝콜이 30분간 울려도 일어나지 않는 옆방 사람 때문에 방을 바꾼 적도 있습니다. 음악을 켜 놓고 사는 사람들은 얼마나 양심이 없는지요. 얇은 고시원 벽은 사람의 인내력을 테스트하는 듯했고, 가끔은 인간성에 대한 모든 희망을 짓이기곤 했습니다. 그렇게 고립된 채로 흘러가던 하루들 사이, 뜻밖의 변화가 찾아왔습니다.

라면을 끓여 먹으려 주방으로 향하는데, 입구에서부터 고소한 냄새가 나는 겁니다. 들어가 보니 빵 열댓 개가 나란히 트레이에 놓여 있는 게 아니겠습니까. 동그랗고 먹음직스러운 팥빵이었습니다. 무슨 빵인가 싶어 살펴보니, 옆에 메시지가 하나 붙어 있었습니다. '실습한다고 구운 빵입니다. 하나씩 드세요.' 제과제빵 실습을 하고 있는 모양입니다. 제빵 실습을 하면 많은 양의 빵이 만들어지기 때문에 이걸 처리하느라, 온 가족이 먹어야 한다는 이야기를 들은 적이 있습니다. 이 고시원에 사는 누군가가 제빵 실습을 하면서 만든 빵을 고시원 사람들과 나누기로 결정한 모양이었습니다.

그런데 빵 주인의 쪽지 밑에 과자 하나가 놓여 있었습니다. 자세히 보니, 누군가가 '감사합니다. 별것 아니지만 과자 드세요.'라는 메모를 써 놓고 과자를 하나 두고 간 겁니다! 자그마한 과자 한 봉지였는데, 그걸 본 순간 제가 뭘 해야 하는지 머리가 밝아지더군요. 잽싸게 볼펜을 가져와서 '고맙습니다.'라고 쪽지를 남겼습니다. 그리고 간식용으로 사둔 작은 떡 하나를 올려두고 빵을 가져왔습니다.

오래간만에 먹는 팥빵이었습니다. 늘 고시원 라면이나 눌은 밥솥 밥만 먹다가 모처럼 달콤한 팥소 맛을 보니 기분이 훨씬 좋더군요. 처음으로 이 고시원 생활이 조금은 견딜 만해지는 것 같았습니다. 그날이 그렇게 지나가고 한동안 이 일에 대해서는 까맣게 잊고 있었습니다. 그런데 다음 주 어느 날, 또 주방에 빵이 놓여 있는 겁니다. 이번에는 소보로빵이었습니다. 쪽지가 또 붙어 있었습니다. '이번에 구운 빵입니다. 맛있게 드세요! 남겨 주신 간식들 맛있게 먹었습니다.'

세상에, 감사하고 은혜로운 사람!
빵을 구워서 고시원 사람들에게 나눠주겠다는 생각을
어떻게 할 수 있었을까요?
어떻게 선뜻 모르는 이들에게 빵을 주겠다고,
이런 갸륵한 생각을 할 수 있는 걸까요?
그는 어떤 사람일까요?
여기에 더해,
그 빵에 보답할 줄 아는 사람들은 어떤 사람들일까요?
작은 과자에는 어떤 마음이 담겨 있었을까요?

저는 헛웃음을 지으며 서둘러 방으로 들어가 볼펜과 과자 한 봉지를 가져왔습니다. 그리고 '고맙습니다.'라고 쪽지를 남기고 빵을 가지고 왔습니다. 소보로빵도 참 기가 막히게 맛있더군요. 처음은 우연 같았던 이 일이, 어느새 매주 행사가 되었습니다. 고시원 사람들 누구도 욕심을 내지 않았습니다. 왕창 가져가거나, 보답을 하지 않는 사람은 없었습니다. 다들 빵 하나를 가져가면, 마땅히 지불해야 하는 것인 양 과자를 놓고 갔습니다. 빵이 모두 동난 날이면, 빵을 가져간 사람들이 놓고 간 간식들만 한가득 쌓여 있었습니다.

그 무렵 저는 주머니에 돈이라곤 없었지만, 과자를 미리 사뒀습니다. 언제 주방에 빵이 놓여 있을지 모르니까, 그 얼굴 모를 누군가를 위해서 과자를 준비해 두는 게 버릇이 되었습니다. 과자를 살 때면 빵을 굽는 그 사람을 상상했습니다. 실습은 잘하고 있는 것인지, 시험은 잘 준비하고 있는 것인지 같은 마음이 들었어요.

그제야 저도 고시원 사람들에게 관심이 가기 시작했습니다. 고시원에 사는 학생들은 대학생들도 있었지만, 아닌 사람들도 있었습니다. 그리고 대부분 시끄러운 지하 1층 클럽의 고성을 감안하고라도 싼 가격에 이 고시원에 묵어야 하는 사람들이었습니다. 다들 저처럼 공짜 라면을 끓여야 하고, 밥솥에 있는 오래된 밥을 먹고, 줄을 서서 씻어야 하는, 그런 사람들이었습니다.

우리는 가난했지만, 그래도 빵을 나눴습니다. 서로 어디에서 왔는지, 무엇을 하는 사람들인지 전혀 모르지만, 그런 건 상관없었습니다. 어떤 사정이 있어서 서울로 올라왔거나 서울에 집이 있어도 가난한 처지에 이 고시원에 모였습니다. 사람들은 먹고 살기 위해 서울로 찾아옵니다. 생업을 찾기 위해 서울에 자리를 잡습니다. 각자의 고향이나, 배경이

나, 사연을 안고 기대에 부풀어서 이 도시에 발을 들입니다. 그러나 서울이라는 이 거대한 도시 속에서 우리의 존재는 단 하나뿐인 무언가로 취급되지 않습니다. 흔한 인력의 하나가 됩니다. 많은 얼굴은 또 다른 많은 얼굴에 파묻혀 사라집니다. 도시의 표면에 따개비처럼 붙어 쌓이고 쌓인 얼굴들은, 원래부터 도시의 일부분이었던 것처럼 여겨집니다. 개성도 없고, 사연도 없는 어디선가 왔다가 어딘가로 사라지는 이름 없는 떠돌이가 됩니다. 마치 고시원의 알 수 없는 옆방 사람처럼, 우리는 존재하지만 존재하지 않는 사람으로 이 거대도시를 채우고 있습니다.

사람들을 흡수하는 서울 같은 거대도시에서 어쩌면 '선의'라는 건 얼굴이 없는 것인지도 모르겠습니다. 보이지도 않고, 만져지지 않지만, 그 자리에 확실하게 존재하는 빵과 과자와 '감사합니다.'라는 작은 친절로 우리는 서로를 의식했습니다. 서로가 존재한다는 걸 알아차려 주었습니다.

불황의 불확실하고 어두운 밤 속에서도, 이 거대한 도시 안에서도, 확실히 우리는 사회적으로 성공한 사람들은 아닙니다. 앞으로는 모르겠지만, 지금 당장은 아니지요. 내일은 알 수 없고, 내년도 알 수 없고, 미래는 더 알 수 없는 사람들이 할 수 있는 일이란 하루하루를 살아 나가며, 옆 사람과 빵을 나누는 것인지도 모르겠습니다.

그러나 그 빵은 어느 순간엔가 사라졌습니다. 생업에 치이며 지내던 어느 순간, 아! 하고 돌아보니, 더 이상 빵이 보이지 않는 겁니다. 아쉬운 마음도 들고, 섭섭하기도 했습니다. 이렇게 끝날 줄 알았다면, 마지막으로 방문을 두드려 인사라도 건넸을 텐데. 정말 잘 먹었다고, 당신 덕분에 어려운 순간을 건넜다고 고맙다고 했을 텐데.

> 모르지요.
> 그 사람이 시험에 합격했는지,
> 어디로 떠났는지,
> 어느 방에 살던 누구였는지는 끝끝내 알지 못했습니다.

그저, 저는 지금도 종종 생각합니다. 그 한순간 빵을 나누던 날들을. 고시원 좁은 주방에서 주고받던 작은 빵과 과자가 이 거대 도시에서 저를 버티게 해주었다고. 혼자가 아니라고 느끼게 해주었다고. 이름도 얼굴도 몰랐던 사람들이 남긴 '고맙습니다.'라는 메모 하나, 과자 하나가 서로를 잊지 않게 해주었다고요.

비록 우리는 부유하지 않았으나, 심지어 자기만의 화장실이나 주방 하나 갖지 못하는 이들이었으나, 지상에 잠시나마 은혜가 머물렀다면 그 고시원일 것입니다. 주머니에 돈이 없어서 위축될 때마다, 저는 그 고시원의 주방을 떠올립니다. 가진 건 없었지만, 선의를 선의로 보답할 줄 아는 사람들. 우리가 내세울 것 없이 가난하지만, 그래도 마음만큼은 아직 따뜻하다는 인간성에 대한 믿음. 어쩌면 살아간다는 건

이런 믿음 하나를 매일매일 잃지 않고 지켜내는 일인지도 모
르겠습니다.

방울토마토 설탕 구이

살을

빼지 못하는

자신이 싫을 때

"여기, 자리에 앉으세요."

지하철에 서서 가고 있을 때였습니다. 앞에 앉아 계신 여자분이 연신 제 눈치를 살피더니 빙그레 웃으며 제 팔을 두드렸습니다. 처음에는 무슨 뜻인지 몰랐습니다. 그런데 그녀의 비밀스러운 미소. 마치 다 안다는 듯한 의뭉스러운 눈빛과 동시에 남산처럼 둥근 제 배가 눈에 들어왔습니다. 임산부로 오해받아 자리를 양보받은 것도 세 번째였습니다.

<blockquote>

아, 사람들의 선의란 어쩜 이리도 따뜻하고 잔인할까요.

임산부 배지도 없는데,

임산부려니 짐작하고 냉큼 자리를 내어주다뇨.

저는 임신한 게 아니라,

단순히 배에 살이 유독 많이 찐 것뿐인 데도요.

</blockquote>

세상이 참 따뜻하구나 싶었지만, 자리를 양보받은 횟수가 세 번째쯤 되자, 저도 심각성을 인정할 수밖에 없었습니다. 살을 빼야 했습니다. 그것도 지금 당장요. 당시 제 BMI는 28이었습니다. BMI는 키와 체중으로 계산한 대략적인 체질량지수입니다. 여성의 경우 21~22가 표준이고, 25~30은 과체중입니다. 계산대로라면 저는 경도비만이었습니다. 믿을 수 없는 현실에 인바디까지 측정했지만, 지방의 몸의 40%를 차지하고 있다는 충격적인 결과를 마주해야 했습니다. 내장

지방은 더 충격적이었습니다. 1~9까지가 정상이라면, 저는 16이 나왔습니다.

물론 제가 처음부터 이렇게 체중이 많이 나갔던 건 아닙니다. 작년 겨울에는 68kg이었습니다. 그때도 부랴부랴 굶어서 3개월 만에 60kg까지 뺐습니다. 다이어트에 성공했다는 기쁨 때문일까요? 봄을 지나면서 15kg이 갑자기 쪘습니다. 하필이면 여름이 되어 얇은 옷을 입어야 하는 이제 75kg이 됐습니다. 빼야 할 체중은 15kg에 달했습니다.

세상에, 15kg이라니!
삼겹살 1인분이 200g이고, 닭 한 마리는 보통 700g입니다.
그러니까 나는 지금,
닭 20마리에다가 삼겹살 5인분을 추가로 몸에 둘렀다.
그것들을 두껍게 잘라서 몸 구석구석에 둘렀다.
내가 찐 살을 불판에 구우면 30명은 족히 먹는다.
허허, 맙소사!
아이고, 망했네.

이 압도적인 숫자에 일단 기가 죽었습니다. 그동안 다이어트를 여러 번 했지만, 작심삼일이었습니다. 오히려 취미로 한창 탱고를 출 때 3개월에 10kg도 너끈히 뺀 적이 있었습니다. 그러나 이번에는 탱고로 다이어트를 하긴 어려웠습니다. 통통한 얼굴이 부끄럽거니와 임산부로 오해받는 배로는 드레스도 입을 수 없었죠. 그렇다고 운동할 시간도 없었습니다. 한참 편집부가 바쁜 시기였습니다. 10시에 퇴근했고, 8시까지 출근했습니다. 저녁은 컵라면이나 삼각김밥을 먹었고, 어쩌다 일찍 집에 들어올 때는 배달 음식을 시켰습니다. 메뉴는 탕수육, 마라탕, 곱창, 치킨, 떡볶이, 닭발 같은 기름지고 짠 음식들이었지요. 퇴근길에는 소소하지만, 확실한 행복을 위해 조각 케이크나 휘낭시에, 마들렌, 쿠키를 샀습니다. 하루를 달콤한 디저트로 마무리하면, 업무 스트레스도 그럭저럭 버틸 수 있었지요.

그러나 이 모든 것들이 비만의 주범이었습니다. 거울 속 제 모습은 살이 피둥피둥 쪄 있었습니다. 가슴 아래로 윗배가 솟구쳐서 완전히 만삭 여인처럼 배가 불렀고, 허벅지는 코끼리 같더군요. 셀룰라이트가 잡혀서 보기 싫은 건 덤이었습니다. 팔뚝과 어깨에 살이 붙으면서 덩치가 커 보였고, 턱 밑에도 살이 쪄서 고개를 조금 숙이면 턱이 2개로 보일 지경이었습니다. 한참 동안 거울 앞에 서서 몸을 가만히 보는데, 문득 그런 생각이 들더군요.

> 혐오스럽다.
> 어쩜 어깨가 저렇게 떡 벌어졌지?
> 티셔츠 꽉 조이는 거 봐.
> 저게 사람이야?
> 그냥 돼지 같다.

허벅지에 셀룰라이트 모인 거 봐.

손으로 꾹 누르면 징그럽다.

누구도 사랑해 주지 않을 모습이다.

내 몸이 참 미웠습니다. 이렇게까지 살이 찐 자신이 싫었고, 한시라도 빨리 이 지방으로 된 갑옷을 벗고 싶었습니다. 옷장을 열어서 묵혀놓은 여름옷을 꺼냈습니다. 작년에 입은 옷 중에 맞는 게 별로 없었습니다. 그나마 맞는 옷들도 옷태가 도무지 안 나더군요. 방 한쪽에 옷을 산더미처럼 쌓아놓곤, 바닥에 주저앉아 인터넷을 뒤졌습니다.

그런데, 어떻게 다이어트를 해야 할까요?

교과서대로라면, 운동을 하고 음식을 줄이면 되겠지요.

문제는 이게 쉽지 않다는 겁니다.

시간도 오래 걸리고 말이죠.

재미도 없어요.

쉽고, 빠르고, 효과가 확실한 다이어트를 하고 싶었습니다. 위고비, 삭센다, 지방 흡입 수술, 지방 분해주사, 식욕억제제, 3개월 만에 하는 다이어트 알약 등등 참 많은 다이어트가 있었습니다. 내가 아닌 '다른 사람들도 다이어트에 이렇게 관심이 많구나.'라고 생각했지요. 이 중에서 저는 가장 위험부담이 적고 저렴한 길을 골랐습니다. 그냥 굶기로 한 겁니다.

그로부터 고달픈 다이어트가 시작됐습니다. 밀가루, 기름진 음식, 짠 음식은 먹을 수 없었습니다. 아침은 오트밀을 먹고, 점심에는 그릭요거트와 방울토마토를 먹고 저녁에는 다이어트 쉐이크를 먹었습니다. 간식도, 디저트도 모두 끊었습니다.

처음에는 힘들었지만, 일주일을 이렇게 하자 슬슬 욕심이 생겼습니다. 좀 더 빨리 살을 빼고 싶었습니다. 지금 먹는 것들도 아예 안 먹는다면 더 빨리 빠지지 않을까? 하는 유혹이 스멀스멀 올라왔습니다.

성격이 급했던 까닭일까요?
아니면 자기 몸이 너무 싫었기 때문일까요?

저는 아예 음식을 끊기로 마음먹었습니다. 저는 참, 독하다면 독한 사람이었습니다. 한번 마음을 먹으면 끝을 봐야 하는 성격이 여기서 발휘되었습니다. 하루 섭취량을 500칼로리 이하로 제한했습니다. 달걀 두 개, 방울토마토 10개, 다이어트 쉐이크 한 컵이 하루 식사의 전부였습니다. 하루에 방울토마토 2개만 먹고 버틴 적도 있었습니다. 무리한 운동도 시작했습니다. 10시에 퇴근해서 집까지는 1시간이 걸렸습니다. 11시부터 12시까지 운동을 했습니다. 먹지도 않고 하는 운동이라 힘도 나지 않았지만, 그저 러닝머신 위에서 달리고 또 달렸습니다.

자기혐오가 곧 동력이었습니다. 배가 너무 고플 땐 임산부로 오해를 받아 자리를 양보받던 기억을 떠올렸습니다. 사이클을 타다가 너무 힘들 땐 토실토실한 허벅지를 봤지요. 그러면서 속으로 외쳤습니다.

자신에게 더한 욕도 했습니다.

그래도 힘이 안 날 때는 인터넷에서 날씬한 여자들의 사진을 봤습니다. 다이어트 전후 비교 사진도 봤지요. 그렇게 자신을 비난하면 입맛도 사라지고, 운동할 힘도 났습니다. 그렇게 2개월이 지나자, 7kg이 빠졌습니다. 이 결과는 기쁘다기보단 절망적이었습니다. 그렇게나 열심히 음식을 끊고 운동을 했는데 고작 7kg이라니요. 제 식단과 운동량을 친구에게 이야기 하자, 그녀가 무척 걱정된다는 얼굴로 식사를 하라고 권했습니다. 저는 그 말에 코웃음을 쳤습니다.

> 어떻게 뺀 살인데, 감히 먹으라고 권해?
> 내가 어떤 고생을 했는지 넌 몰라.
> 너나 먹어, 기집애야!
> 난 날씬해질 거고, 그러면 모든 게 지금보다 더 좋아질 거야.
> 아마도?
> 아마도.

오히려 더 독하게 다이어트를 하리라 마음을 먹었습니다. 그런데 그 일은 회사에서 일어났습니다. 책 두 권 분량의 인쇄물을 가지고 가던 도중 잠시 눈앞이 까맣게 되는 것 아니겠습니까? 최근 부쩍 어지러웠기 때문에 그런가 싶었는데, 긴 이명이 들리더군요. 머리가 빙글빙글 돌고 온몸에 힘이 빠졌습니다. 균형을 잡으려고 하는데 뜻대로 되지 않더군요. 정신을 차리니 편집부 직원들이 저를 흔들고 있었습니다. 누군가가 제가 떨어뜨린 인쇄물을 정리하고 있는 게 보였습니다. 눈을 동그랗게 뜬 직원들도 보였지요. 저는 메슥거리는 속으로 침을 삼키며 억지로 자리에서 일어났습니다. 도통 몸에 균형을 잡을 수 없었습니다. 동료의 도움으로 택시까지 잡아 집에 들어갔습니다. 아직 대낮이었고, 어지러움이 가시질 않았습니다. 그대로 침대에서 눈을 감았습니다.

> 나는 지금 뭘 하고 있는 걸까?
> 누구를 위해서 굶고 있는 걸까?

손에 잡히는 뱃살은 여전히 두꺼웠습니다.

> 살이 찌는 건 쉬운데 빼는 건 왜 이리 어려울까요?
> 왜 이렇게 시간이 걸리는 걸까요?

자기 몸에 대한 원망이 한꺼번에 올라오며 돌연 울음이 나더군요. 한참 펑펑 울었습니다. 하루 종일 먹지 못한 채 하루가 지났습니다. 그다음 날에도 몸에 힘이 들어가지 않아 회사에 나갈 수 없었습니다. 그런데도 운동은 하고 싶어서 꾸역꾸역 근처 공원으로 나갔습니다. 하루라도 걷지 않으면 살이 또 찔 것만 같았어요. 나무 그늘에서 멍하니 공원에 사람들을 바라보았습니다. 혼자서 조깅하는 사람들이 눈에 들어오더군요. 달리는 그들의 몸은 탄탄하고 건강해 보였습니다. 그들이 다이어트를 하고 있는 걸까요? 대체 다이어트를 하려던 내 목표가 뭐였는지 생각하게 되었습니다.

그렇지도 않았습니다. 굶으면 굶을수록 행여 살이 찔까 봐 무서워서 달걀 하나 마음껏 먹지 못했죠. 하루라도 운동을 안 하면 어제까지 한 운동까지 효과가 없을까 봐 쉬지도 못했습니다. 제게 남은 것은 휴대폰에 들어 있는 날씬한 여자들의 사진과 언젠간 입고 싶은 옷뿐이었죠. 그리고 자기 자신을 채찍질하느라 남은 지독한 자기혐오였습니다.

저는 저를 학대하고 있었다는 사실을 깨달았습니다. 마치 말 안 듣는 어린애를 억지로 굴복시키듯, 자신에게 윽박지르고 화를 내며 두 달간 다이어트를 지속해 온 거였지요. 그래야 다이어트를 지속할 수 있으니까, 그래야 살이 빠지니까. 지금 좀 괴롭더라도 자신을 아프게 해서 살을 뺄 수 있다면, 나중에는 행복해질 수 있을 거라 믿었지요. 그러나, 7kg을 뺀 지금 그런 행복이 오지 않을 것임을 알게 됐습니다. 10kg을 빼면, 뺀 대로. 15kg을 빼면 빼는 대로. 저는 여전히 불안에 시달리겠지요.

반대로, 저는 대체 왜 이렇게 자신이 살이 쪘는지 생각했습니다. 이유는 단순했습니다. 회사에서 야근을 해야 하니까

운동할 시간이 없었습니다. 늦게 퇴근했으니까 배달 음식을 먹었습니다. 일에서 스트레스를 받으니까, 그걸 잠재우려고 간식을 먹었습니다.

결론은 단순했습니다. 일상의 모든 게 '일'이 우선이었습니다. 제 모든 것이 '일'을 중심으로 돌아가고 있었습니다. 몸도 마음도 오롯이 업무에 집중할 수 있는 상태로만 유지되었던 것입니다.

> 내일 출근을 해야 하니까
> 골치 아픈 저자를 상대해야 하니까
> 이 책을 이번 달까지 내야 하니까

업무 때문에 자신의 순위는 자꾸자꾸 뒤로 밀려나고 있었던 것입니다. 삶의 중심이 내가 아니라, 업무가 중심이었기에, 업무에 최적화된 삶의 스타일을 만들다 보니 이렇게 된 거였습니다. 살이 찐 건, 어쩔 수 없는, 어쩌면 당연한 일이었습니다.

저는 제 허벅지를 보았습니다. 여전히 굵고 튼실한 허벅지였지만, 지금껏 제가 걸을 수 있도록 꿋꿋하게 유지해 주던 허벅지였습니다. 배는 동그랬지만, 제 배였죠. 손, 팔, 어깨, 목, 머리. 어느 한 부분 빠짐없이 소중한 저 자신이었습니다.

지금까지 대체 누구를 위해서 살았던 거람.

대체 뭐 때문에, 내 몸을 혐오했던 거람.

지난 2개월간의 일이 순식간에 어리석게 느껴졌습니다. 그토록 미워하던 제 몸에게 미안해졌습니다. 맞습니다. 자기 혐오는 그저 나를 채찍질하는 수단이었습니다. 오히려 그동안 업무에 치여 자신을 등한시했던 결과였습니다.

내 삶과 건강을 되찾아 오려면 어떻게 해야 할까요?

먹고사는 일을 포기하지 않으면서,

동시에 나를 살리려면 어떻게 해야 할까요?

방법이라는 게 있을까요?

다들 어떻게 사는 걸까요?

그날 저는 산책에서 돌아와 냉장고를 뒤졌습니다. 냉장고에 정말이지 방울토마토밖에 없더군요. 방울토마토를 썰어 위에 설탕을 가득 뿌렸습니다. 그동안 그토록 먹고 싶었던 설탕이었습니다. 여기서 더 맛있게 먹고 싶어져서 토치를 꺼냈습니다. 전에 바나나 설탕 구이를 만들 때 쓰던 거였지요. 토치에 불을 붙여 설탕을 녹였습니다. 달콤한 캐러멜 냄새가 올라오며 방울토마토 겉면이 단단하게 코팅이 되기 시작했습니다. 토치를 끄고 테이블에 방울토마토 설탕 구이 접시를 옮겼습니다.

바삭하고 설탕이 깨지면서

입안에 즙이 터지는 방울토마토의 맛!

아, 이거지. 이거야!

이게 사람이 사는 맛이야.

마감이 어쩌고, 저자가 어쩌고,

띄어쓰기가 어쩌고, 맞춤법이 어쩌고,

아! 다 어쩌고, 어쩌고.

이 설탕에 코팅된 방울토마토야말로, 삶의 맛이거늘.

이 방울토마토를 먹지 않으면, 살지 않는 것과 같은 것인데.

아, 이제야 좀 살겠더군요. 고개를 떨구고 하하 웃었습니다. 입에 군침도 좀 돌고, 그제야 숨도 좀 쉬어지는 느낌이 들더군요. 그날 방울토마토 설탕 구이만 서너 접시를 먹었습니다.

그 후로 저는 일반식을 먹기 시작했습니다. 제 몸은 생각보다 금방 회복되었습니다. 일주일 정도 일반식을 먹자, 어지럼증도 나아지고, 이명도 들리지 않더군요. 야근 횟수를 절반 이하로 줄였습니다. 주말 출근도 그만뒀습니다. 일정이 열흘씩 미뤄져도 그러려니 했습니다. 무리해서 일해야만 나오는 책이라면, 늦춰져도 어쩔 수 없겠다 싶었지요.

대신 집에서 좋아하는 요리를 만들어 먹기 시작했습니다. 토치로 겉면을 살짝 구워 불맛을 낸 닭가슴살 꼬치, 발사믹과 올리브유가 잔뜩 들어간 샐러드, 직접 만든 리코타 치

즈와 하루 동안 유청을 뺀 그릭요거트, 현미밥에 된장찌개나 주말에는 곤드레밥도 해 먹었습니다. 가끔 기분이 좋을 때는 치킨이나 마라탕도 먹었습니다.

> 먹고 싶은데 어쩌겠나요.
> 참아봤자 나중에 폭식해요.
> 그냥 먹고 싶을 때 먹고,
> 다 먹고살자고 하는 짓인데,
> 먹지도 못한다면 그게 무슨 사는 거람.

5kg이 더 쪘습니다. 그러나 기분은 나쁘지 않았습니다. 살을 빼지 못하는 자신이 싫었던 어느 시절의 저는 사실 살이 문제가 아니었습니다. 저를 돌보지 못하고, 저를 소홀히 여겼던 그 삶의 방식이 문제였던 거죠. 지금 저는 여전히 제법 통통하고, 가끔은 옷이 작게 느껴지기도 하지만, 더 이상 '나 자신'을 벌주듯 살고 있지는 않습니다. 잘 먹고, 잘 자고, 일을 거절하고, 기분 좋게 운동합니다. 그 덕분에 이제는 더는 혐오가 아닌 애정으로 나를 바라보려 노력합니다. 그리고 오늘도, 방울토마토 위에 설탕을 살짝 뿌립니다. 달콤한 삶을 다시 배우는 중이거든요.

일상의 물건들로부터

밥솥

자신이

작고 하찮게

느껴질 때

　지금도 그렇지만, 저자가 자존감을 공격할 땐, 저는 속절없이 무너지는 편입니다. 그날도 전화가 길어지고 있었습니다. 손으로 입을 가린 채,

“네.”
“감사합니다.”
“죄송합니다.”
“드릴 말씀이 없습니다.”

　이런 말들을 반복하고 있으려니 슬슬 울적해지더군요. 밤 11시를 넘어가고 있었고, BAR 좌석에는 몇몇 사람이 앉아 마른 김을 안주로 위스키 잔을 기울이고 있었습니다. 휴대전화 너머 저자는 몹시 화가 난 목소리였습니다. 그는 제가 몸담은 출판사에서 나온 책들의 표지가 전반적으로 마음에 안 들고, 디자인도 구식이며, 종이 질이 나쁘고, 교정할 시간이 부족해서 본문도 엉망이라고 소리친 후, 멋대로 전화를 끊었습니다. 출판사에서 편집자로 일하다 보면, 이런 저자도, 저런 저자도 있는 법이었지만, 휴대전화를 내려놓을 땐 머쓱하게 주변 눈치를 볼 수밖에 없었습니다.

　“M은 IT 대기업 취직해서 두바이 갔다더라.”

　K가 그렇게 말했던 걸로 기억합니다. 저는 듣는 둥 마는

일상의 물건들로부터253

둥 술이나 더 마셨죠. 간간이 보사노바 음률이 귀를 스쳤는데, 에어컨이 최대로 가동되고 있어서 선명치 않았습니다. 아마 이때가 5년 전일 것입니다. 서울의 작은 출판사에서 일하던 저는 종종 KTX를 타고 부산까지 내려갔습니다. 그맘때쯤 대학 동기들 결혼식이 많았기 때문이죠. 그날도 어느 여자 동기의 결혼식이 있는 날이었는데 남편이 대단한 양반인지 입구부터 무슨 화환이 줄줄이 정렬해 있고, 고급 식장은 하얗게 반짝거리고, 뷔페도 훌륭했습니다. 특히 신부의 하객들이 어지간히 세련되고 멋들어진 여자들이라, 나중에야 모 대기업에 다닌다는 말을 듣고 '아하 그렇구나.' 했습니다.

"L은 지난달에 시로 등단했다더라."

K가 신나 하면서 동기들 소식을 전해 주었습니다. 저는 별로 듣기 싫은 이야기들로, 그녀 덕분에 속속들이 알게 되곤 했습니다. 유독 같은 학번 동기들은 앞길이 잘 풀렸습니다. 누구는 건설회사 대기업에 취직하고, 누구는 중견 보험 회사에 취직하고, 또 누구는 야구단을 운영하는 IT 기업에 합격했습니다. 아무개는 자그마한 회사를 경영하는 집 사모님이 되었다거나, 지방의 갑부와 결혼했다거나, 의사나 변호사가 배우자라는 이야기도 들려왔고, 아무튼 나와 그녀를 빼고 다들 졸업 후 뻥 뚫린 인생의 고속도로를 달렸죠.

“그래, 뭐. 좋은 것만 소문으로 들려오는 거겠지. 누구나 나쁜 건 감추잖아!”

그럼에도 K는 긍정적인 편이었습니다. 한 번 남과 비교하기 시작하면 자존감이 바닥을 뚫고 들어가는 저와는 달리, 그녀는 손쉽게 털어내는, 이른바 정신의 회복 탄력성이 강했습니다. 그게 그녀의 신기한 점이었습니다. 가끔은 그녀의 정신력이 너무 강해서 절대로 이 사람을 무너뜨리지 못할 것 같은 때가 있었는데, 저는 그럴 때면 짓궂게 시비를 걸곤 했습니다.

“얌 마! 남이 볼 때 행복하지 않은데, 나 혼자 행복하다고 믿는다고 해서 그게 행복이냐!”
“야! 남이 인정해 주지 않는데, 나 혼자 인정하는 건 정신승리다!”

그렇게 우겨대면, K는 씨익 웃으며,

“그럼 그러라지!”

그렇게 웃어넘기더군요. 그날 K와 나는 칵테일 몇 잔에 위스키를 마신 후 사이좋게 정신이 나가버렸습니다. 둘은 바텐더가 서비스로 주는 숙취해소제를 한 알씩 까먹고, BAR

밖으로 나가 밤바다를 정처 없이 걸었습니다. 저 멀리 광안대교의 현란한 조명이 반짝였습니다. 늦은 시간이었지만 해변에는 사람이 많았습니다. 그도 그럴 것이, 열대야였습니다. 7~8월이면, 밀짚모자를 눌러쓴 버스킹 기타리스트나 지팡이에서 불을 뿜는 마술사가 해변에 나타났습니다. 그러면 사람들이 그를 둘러싸고 앉아 흥겹게 박수를 치거나 노래를 불렀습니다. '비바람이 치던 바다♪ 잔잔해져 오면♬ 오늘 그대 오시려나…… ♩'

밤하늘과 경계가 없는 검푸른 밤바다, 파도 소리, 흰 달 아래 두 여자는 비틀비틀 걸었습니다. 둘의 발자국이 다른 발자국 위에 겹쳤고, 그 흔적 위를 차가운 바닷물이 씻어냈습니다. 저 멀리에는 아직도 영업을 하는 횟집과 노래방 간판이 반짝였고, 그 사이로 시원한 바닷바람이 불었습니다.

"야! M이 IT 대기업 취직해서 두바이 갔는데 너는 밥이 넘어가니?"

늘 제가 먼저 투덜거렸습니다. 하필이면 저는 그때 진상 저자를 만나 밤낮으로 시달리고 있었습니다. 모 대학 교수인 그가 심한 말로 저를 괴롭힌 건 아니었습니다. 다만 말끝마다 아랫사람을 대하는 듯한 묘한 경멸이 섞여 있었고, 어쨌든 저는 을이었으므로 눈물을 머금고 고개를 조아릴 수밖에 없었습니다.

"너, 오늘 결혼식 봤지? 걔 성공했더라. 넌 자신이 부끄럽지도 않냐!? 난 내가 부끄럽다!"

저는 일부러 소리를 높였습니다. 그즈음에는 동료 편집자들의 학력까지 우연히 알게 되어서 더 자존감이 떨어진 상태였습니다. 누구는 유명한 모 여자대학교 출신, 누구는 서울 4년제 국어국문학과 출신, 누구는 또 유명 대학교 독문과 출신 등등이었습니다. 전에 한번 우연히 참여했던 출판 편집자 간담회에서는 하필 옆자리에 서울대학교 미학과 출신 편집자가 앉는 바람에 발언 시간마다 사사건건 비교되었습니다. 저는 5인 이하 출판사만 전전했는데, 저쪽은 남편이 공기업 간부에 시부모가 서울 모 대학 교수라고 하더군요. 그야말로 엘리트 편집자였습니다. 그만 기가 깨갱 죽어서, 그날 내도록 기분이 좋지 않았고, 한동안 자존감이 뚝 떨어져서 궁상을 떨며 지냈습니다.

나는 하찮아.
나는 서울대학교도 졸업하지 못했고,
미학에 대해서도 모르고,
대기업에 다녀보지도 못했고,
남편도 없고, 훌륭한 시댁도 갖지 못했어.
나는 엘리트가 아니라, 하급 편집자야.
아무런 가치도 없고, 대단치도 않은 쓸모없는 인간이야.

저는 바다 표면을 둥둥 떠다니는 부표를 보며 중얼거렸습니다. 지방의 작은 대학을 졸업해 악과 깡으로 서울권 출판사에서 버틴 저는, 거의 한계에 도달한 것만 같았습니다. 사실 편집자라는 일을 그다지 잘하진 않았습니다. 선천적으로 꼼꼼하지도 않았고, 뛰어난 미적 감각이 있는 것도 아니었습니다. 다만 남들보다 성실했고, 손이 빨랐습니다. 그뿐이었습니다. 친구들이 좋은 남자와 결혼할 때 애인 한 번 사귀지 못했고, 친구들이 대기업에 취직하거나, 대리나 과장으로 승진할 때도 잦은 이직을 하고, 작은 회사만 다니느라 사원 딱지를 떼지 못했습니다. 동기들의 연봉을 우연히 듣는 날이면, 정말 며칠을 술만 마셨는데, 제 월급은 동기 중 꼴찌였기 때문입니다. 한마디로 남들보다 두세 걸음 뒤처진 인생이었습니다.

"아까, 저자랑 전화한 거 들었지? 아무도 날 제대로 된 사람으로 인정 안 해줘. 난 늘 을이야."

급기야 저는 아무것이나 탓하기 시작했습니다. 이건 오랜 버릇이었는데, 한번 다운되기 시작하면 온갖 핑계를 들어 바닥없이 가라앉곤 했죠. 자신에게 심각한 문제가 있는 것 같았고, 좌우간 하늘이 파란 것도, 우체통이 빨간 것도 다 제 탓인 것만 같았습니다.

"M이랑 L이 너무 부러워. 난 한심해. 어리석어. 죽고 싶어. 왜 이러고 살까."

그러다가 느닷없이,

"얌 마! 넌 밥솥 만드는 게 좋니? 다른 애들 잘나가는 거 보면 초조하지 않아?"

K에게도 시비를 걸었더랍니다. 같은 대학, 같은 학과를 졸업하고, 다들 아득바득 서울로 올라갈 때, 그녀는 혼자 부산에 눌러앉았습니다. 그리곤 밥솥회사에 들어가서 밥솥을 조립했습니다. 당최 왜 하필 밥솥인지, 그러고도 씽씽 잘나가는 다른 동기들과 연락을 지속할 용기가 나는지, 이해할 수 없는 노릇이었습니다. 저는 늘 그녀의 열등감이 저보다 깊을 거라고 생각했습니다. 이날도, 그래서 한번 밥솥으로 긁어 본 것이지만, 그녀는 씨익 웃으며, 모래 위에 털썩 주저앉아, 시원스러운 목소리로 외치더군요.

"그럼, 그러라지!"

저는 시큰둥해져선, 그것뿐이냐고 되물었습니다. K는 어깨를 으쓱했습니다.

"걔는 개 팔자. 나는 내 팔자. 그년이 잘나간다고, 내가 팔자 조진 사람이 될 수는 없다!"

저는 궤변이고, 정신 승리라며 코웃음을 쳤습니다. 그러면서도 밥솥을 들먹인 게 마음에 걸려서, K에게 대체 너는 어떻게 그렇게 남의 시선에 개의치 않고 살 수 있냐고 물었습니다. 한참 수평선을 바라보던 그녀가 이렇게 대답했던 걸로 기억합니다.

"글쎄. 나는 이런 사람이니까. 밥솥 좀 만들다가 드라마 좀 봤다가, 퇴근하면 맥주 한잔하고, 어쩌다 친구 오면 오늘처럼 칵테일 좀 마시면, 이것만으로 행복하지 않나? 다른 애들이 얼마나 성공했든, 뭘들, 그러라지! 근데, 지아야, 넌 자꾸 남이랑 비교하고, 자학하면 마음 아프고, 자신이 막 불쌍하지도 않아? 자신에게 너그러워져 봐. 바보야. 자신을 밀어내지 말고 따뜻하게 품어 봐."

파도 소리가 귀를 간지럽혔었죠. 저는 K의 낙천성에 헛웃음을 터트리고 말았습니다. 아마도, 정말 그녀의 말대로 그녀는 그런 사람이었을 것입니다. 이후 제가 5년간 고군분투하며 출판사에서 살아남을 때도, 동기들이 줄줄이 승진하고, 흩어지고, 또 인생의 굴곡을 겪다가 어디론가 사라질 때도 그녀는 우직하게 부산을 지켰습니다. 그녀는 계속 밥솥을 만들었습니다. 동기들이 부산을 거치면 함께 바에서 칵테일을 마시고, 소식을 전하고, 마치 그 자리에 계속 서 있는 등대처럼 그녀는 여전히 부산에 버티고 서 있습니다.

> 꺾이지 않으며
> 당당하게
> 용기 있게

이후 저는 언젠가 키와 블란츠가 번역한 『에픽테토스의 인생을 바라보는 지혜』라는 책에서 K가 했던 말과 비슷한 구절을 발견했습니다.

'나는 사람들의 인정도 받지 못한 채, 그냥 하찮은 존재로 살다 갈 것이다.'라는 생각으로 우울해하지 말라. 사람들의 인정을 받지 못한 것을 잘못된 삶으로 여겨서는 안 된다. 다른 사람의 행위로 인해 내가 부끄러운 인간이 될 수 없듯이, 다른 사람으로 인해 내가 못난 사람이 될 수는 없는 것이다.

K는 이미 에픽테토스의 지혜를 알고 있었는지는 모릅니다. 저는 제 안에서 자존감의 동력을 발견할 줄 모릅니다. 깨져도 다시 붙는 견고한 회복 탄력성을 어떻게 갖춰야 하는지 전혀 모릅니다. 그래서 힘들 때면 그녀를 떠올립니다. 그녀와 밥솥, 그리고 부산 광안리 파도 소리와 칵테일 향기를 떠

올리면, 저는 조금 더 단단해진 기분이 듭니다. 아니, 이건 어쩌면 밥솥의 따뜻함일지도 모르겠습니다.

독자 여러분들께도 이런 친구가 있을지 모르겠습니다. 거센 세파 속에서도 꿋꿋하게 자리를 지키고 있는 사람. 다들 빠르게 뛰고 있는데, 묵묵하게 자신의 속도를 지켜가는 사람. 기억나는 사람이 있다면, 한번 연락해 보는 것도 좋겠습니다. 그 사람이 오늘의 시린 나를 붙잡아주는 든든한 밥솥이 될지도 모르겠습니다.

비취

인생이

재미

없을 때

'젠귀휴일옥시장'은 대만에서 열리는 옥 시장 이름입니다. 주말이면 열리는 대만에서 가장 큰 옥 시장이지요. 이곳에 처음 방문한 2년 전, 저는 회사에서 쫓겨난 상태였습니다. 의심병에 걸린 출판사 사장에게 집요하게 괴롭힘을 당하다가 퇴사했지요. 어느 날 오후 2시, 사장의 '당장 나가!'라는 말에 짐을 안고 터덜터덜 구로디지털단지를 걸었던 게 이 회사와의 마지막이었습니다. 한국에 있는 것 자체가 싫더군요. 그래서 얼마 남지 않은 돈을 긁어모아 대만으로 도망쳐버렸습니다. 물론 아무런 이유 없이 대만을 고른 건 아니었죠. 겸사겸사 비취를 쇼핑할 생각이었습니다.

일반적으로 녹색을 띤 것은 비취(백색 비취도 있습니다.), 흰색은 옥이라고 부릅니다. (물론 청옥, 녹옥도 있습니다.) 둘은 엄연히 다른 돌이지만, 쉽게 색으로만 구분하는 식이지요. 옥에 눈을 뜬 건 SNS 때문이었습니다. 한때 SNS에 비취가 유행했던 적이 있습니다. 어느 날 갑자기 나타난 비취 매니아가 자신의 보석함을 열면서 시작된 열풍이었죠. 중국과 대만에서 주로 번역자로 활동하던 그분이 공개하는 화전옥과 나종, 빙나종, 빙종 등의 다양한 비취들. 그 현장을 지켜보던 저도 영롱한 돌에 반해서 언젠간 대만에 가서 옥 시장을 털리라 다짐하던 차였지요. 비취를 정신없이 구경하다 보면, 혼란스러운 머릿속을 잠재울 수 있을 것 같기도 했습니다.

대만은 두 번째 여행이었습니다. 처음에 묵었던 숙소에 그대로 다시 묵었지요. 타이베이역 근처에 있는 이 숙소는

방은 좁지만 2층 침대가 놓여 있는 데다 위치가 좋아서 어디든 이동하기가 편리했습니다. 숙소 앞에는 유명한 만둣집이 있고, 조금 더 걸으면 시먼딩이 나오고, 지하철만 잘 타도 타이베이 101빌딩이나 단수이까지도 쉽게 갈 수 있지요.

저는 도착하자마자 옥 시장으로 향했습니다. 타이베이역에서 MRT 단수이 신이선을 타고 Daan Park 역에 내립니다. 시장이라고는 없을 것 같은 도시 풍경이 펼쳐지지요. 북쪽으로 10분 정도 걸으면 커다란 고가도로가 나옵니다. 그 다리 밑에 대형 상점가가 있는데, 바로 옥 시장에 들어가기 전에 있는 젠궈휴일꽃시장입니다. 400m 정도의 통로에 수없이 많은 꽃 판매 부스가 들어서 있지요. 이국적인 꽃과 난초, 다육식물, 분재, 원예용품이나 가끔은 열대어나 거북이를 파는 부스도 구경할 수 있습니다. 검역 문제로 식물을 살 수는 없지만, 여행자가 눈요기하기에는 참 괜찮은 곳이죠. 입구에서 풀빵 같은 것을 사서 느릿느릿 먹으며 걸었습니다. 허겁지겁 온 대만 여행치고는 나쁘지 않았지만, 한편으로는 여기 있다는 게 비현실적이고 어딘가 꿉꿉한 기분이 들었습니다.

인생이란, 참 그렇더군요. 열심히 한번 잘해보려고 하면 이상한 게 나타나서 발을 삐끗하게 만들고, 가끔은 말도 안 되는 돌덩어리가 하늘에서 떨어지는 것 같고, 이제 좀 숨을 쉬겠다 싶으면, 느닷없이 폭풍이 불어와서 삶의 터전을 쑥대밭으로 만들어놓더군요. 인생에서 이런 일을 반복해서 겪다 보면, 이게 내 잘못인지, 남의 잘못인지도 모르겠고, 조금의

징조라도 보이면, '또 망할 시기가 왔구나.' 짐작이 됩니다. 긴장하는 것도 하루 이틀이지요. 이것도 한계를 넘어서면, 그때부터는 '될 대로 돼라.'가 됩니다. 사는 게 재미없고, 뭔가 더 할 의욕도 나지 않고, 마냥 이 자리에 쓰러져 있고 싶어요.

향기로 자욱한 꽃시장을 지나면, 그제야 옥 시장이 나타납니다. 우선 몇백 미터는 될 것 같은 공간에 옥을 파는 테이블이 빽빽하게 깔린 장관이 눈에 들어옵니다. 산호, 수정, 비취, 라피스라줄리, 진주, 마노, 터키석 등 온갖 색깔의 구슬들이 치렁치렁 부스에 걸려 있고, 테이블 위에는 색색의 뱅글과 반지, 브로치, 귀걸이, 목걸이, 부처나 달마 형태의 조각, 평안구(가운데에 구멍이 뚫린 도넛 모양의 옥), 검은 보석함에 소복이 담긴 구슬들을 볼 수 있습니다. 각 부스에는 상인들이 앉거나 서서 흥정을 하고 있습니다. 손님들 대부분은 외국인입니다. 길은 삐뚤삐뚤한데 매우 북적이는 부스도 있고, 한산한 부스도 있습니다. 어떤 부스든 간에 그 앞에 가면 목걸이에 걸 수 있는 비휴(호랑이를 닮은 장식) 펜던트를 볼 수 있고, 기발한 도자기 모양이나 구름 모양, 학이나 나비가 조각된 동그란 옥패들도 구경할 수 있지요.

"또우사오찌엔?"

'얼마입니까?'라는 뜻입니다. 제가 중화권에 여행을 가면

뻐꾸기마냥 되풀이하는 중국어지요. 일단 이렇게 질문하면, 대번 외국인인 걸 눈치챈 상점 주인이 현명하게도 계산기를 듭니다. 계산기에 숫자를 찍어서 알려주죠. 제가 뒷걸음질을 친다고 해서 가격이 낮아지지는 않습니다. 대신에 더 가격이 싼 다른 물건을 보여주지요. 어느 정도 바가지를 쓸 거란 건 예상하고 가는 셈인지라, 비싸도 그러려니 하게 됩니다.

이날 제가 산 물건은 비취 뱅글(통팔찌)이었습니다. 고운 사과 빛의 뱅글이 무척 마음에 들었지만, 130만 원을 호가하더군요. 대신에 10~20만 원짜리 가격이 붙여진 물건이 많은 뱅글 부스 앞에서 서성거렸습니다. 어차피 초보자인지라 비취를 보는 눈은 없고, 대충 저렴한 뱅글 하나라도 갖고 싶었던 거지요. 그래도 가난한 여행자인지라, 선뜻 입이 떨어지지 않아서 망설일 때였습니다. 나이 지긋한 상점 주인이 대뜸 제 손목을 낚아채더군요. 그녀가 제 손목을 요리조리 보더니 제 거부에도 불구하고 냅다 뱅글 하나를 끼워주는 게 아니겠습니까.

흰색 바탕에 이끼가 낀 듯 초록색이 감도는 얇은 뱅글! 이게 참, 강매라면 강매였는데 제 손목에 뱅글이 딱 걸리는 순간, 너무 예쁘더군요. 제 까무잡잡한 피부에도 생각보다 튀지 않고 아담하니 잘 어울렸어요. 가격은 한국 돈으로 15만 원 정도였습니다. 현찰을 건네고 뱅글을 손목에 끼자, 웬걸. 기분이 훨씬 좋아지더군요. 제 손목에 걸려 있는 뱅글을 보는 순간만큼은 사장 얼굴이 떠오르지 않았습니다.

단단하고 이 고요한 빛의 비취가 제게 미지의 힘을 준 걸
까요?
흰색에 약간의 푸른빛.
이 절묘한 조화가 마음을 서늘하게 해주는 모양입니다.
이 아름다움을 보고 있노라면,
세상의 모든 일은 다 사소하게 느껴지고.
덧없이 느껴지고.
이상하게 마음이 평화로워지더군요.

작은 뱅글은 제 팔목에서 짤랑거렸습니다. 깊은 안개가
내려온 산에 어른어른 푸른 빛이 보이는 듯한 아름다운 뱅글
이었어요. 이 작은 돌의 단단함과 차가움이 마음에 안정감을
줬어요. 저는 뱅글을 손목에서 빙글빙글 돌리며 생각했습니
다. 되팔기도 어려울 이 물건이 나에게 참 각별하다고, 이 물
건이 참 소중하다고. 뭔가 그때부터 재밌다는 생각이 들었어
요. 그날 밤 제 눈앞에 옥 시장에서 본 다양한 뱅글들이 휙휙
지나가더군요.

다음 날 일정은 버스 여행이었습니다. 예류 지질공원, 스
펀 폭포, 금광이 있는 진과스, 한국에도 잘 알려진 지우펀 코
스였지요. 날씨는 좋았고, 여행 내내 제 손목에는 뱅글이 함
께 했습니다. 예류에서는 바다를 배경으로 뱅글을 찍었고,
스펀 폭포에서도 뱅글을 사진에 담았죠. 그런데 이 뱅글을
보면 볼수록 다른 것도 갖고 싶어지더군요.

결국 저는 대만 여행 마지막 일정에 옥을 전문으로 하는 상점에 들렀습니다. 대만 금은방에는 꼭 옥 뱅글을 취급하기 때문에 우연히 마주치는 옥을 사도 재밌겠다 싶었습니다. 이날 저는 인터넷에서 미리 검색한 옥 상점까지 비를 뚫고 갔습니다. 흠뻑 젖어서 상점에 도착한 저는 어설픈 영어로 예약한 사람이라고 말했어요.

대만 금은방에서 비취를 사는 방법은, 생각보다 간단했습니다. 먼저 예산과 스타일을 설명했더니 직원들이 손목 사이즈를 확인하고 제품 몇 개를 골라주더군요. 이날 저는 백색 비취 뱅글을 샀습니다. 제법 두툼하고 무거운 녀석이었습니다. 한화로 60만 원 정도였던 걸로 기억합니다. 남은 현찰을 탈탈 털어서 제 인생 두 번째 뱅글을 샀습니다. 빗속에서도 새하얗고 두툼한 뱅글이 어쩜 이리 예쁘던지요.

그런데 그게 나라니.
이게 자랑할 일인지, 책망해야 할 일인지.

시간만 나면 중국 웹 쇼핑몰인 타오바오에 들어가서 옥 뱅글이나 옥 장신구를 구경하곤 했습니다. 그중에 마음에 드는 건 인터넷 쇼핑으로 구입하기도 했지요. '한국에서 살 수 있는 방법은 없나?' 고민하다가 '춘천옥'의 세계를 발견한 겁니다. 저는 종로 쪽에 춘천옥을 취급하는 상점 몇 곳을 알아냈습니다. 이후에는 직접 옥돌을 사서 장인에게 뱅글 수주를 맡기기도 했지요. 제가 가지고 있는 옥반지 중에는 실제 옥 장인이 만든 것도 있고, 색깔별로 모은 춘천옥 뱅글 세트도 있습니다.

뭔가에 빠져서 모은다는 건, 참 재밌어요. 시간이 흘러서 의심병 사장과의 사건은 차츰 잊혀졌지만, 옥을 고르고 사는 건 일종의 취미가 되었습니다. 힘든 일을 마주할 때면, 저도 모르게 대만행을 계획하거나, 타오바오를 뒤지고 있거나, 종로 귀금속 거리를 걷고 있더군요. 그러다 보니 자연히 이쪽에도 박식해져서, 옥 시장에 가면 뭐가 상품이고 뭐가 하품인지, 가치를 가늠할 수 있게 됐고, 가격도 짐작이 되더군요. 눈만 높아진 게 참 쓸데없다 싶으면서도, 이런 세계를 하나 발견한 것 또한 재미있다 싶었어요.

언젠간 인사동의 어느 귀금속상점 주인이 제 쑥비취 반지를 알아보더군요. 옥 시장을 뒤지고 뒤져 찾은 고품질 쑥

비취 반지 한 쌍인데, 이걸 알아보는 사람을 만나니 어찌나 신나던지요. 그 자리에서 그분과 옥 이야기를 하느라 몇십 분을 보냈습니다. 이런 작은 취미 하나로도 새로운 인연을 만나고 낯선 사람과도 금방 친해지는구나 싶었습니다.

종로에 있는 옥상점 사장님과도 사이가 좋았지요. 몇 번 방문하면서 중국에서 신상이 들어오거든 꼭 좀 알려달라고 신신당부를 했어요. 그랬더니만, 아예 신상품이 들어오면 저에게 연락을 해주실 정도였습니다. 좋은 비취가 들어오면 제가 먼저 가져갔지요. 이렇다 보니 자연히 옥에 빠진 사람들과도 친해졌습니다. 세계가 점점 넓어지는 기분이 들었지요.

보통 옥에 빠진 사람들은 중국 차에도 조예가 깊습니다. 아무래도 중화권에 자주 오가는 일이 많아서 그런 것 같습니다. 이 사람들과 한번 모임을 하면, 연남동에서 유명한 중식당에서 음식을 잔뜩 시켜서 먹고, 고즈넉한 찻집에서 보이차를 한 잔 마신 후 종로 귀금속 거리 투어에 나섰습니다. 저도 중국차를 좋아해서 찻자리가 있으면 빠지지 않았지요.

> 참 신기하지요?
> 전혀 모르는 낯선 사람들이 옥이라는 하나의 공통점으로
> 밥을 먹고, 차를 마시고, 시간을 보낸다는 사실이요.

그리고 또 이 사람들을 통해 낯선 세계를 배우기도 했습니다. 옥에 빠진 사람 중에는 유색 보석에 빠진 사람도 있기

마련입니다. 모임에 이런 사람이라도 하나 끼어 있으면 피존블러드 루비, 잠비아산 에메랄드, 로얄블루 사파이어, 브라질산 파라이바, 산타마리아 아쿠아마린, 아코야 진주 등을 구경하는 일도 있지요.

비 오는 날 단체로 우산을 들고 보석을 구경하러 다니는 여자들! 어쩌면, 사치스러운, 어쩌면 사랑스러운 모습이지요. 이런 취미에 빠진다고 인생이 크게 달라지느냐면, 그건 아니지만요. 여전히 제 인생은 지뢰투성이입니다. 알 수 없는 복병투성이죠. 오늘은 어떻게든 잘 버텼지만, 내일은 어떤 일이 생길지 모르겠고, 한 달 후나, 일 년 후는 더 모르겠습니다. 또 언젠가 다시 인생에서 다시 보기 힘든 최악의 인간을 만날지도 모르는 일이죠. 하루아침에 직장에서 쫓겨날지도 모르는 일이고요. 그러나 울퉁불퉁한 삶 속에서도 인생의 작은 즐거움은 얼마든지 찾을 수 있습니다. 설령 이게 경제적으로 가치가 있지도, 대단한 물건도 아니고, 그저 다소 예쁘고 비싼 돌일지라도요.

무언가를 수집하는 것.
무언가에 매니아가 되는 것.
무언가에 몰두해서 푹 빠지는 것.
당신은 어떤 것에 빠져 있나요?

이 글을 읽는 당신에게도 뭔가가 있을 것이라고 생각합

니다. 빨간색 립스틱을 모으는 취미가 있다거나, 반지를 모으는 취미가 있다거나, 고급 시계를 모으는 취미, 프라모델을 만들거나, 피규어를 모을 수도 있지요. 아니면 패션에 빠져 있을 수도 있습니다. 어쩌면 주방용품을 수집하고 있을 수도 있고, 화분을 모으거나, 기계 부품에 빠져 있거나, 아니면 남들이 상상치도 못한 무언가를 모을지도요.

삶은 어쩌면 이 쓸데없지만 예쁜 것들을 통해 충만하게 채워지는 걸지도 모르겠습니다. 가끔은 그런 생각을 합니다. 이토록 쓸데없고 아름다운 것들이야말로, 결국 우리를 숨쉬고 살 수 있게 하는 게 아닐까 하고요. 아무 의미 없는 듯 보이지만, 어느 날 불쑥 손목을 감싸며 마음을 일으켜주는 뱅글 하나처럼 재미없는 날들을 견디게 해주는 건, 거창한 각오도 아니고, 누군가의 칭찬도 아니고, 어쩌면 이렇게 나만 알고 싶은 작은 반짝임일지도 모르겠습니다.

그래서 저는 오늘도 슬그머니 뱅글을 손목에 끼워봅니다. 재미없는 삶이 아주 잠깐 예뻐지길 바라면서요.

가위

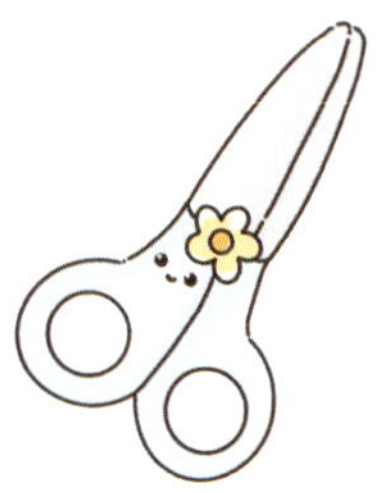

어이없고

황당한 일을

당했을 때

가위를 보면 헛웃음이 납니다. 저는 한때 황당한 모함을 받은 적이 있습니다. '네가, 가위로 나를 살해하려 한다.'라는 내용의 모함이었지요.

상황은 이렇습니다. '묻지 마 살인'이 횡행하던 여름이었습니다. 인터넷에 '2023년 대한민국 다발적 흉기 난동 사태'라고 정리된 시점입니다. 신림역에서 발생한 칼부림 사건을 시작으로 불특정 다수를 향한 '묻지 마! 범죄'들이 전국으로 퍼져 나갔습니다. 7~8월 내내 테러를 예고하는 글이 인터넷을 뜨겁게 달궜고, 그중 어떤 사건들은 실제 범죄로 이어져 불안을 고조시켰습니다.

사건은 '가위 이모티콘'에서 시작되었습니다. 어느 날 저는 카카오톡 프로필 메시지로 가위 이모티콘을 올려두었습니다. 딱 가위 하나였습니다. 당시 저는 다이어트를 하고 있었습니다. 식욕을 완전히 절단해 버리겠다는 의미로 올려둔 이모티콘이었습니다. 이렇게 등록해 놓고는 한참 잊어버렸습니다. 누가 제 프로필 메시지를 보고 의미를 부여하리란 생각도 하지 않았죠. 그런데 이게 사장의 눈에 띄었던 모양입니다. 어느 날 아침, 사장이 저를 자기 사무실에 불렀습니다. 그가 물었습니다.

"너, 나 죽이려고 하는 거지?"

대뜸 그가 물었습니다. 저는 그의 말이 무슨 말인가 싶어 눈만 깜빡거렸습니다. 황당해서 말문이 막힌 제가 대답을 못하자, 그가 카카오톡을 켜더니, 제 프로필을 보여줬습니다. 그는 가위를 가리키며

"너, 나 죽이겠다는 거잖아."

라고 했습니다. 실로 너무 황당한 말이었습니다. 제가 프로필 메시지로 가위를 올려놓든 말든 그건 제 마음일 뿐만 아니라, 가위 이모티콘이 사람을 죽이겠다는 의미로 받아들여지다니요? 상식적으로 이해가 가지 않는 말이었습니다. 저는 일단 차근차근 가위의 의미를 설명했습니다. 그러면서도 한편으로는 불길했습니다.

그는 평소에도 의심이 많은 사람이었습니다. 그 출판사에서는 모든 데이터가 USB로 전달되었습니다. 데이터를 웹하드에 올리면 웹하드 업체가 몰래 빼돌려서 판다고 믿었기 때문입니다. USB는 업무가 끝나고 퇴근할 때면 모두 반납해야 했습니다. 출간해야 할 책의 자료가 담긴 중요한 하드디스크가 망가졌는데도 복구하지 않은 적도 있었습니다. 사장

은 복구업체가 데이터를 가져가서 몰래 판다고 했습니다. 당연히 외주를 맡기는 일도 없었습니다. 저자를 의심하는 일도 종종 있었기 때문에 트러블이 생기기도 했습니다. 특히나 그에게는 정말 나쁜 버릇이 있었습니다. 직원 하나를 찍으면, 나갈 때까지 괴롭혔습니다.

저는 그 회사에서 1년이 채 되지 않았지만, 이미 같은 사유로 쫓겨난 사람을 둘이나 보았습니다. 저와 같이 들어온 입사 동기도 두 달이 채 되지 않아서 쫓겨났지요. 괴롭히는 방법도 가지가지였습니다. 직원들 앞에서 험담을 하고, 회식에서 제외하고, 중요한 회사 업무 정보를 전달해 주지 않거나, 점심 식사에 끼워주지 않는 식이었습니다. 매일 아침 사장실에 불러서 2~3시간씩 훈계를 하고, 그러고선 업무를 제대로 못 한다고 망신을 주기 일쑤였습니다.

그의 이런 성정을 알고 있던 저는, 더 설명하기를 포기했습니다. 대신에 깊은 사과와 함께 그가 보는 눈앞에서 프로필 메시지 속 가위를 삭제했습니다. 그제야 그가 편안해 보이더군요. 그는 한결 가벼워진 손놀림으로 자신의 휴대폰을 꺼내더니, 어떤 동영상을 보여줬습니다.

"지아 씨. 이거 봐봐."

그가 보여준 영상에는 그가 창고 형광등을 끄고, 문을 잠그는 과정이 담겨 있었습니다. 그가 이어서 보여준 다른 영상도 같은 내용이었습니다. 그의 앨범에는 이런 영상들이 빼곡했습니다. 창고뿐만 아니라, 자기 집, 별장, 회사에서 퇴근하는 순간까지, 한마디로 '문을 닫고 나가는' 모든 순간을 다 동영상으로 기록해 놓은 모양이었습니다.

"미안해. 있지. 내가 좀 이래."

매일매일의 날짜가 적혀 있는 그 동영상들에는 두 가지 공통점이 있었습니다. 그는 문을 닫고 나가기 직전에 꼭 작은 휴지 조각 하나를 문 앞에 놓아두었습니다. 행여나 누가 들어온다면, 휴지로 알아볼 수 있다고 그가 설명하더군요. 또 영상 마지막에는 꼭 그가 자기 목소리로 '오늘 현관문을 모두 잠갔다. 몇 월 며칠이다.'라고 말하는 음성이 담겨 있었습니다. 작고 어두운 사장실에서 저는 정신이 혼미해졌습니다. 머리가 어질어질했습니다. 그가 어떤 사람인지는 이미 잘 알고 있었습니다. 그런데도 눈앞에 펼쳐진 그의 병증을 보자, 정말 할 말이 없어졌습니다. 이번에는 이 양반에게 내가 찍혔구나 싶었습니다. 무거운 걸음으로 사장실을 빠져나왔습니다. 그러면서도 도무지 간단하게는 이 일이 끝나지 않을 거라는 예감이 들었습니다.

역시나 다음 날 아침, 또 그가 저를 불렀습니다. 이번에는 시뻘게진 얼굴로 잔뜩 화가 나서 사무실에 들어오자마자 소리를 지르더군요. 이번에 그는 제 카카오톡 프로필 '히스토리'를 문제로 삼았습니다. '히스토리'는 제가 그동안 프로필 메시지를 무엇으로 저장해 두었는지, 과거 기록을 찾아볼 수 있는 기능입니다. 그는 사장실 문을 활짝 열고, 저를 불러들이고선 소리쳤습니다.

"이게 다 무슨 의미인지 말해!"

제 카카오톡 프로필 메시지라고 해봤자 대단할 건 없었습니다. 자격증 시험을 대비해서 D-DAY 카운트를 써놓거나, 일상을 살아가는 데 힘이 될 만한 좋은 문구를 써놓거나, 감성적인 문구를 써놓은 것 따위였습니다. 저는 대체 이것들이 무슨 문제인지 이해할 수 없어서 고개를 휘저었습니다. 그가 소리쳤습니다.

"왜 메시지들 다 지우지 않은 거야! 너 날 무시하는 거지!"

아, 저는 그의 눈을 봤습니다. 저는 '안광이 번뜩이는 돌아간 눈'이라는 걸 그날 처음 봤습니다. 그는 이미 제정신이 아니었습니다. 그의 얼굴은 터질 것처럼 빨갛게 달아올랐고, 단 한 순간도 쉬지 못하고 사무실을 이리 뛰고 저리 뛰었습니다. 마치 성난 한 마리 황소처럼, 자신의 열을 주체하지 못하는 사람같이 보였습니다. 이건 이해의 범주를 넘어선, 완전히 정신병적인 문제라는 걸 직감했습니다.

"퇴사하겠습니다."

도망치는 게 가장 현명한 선택이었습니다. 사장이 저런 상태라면, 오늘 달랜다고 해서 내일 나아지리란 보장이 없었습니다. 제가 자리로 돌아가서 가방을 챙기자, 그가 재차 소리쳤습니다.

"너 컴퓨터 건드리지 마! 키보드에서 손 떼!"

그의 고함을 듣고 저는 실없이 웃었습니다. 제가 업무 데이터를 지우고 갈까 봐 무서웠나 봅니다. 저는 아무 말 없이 서랍의 물건들을 꺼내 와장창 책상 위에 부었습니다. 가지고 있던 원고들도 탁탁 털어 죄 책상에 쌓았습니다. 그리고 제 물건들을 챙겨서 사무실을 나왔습니다. 몇몇 직원들이 걱정스러운 눈으로 저를 바라보기에 그냥 '씨익' 웃었습니다. 우리는 종종 이야기하곤 했기 때문입니다. 다음에 누가 될지, 어떻게 쫓겨날지에 대해서요.

날씨 좋은 목요일 오후 2시였습니다. 하늘이 참 파랗더군요. 여름치고는 그리 덥지도 않은 날이었습니다. 하루아침에 직장을 잃은 저는 실없이 웃으며 강남역을 걸었습니다. 세상에 이런 퇴사도 다 있구나 싶었습니다. 한편으로는 오히려 잘됐다 싶기도 했습니다. 그의 병증을 보면, 길게 버텨봤자 1년일 것 같았습니다. 곧장 집에 들어가 소주를 한 병 비우고 침대에 몸을 눕혔습니다. 불과 2~3시간 전에 일어난 일들이 모두 농담 같이 느껴졌습니다.

천장을 보며 생각했습니다. 진작 업무용 프로필을 나누지 않은 제 잘못 같아서 괴로웠습니다. 사생활용 프로필과 업무용 프로필을 나눠야 했는데, 왜 저는 그렇게 하지 않은 걸까요? 이유는 단순했습니다. 회사 사람들을 믿었기 때문입니다. 다들 좋은 사람이니, 알아서 어떤 영역을 존중해주리라 믿었습니다. 그러나 제가 틀렸던 거지요. 자신에 대한 원망과 동시에 남에게는 없을 이런 이상한 사건이 왜 나에게 일어났는지, 자신에게 큰 문제가 있는 것인지, 정녕 내가 나쁜 것인지 자책이 들기 시작했습니다.

> 이유가 뭘까요?
> 아뇨!
> 마땅한 이유는 없었습니다.
> 그냥 운이 나빴는지도 모릅니다.
> 카카오톡 프로필에 그놈의 가위를 올리지 않았더라면,
> 아니 프로필 자체를 쓰지 않았더라면 괜찮았을까요?
> 아뇨!
> 분명히 다른 무언가로 책이 잡혀서 쫓겨났을 겁니다.
> 깊이 생각하지 않아도, 뻔한 노릇이었습니다.

한잠 자고 일어났더니, 사장으로부터 전화가 걸려 와 있

었습니다. 무슨 말을 할지 들어나 보자 싶어서 전화를 받았습니다. 전화기 너머에서 그가 미안하다고 했습니다. 다시 회사로 돌아오라고 했습니다. 아까 시뻘게져서 방방 뛰던 사람과는 완전히 다른 목소리로 '내가 잘못한 건 맞지만, 그 상황에서 직장을 그만두겠다고 말하는 네가 더 나빴다. 내가 얼마나 큰 상처를 받았는지 아느냐?'라고 하는 것 아니겠습니까. 세상에! 저는 어이없어서 웃다가 '네. 네.' 하고 전화를 끊었습니다.

노동청에 신고할까 하는 생각도 들었지만, 엮어 봤자 이득 될 게 없다 싶었습니다. 사장은 퇴사한 직원을 고소한 전적까지 있던 사람이었습니다. 퇴사 후 출판사에 대한 나쁜 평을 적었다는 이유로, 기어이 벌금형을 물렸다고 했습니다. 이런 사람에게서는 그저 빨리 털고 도망치는 게 나았습니다. 그날 이후로도 사장으로부터 몇 번 더 연락을 왔습니다. 그는 '직접 만나고 대화하고 싶다.', '너희 집 근처로 가서 사과하고 싶다.', '회사로 돌아와 달라.'라고 했습니다. 그 와중에도 꼬박꼬박 '네가 퇴사해서 내가 상처를 많이 받았다.'라고 강조하더군요. 물론 저는 모두 거절했습니다. 그를 다시 만나는 일도 없었습니다.

마침, 그 회사에서는 딱 1년이 되었기 때문에 그나마 퇴직금을 건진 것만으로 다행이라 여겼습니다. 마지막 월급과 퇴직금이 들어온 걸 확인하자마자 사장을 차단했습니다. 다만 충격에서 헤어 나오지 못한 제 마음을 달래기 위해 심리

상담을 받았습니다.

"아마도 그 사람은 흉기 난동 사건에 감수성이 예민했을 거예요."

심리상담사 선생님께서 설명해 주셨습니다. 전후 사정을 떠올려보니, 그제야 사장의 병증이 왜 심해졌는지 실마리가 잡히더군요. 그 무렵, 사장은 '묻지 마 살인' 사건에 대해 몰두해 있었습니다. 어느 피해자가 어디에서 죽고, 어떤 살해범이 무슨 말을 했다는 것까지 외우고 다닐 정도였습니다. 그는 점심 식사 시간에 종종 '어디서 누가 날 죽일지 모르겠어.', '너희는 아니지?', '직원들이 제일 무서워.'하고 너스레를 떨곤 했습니다. 그러던 차에 제 프로필 메시지를 보다가 ······.

> 자신에 대한 살인 예고를 읽은 걸까요?
> 아니면,
> 저에게 죽을죄라도 지어서 내심 찔렸던 부분이 있었던 걸까요?
> 참, 알다가도 모를 일이었습니다.

그해 말, 저는 다른 출판사로 이직했습니다. 새로 만난 사장님은 정신이 건전한 사람이었고, 직원들도 선한 사람들이었습니다. 그 따뜻함 속에 둘러싸여 2023년을 무사히 넘길 수 있었습니다. 새로운 회사에서 지내다 보니, 과거 그 사장 밑에서 일하던 시절이 얼마나 비정상적이었는지 알겠더군요. USB가 아니라 사내 네트워크 망이나 웹하드를 이용한다는 게 참 편리하다는 생각이 들 때면, 실소가 나올 정도였습니다. 길 가다가 맞은 벼락같은 이 사건도, 시간이 흐르면서 차츰 잊혔습니다. 그런데도 가끔 가위를 보면 이때의 생각이 납니다.

살다 보면 가끔 이유 없는 황당한 일을 겪을 수 있는 모양입니다. 정말 사소한 실수 하나로, 아니 실수가 없는데도 삶이 와르르 무너지는 그런 특정한 시기 말이지요. 이럴 때는 나에게서 잘못을 찾지도 말고, 운명을 원망하지도 말고, 그저 자신을 보듬으면서 한숨 쉬었다 가는 게 좋을지도 모르겠습니다. 그저 무사히 도망친다면 그것만으로도 충분할 것입니다. 정말이지 황당한 일은, 누구에게나 한 번쯤은 말없이 찾아오곤 하니까요.

04

가방

허영심을

부리고

싶을 때

대학 동기인 N의 결혼식이었습니다. 그녀가 대기업에 취직했다는 건 알았지만, 직장동료들을 보니 얼굴에서 빛이 날 정도로 화려한 커리어우먼들이더군요. 하나같이 날씬한 몸매에 딱 붙는 정장, 야무진 화장을 한 것을 보며 아, 이제는 그녀가 완전히 다른 세계 사람이구나 생각할 때였습니다. 그녀들이 입고 걸친 것 모두가 눈에 띄었지만, 특히 무언가가 제 눈을 사로잡더군요. 그건 가방이었습니다.

어쩜 그리 가죽이 요란하게 반짝이는지요. 명품에 대해서 잘 알지 못했지만, 대충 루이뷔통이니, 디올이니, 샤넬이니, 펜디 같은 것들은 구분할 수 있었습니다. 제 또래인데도 몇백만 원짜리 가방을 든 모습을 보니, 대기업 직원의 월급으로 가방 하나 사는 건 큰일도 아니겠구나 싶었습니다. 그와 동시에 제가 든 5만 원짜리 인조가죽 가방이 부끄러웠습니다. 가방 바닥에는 때가 탄 부분도 있고, 끈은 실밥이 풀려 너덜거렸죠. 그나마 제가 가지고 있는 가방 중 가장 깨끗한 것이었는데, 이곳에 오니 초라하기 짝이 없었습니다.

저 여자들은 평소에도 명품 가방을 들고 다니겠지!
대기업의 커다란 건물을 또각또각 오가면서,
환하고 당당한 미소를 지으면서 인사하고,
그의 가족들은 그녀를 자랑스럽게 여기고,
남편과 아이도 분명히 있을 거야.
통장에는 늘 돈이 있을 거고,

그만큼 자신감도 두둑하겠지.

당시 제가 평소에 가지고 다니던 가방은 자수를 놓은 에코백이었습니다. 아무런 무늬 없는 천 가방을 사서 직접 프랑스 자수를 놓았지요. 처음 해 보는 프랑스 자수라서 색 조합이나 바느질 모양이 참 어수룩했습니다. 그래도 나름대로 레이스도 손수 박아 넣고, 가방 아랫부분엔 이니셜도 수놓은 것입니다. 자세히 보면, 실이 제대로 마감이 안 된 것도 있고, 흐리게 번진 핏자국도 있습니다. 직접 만들어서 애착이 가는 마음 하나로 들고 다니는 가방이었지요. 주머니도 없고, 많은 물건이 들어가지도 않고, 비가 오면 젖는 낡은 천 가방이었습니다. 문득 그런 생각이 들더군요.

명품 가방을 들면 나도 저 여자들처럼 되지 않을까?
저 멋진 여자들처럼 당당하고 반짝반짝 빛나지 않을까?
지금보다 좀 더 괜찮아 보이는 내가 될 수 있지 않을까?

명품 가방을 갖고 싶었던 이유는 단순히 물질적인 욕망에서 비롯된 것만은 아니었습니다. N의 결혼식에서 본 화려한 커리어우먼들은 단순한 가방 하나로도 자신을 더 빛내고, 자신감이 넘쳐 보였죠. 저는 그들이 가진 고급스러운 모습을 부러워하며, 그런 세련된 모습으로 사람들에게 비춰지고 싶다는 욕망을 느꼈습니다. 그 가방 하나로 내 존재가 다

른 사람들에게 더 나은 모습으로 보일 수 있을 거라는 기대
감이었죠.

　　N의 결혼식에서 나온 날, 저는 명품 가방을 사기로 결심
했습니다. 그러나 제 월급에 명품 가방은 꿈도 꾸지 못할 것
이었습니다. 인터넷에 검색해 본 명품 가방은 300만 원이 훌
쩍 넘었고, 당시 제 월급을 한참 초과하는 금액이었습니다.
당연히 명품 판매장에는 발가락 하나 들여놓지 못했습니다.
매장 입구에서 알짱거리며 직원들의 눈치를 보다가 행여 눈
이라도 마주치면 화들짝 놀라며 못 본 척했지요. 어쩌다 한
번 명품 판매장에 들어간 적이 있었지만, 넋 놓고 가방들만
멀뚱히 구경하다가 한 바퀴 돌고 나오는 게 전부였습니다.

하지만, 너무나도 명품 가방을 가지고 싶었습니다.
그러면 제가 어떻게 했을까요?

　　저는 짝퉁 가방을 파는 사이트를 찾아냈습니다! 찾는 게
어렵지는 않았습니다. 워낙 많은 사람이 짝퉁 가방을 필요로
하기 때문일까요? 사이트에 접속하자 눈앞에 신세계가 펼쳐
졌습니다. 샤넬, 에르메스, 구찌, 프라다, 입생로랑, 미우미우
등등, 온갖 종류의 명품 가방 사진이 한 페이지 빽빽하게 나
왔습니다. 백화점에서 400만 원, 500만 원에 파는 가방들이
40만 원, 50만 원에 팔리더군요. 보고도 믿을 수가 없었습니
다. 정품 가방과 똑같은 가죽을 쓰고, 디자인도 똑같은 짝퉁

가방! 상품 상세 페이지에서는 얼마나 정품과 똑같은지에 대한 설명이 이어졌고, 구매 후기에는 '감쪽같았다!'라는 평이 달렸습니다.

저는 루이뷔통 가방 두 개를 골랐습니다. 가죽에 루이뷔통 특유의 로고가 박힌 가방 하나, 번쩍거리는 금장으로 'LV'가 대문짝만하게 붙어 있는 가방 하나였지요. 딱 봐도 비싼 척하기 좋은 디자인이었습니다. 현금으로 80여만 원을 입금하자, 얼마 가지 않아 판매자로부터 연락이 왔습니다. 그는 좋은 물건이 있으며, 빨리 보내주겠다고 말하더군요.

2주 정도 지났을까요? 가방이 도착했습니다. 명품 로고가 박혀 있는 종이가방에 더스트백, 내부 디자인도 인터넷에 검색해서 본 정품과 똑같았습니다. 그럴싸한 제품 카드도 들어 있더군요. 겉보기에 이게 짝퉁인지 아닌지 누가 구분하겠습니까? 살짝 으쓱한 기분도 들었습니다. 진짜가 아니라는 건 알았지만, 그래도 그럴듯했으니까요! 어깨에 올리자 제법 묵직한 가죽의 무게가 느껴졌습니다. 이게 '명품의 무게'였죠.

한동안은 애지중지 짝퉁 가방을 아꼈습니다. 행여 물이나 닿을까 싶어 조심하고, 가방을 들 때에는 옷도 일부러 고급스러운 것으로 골라 입었죠. 가방을 들고 있을 때면, 나도 N의 결혼식에서 본 커리어우먼 같고, 백화점이라도 갈 때면 발걸음에 힘이 붙었습니다. 당당하게 명품 판매장에 들어가는 일도 있었습니다. 저는 명품 가방을 든 여자니까요! 그러면서도 한편으로는 매장 직원들이 짝퉁을 알아보지나 않을까 조마조마한 마음이 있었습니다.

그런데 이상하게도 이 애정이 오래 가지 않더라는 겁니다. 어느 순간부터 저는 이 가방들을 매장 바닥에 툭 놓기도 하고, 비를 맞거나 커피를 쏟아도 별로 신경이 쓰이지 않았습니다. 가방 속을 더럽힐 수 있는 화장품도 아무렇게나 넣고 다녔습니다. 진짜 명품은 아니어도 비싼 가방이 분명한데 도무지 깨끗하게 쓸 마음이 들지 않았습니다. 어쩌면 속으로 이렇게 생각했던 건지도 모릅니다. 이 가방은 짝퉁이니까. 그다지 소중하지 않다. 마구 굴려도 상관없다. 가끔, 이 가방이 짝퉁이듯, 나도 N의 결혼식에서 본 여자들의 짝퉁인 것만 같이 느껴졌습니다. 굳이 생각하자면, 틀린 말도 아니었죠. 짝퉁 가방, 짝퉁 인생. 거짓말 같은 여자. 진짜인 척하지만, 사실은 아닌, 어디까지나 어설픈 흉내.

당시 잡지사에서 일하던 저는 유명한 돼지농장 주인을 인터뷰하러 가게 되었습니다. 농장을 몇 개나 가지고 있는 몇백 억대 부자였죠. 이날 저는 명품 가방을 챙겼습니다. 그래도 명품 가방씩이나 들면, 제법 잘나가는 회사의 엘리트 기자로 보이지 않으려나 하는 허세였지요. 과연 부자는 부자였습니다. 외관은 평범한 시골 주택이었지만, 현관문을 넘었을 때, 디올 벨트와 명품 지갑이 아무렇지 않게 바닥에 나뒹굴고 있었습니다. 그 부자의 외관은 평범한 시골 할아버지였습니다. 그러나 무일푼에서 억대 부자가 된 수완이 대단한 사람이었습니다. 입담도 좋았지요. 한참 이야기에 빠져 있는데, 뭔가 제 눈에 걸렸습니다. 그건 장식장에 쌓인 퀼트 가방들이었습니다. 색색의 천, 어설프지만 손길이 담긴 프랑스 자수, 자잘한 꽃무늬. 실력이 아주 좋다고 말하기는 힘들었지만, 꽃이나 강아지, 아이, 나비 등을 나름 정성을 다해 놓은 자수라는 걸 한눈에 알아볼 수 있었지요. 명품으로 가득한 이 집에 자수가 놓인 가방이라니, 신기하기도 해서 슬쩍 여쭤보았습니다.

"혹시 저 가방들은 사모님께서 직접 만든 것인지요?"

그가 영 마뜩잖은 얼굴로 답했습니다.

"딸이 명품 가방도 많이 사줬는데, 이상하게 저 천 가방을 더 좋아하더라고요."

그 말이 이상하게 마음에 남았습니다. 명품이 널린 집에서도, 누군가는 자기가 만든 어설픈 천 가방을 더 소중히 여긴다니. 한 번도 본 적 없는 사모님의 모습이 순식간에 머리에 그려지더군요. 직접 만들어서 애정이 가득 담긴 퀼트 가방을 들고 다니는 부잣집 사모님. 천 가방을 들고 있지만, 도무지 추레해 보이지 않고, 자연스럽고 품위 있게 느껴졌습니다. 진짜 부자인데도 자신이 만든 천 가방을 들고 다니는 사모님. 가난한 주제에 무거운 짝퉁 가방을 짊어지고 어깨를 두드리고 다니는 나. 이 대비가 잊으려 할수록 선명하게 떠올랐습니다.

집에 돌아와, 오랫동안 구석에 처박아두었던 에코백을 꺼냈습니다. 구깃구깃한 천, 엉성한 자수, 비뚤어진 레이스. 여전히 예쁠 구석이라곤 없는 가방이었습니다. 그런데 이걸 다시 보는 순간, 가방을 만들던 때가 떠올랐습니다. 실은 걸핏하면 엉켰고, 바늘에 찔릴 땐 가방이고 뭐고 다 그만두고 싶었고, 바늘귀에 실 넣는 게 제일 어려웠고, 꼼꼼하게 수놓기 싫어서 건성건성 놓은 부분도 있고 ……. 그래도 내가 직접 만든 가방이 하나 있었으면 해서 한땀 한땀 수를 놓았던 가방이었지요. 정말 몇 날 며칠이 걸려 완성한 가방이었습니다. 완성했을 땐 너무 기뻐서 거울 앞에서 한참을 들여다보았습니다.

가볍고, 내 진심이 가득 담긴 가방!
내 취향의 레이스에, 내 취향의 색감에,
내 취향의 그림을 고스란히 담은 가방.
그야말로 나의 얼굴.
작고 조촐한 나의 마음.

이 에코백은 허영심이 아닌, 애정으로 만든 가방이었습니다. 내가 만든, 내 손길이 닿은 가방. 이 가방은 그 어떤 브

랜드보다 '나다운' 것이었습니다. 저는 에코백을 어깨에 걸어보았습니다. 짝퉁 가방은 가죽으로 만들어져서 그런지 무거웠는데, 에코백은 가볍더군요. 이 차이가 어떤 깨달음처럼 느껴졌습니다.

저는 저이고, N의 결혼식에서 본 그 여자들일 수는 없었습니다. 부잣집 사모님일 수도 없었지요. 가방 하나로 그 여자들처럼 될 수도 없다는 걸, 사실은 이미 알고 있었어요. 허세는 무겁고, 솔직함은 가벼웠습니다. 남의 눈치를 보며 꾸민 인생은 어깨를 짓누르고, 어설퍼도 나답게 사는 일은 한없이 편안하지요. 결국 무거운 건 가방이 아니라 내 마음이었던 것 같습니다.

몇백 억대 자산가의 사모님도 직접 만든 천 가방을 드는데, 저라고 어깨 두들기며 허영심을 부릴 필요는 없겠다 싶었습니다. 조금 부족해도 자연스럽고 당당하게. 그 길로 짝퉁 가방들은 모두 옷장 구석에 던져넣고, 에코백만 갖고 다녔지요. 내가 나답게 사는 게 중요하다고, 나만 나를 알아봐주면 된다고 자신을 다독이면서 말이지요.

주일 미사를 마친 어느 날이었습니다. 에코백을 들고나오는데 한 수녀님이 저를 붙잡았습니다. 평소에는 데면데면 인사만 나누던 사이였는데, 무슨 일인지 그녀가 제 팔을 잡은 겁니다. 돌아보자, 그녀가 환한 얼굴로 물었습니다.

"그 가방, 직접 자수 놓은 거예요?"

　제가 고개를 끄덕이자, 수녀님이 신기하다는 듯 제 자수를 요리조리 만지더군요. 한참을 보던 그녀가 이렇게 말하는 게 아니겠습니까.

　"정말 예쁘네요! 이런 건 세상에 하나밖에 없잖아요."

　저도 엉겁결에 웃으며 고개를 끄덕였습니다.
　황급히 계단을 내려오는데, 난데없이 심장이 뛰었습니다.

　세상에! 이 가방을 알아봐 주는 사람이 있다뇨!
　하찮고, 초라해 보이던 가방이었지만,
　누군가는 그것을 예쁘게 봐주었다는 사실.

　이 사실만으로 발걸음이 가벼워졌습니다. 수녀님의 말은 내가 나로서 살아가도 충분히 인정받을 수 있다는 자신감을 주었습니다. 그 순간, 저는 깨달았습니다. 남들처럼 보이려고 애쓰며 짝퉁 가방을 들고 있을 때, 그게 저를 더 나아 보이게 만들지 않음을. 오히려 내가 만든, 내가 손수 정성을 다한 에코백이 저를 진정으로 표현할 수 있다는 사실을 말입니다. 에코백은 제 손길이 닿았기 때문에, 세상 그 무엇보다 저다웠습니다.

　이 경험 때문일까요? 저는 남들에게 잘 보이기 위해 물건을 고르지 않습니다. 제가 진심으로 좋아하고, 저를 닮아 있

는 물건을 고릅니다. 누군가는 알아봐 주겠지요. 알아봐 주
는 사람이 없더라도 어떻겠습니까. 그저 내가 나를 알아본다
면 그걸로 족할지도 모르겠습니다. 그 에코백은 지금까지도
여전히 현역으로 활동하고 있습니다. 가볍고 쾌활하게 달랑
거리면서 말이지요.

05

책

편집자라는 직업 말입니다. 하려던 일은 아닌데, 어쩌다 보니 이렇게 됐어요. 서울출판학교나 한겨레 출판학교부터 시작한 편집자 후배들을 보면 존경심이 들어요. 저는 얼레벌레, 닥치는 대로, 손에 잡히는 대로 시작했을 뿐입니다. 정신을 차리니, 타인의 책을 만들어 주기도 하고, 내 책을 쓰기도 하고, 이렇게 됐네요. 근데 여전히 편집자가 적성은 아니어서 갈팡질팡하고, 허우적거리고, 부장님께 또 혼나고, 한숨 쉬다가도 또 새 원고를 잡고, 이런 게 37년 동안 하루하루의 모습이 되어버렸어요. 중얼중얼, 22마리 도마뱀들에게나 거울 속 내게 혼잣말하며.

야 너 왜 이렇게 살고 있니?
아, 나 진짜 왜 이러고 살고 있지?

그러면서요. 사실, 한때는 내가 참 게으르다고 생각했어요. 인생에 관해 생각이라곤 안 하고 사는 것처럼 느꼈죠. N 양, Y 양, K 양. 내가 별처럼 꽃처럼 사모하는 사람들은, 착착 자기 꿈을 찾아서 그 방향으로 뚜벅뚜벅 걸어 나가는 듯한데. 나는 어쩌다가 손에 잡힌 한 움큼의 종이 더미를 붙잡고, 이러지도 못하고 저러지도 못하고, 흘러 흘러 사는 것 같은 기분이 들더군요. 이런 기분이 들 때면 참 쓸쓸해지곤 했어요. 망망대해에서 떠돌다가 외딴섬에 도달한 기분이 들곤 했죠.

그런데, 요즘은 세상을 보는 눈이 넓어져서 그런 걸까요?
다른 사람의 삶을 볼 일이 많아져서일까요?
어쩌면, 마음에 여유가 생겨서일까요.

나만 이렇게 사는 건 아니라는 걸 알게 된 것 같아요. 그러니까, 어쩌다가 생업을 시작한 사람들이 참 많더라고요. 우연히 만난 취미생활에 꽂혀서 인생을 바치는 사람이 있는가 하면, 부모님께 물려받아서 시작하는 사람이 있고, 아는 형 따라갔다가 시작했다는 사람, 이것저것 하다 보니 여기까지 왔다는 사람, 생각지도 못했던 일을 하고 있다는 사람, 뭔가 잘 안되어서 이걸 시작했는데, 이게 또 그냥저냥 먹고살 만큼은 된다는 사람.

삶이라는 건 참 알 수 없는 건가 봐요. 불확실한 계곡물 속에서 확실하게 단단한 나뭇가지들을 잡아가며, 그러나 그 나뭇가지조차 나를 배신하고 꺾이는 거죠. 그렇게 어푸어푸 흘러가다가 또 아무것이나 붙들고, 물속에서 거꾸러지다가 또 아무것이나 잡고, 발을 헛디디고, 까마득하게 깊은 물 속에 꽂혀 숨을 못 쉴 때도 있고, 정신 차려 보면 이상한 물길을 타고 있고, 그렇게 인생의 모양이라는 게 만들어지는가 봅니다.

독자분들은 어떠신지 모르겠어요. 어렸을 때의 저는 미래의 제가 책을 만들며 살리라곤 상상치도 못했어요. 다만, 늘 책 가까이에 있었을 뿐이지요. 유치원에 다니고 있을 때일까요? YMCA에서 어린이 동시 교실을 다녔는데, 직접 쓴 동시 '바나나 하나, 감 하나, 귤 하나' 같은 걸 자랑스럽게 읽으며 자그마한 교실을 돌아다녔지요. 그런 기억들이 첩첩이 쌓여 있어요.

책을 좋아하는 어머니 덕분에 저도 책을 끼고 살았는데,
그 까닭일까?
어머니가 책을 좋아하지 않으셨으면,
난 뭘 했을까?
중학교 때 도서관에서 살지 않았으면 어땠을까?
고등학교 때 담임선생님이 국어 교사가 아니었으면 어땠을까?
문예창작학과에 낙방하고, 심리학과에 입학했으면 또 어땠을까?
그럼 37살의 나는 편집자가 아닌 무엇이 되었을까?

그저 두툼한 종이 더미, 글자들이 줄줄이 벽을 쌓은 낱장들, 나의 지독한 혼잣말들. 이 낱장들에 약간의 접착제를 바르면 책이 되는데, 사람의 인생도 그런 모양입니다. 삶에서 낚아챈 한순간의 혼잣말들을 하나하나 씻어 차곡차곡 쌓다 보니, 여기에 맑은 하늘빛 같은 목차를 호로록 입히니까, 책 한 권이 나옵니다. 무슨 고운 계곡 풍경처럼요.

참 나! 이 모든 일들이 신비하기도 하고, 섭리인 것 같기

도 하고, 결국은 내 의지대로, 욕심대로 이끌어 온 삶인가, 아니면 그 반대인가? 고민하며 책을 한 장 한 장 넘겨 갑니다. 이다음 페이지에 어떤 이야기가 펼쳐질지는 모르겠어요. 지금 감사히 잘 다니고 있는 회사를 그만둘 수도 있고, 뭔가에 홀려서 인생의 길 자체를 바꿔버릴 수도 있겠지요. 그런 내용은 이 페이지를 살고 있는 지금은 도무지 알 수 없는 거예요. '그저 그렇게 될지도 모르겠다.', '그래도 재밌을지 모르겠다.' 그런 흐릿한 믿음만을 가지고 행간과 행간을 폴짝폴짝 뛰어 내려가지요.

이 책이 끝날 때쯤엔 어떤 단어들이 책을 채울까요?
어떤 혼잣말들이 낱장을 메울까요?
아무래도 좋습니다.
그때에는 또 그때의 이야기들이 있겠지요.

저는 그저 그 단어들이 모두 따뜻하기를 바랍니다. 나의 책도, 당신의 책도. 나의 혼잣말도, 당신의 혼잣말도. 우리가 계획하고 시작한 삶이든, 계획하지 않고 시작한 삶이든. 어차피 우리는 모두 어쩌다 보니, 아차 하고 태어났으니까. 계획대로 뜻대로 되는 일도 없는 게 당연할지도 모르겠고. 그저 우리의 모든 책이 모두 환하고 따뜻한 단어들로 마무리되길. 책의 마지막 페이지에 '그래도 행복했습니다.'라고 쓸 수 있기를.

이윽고 책을 덮었을 때, 우리가 어떤 모습으로 이야기를 마무리했든 끝내 영화롭기를 바랍니다. 뒤표지에 책의 가격이 얼마인지는 적혀 있지 않을 겁니다. 우리는 살아생전에 몸값이 매겨져 떠돌아다니며 팔렸으나, 누구도 백골의 가격을 묻지 않을 것입니다. 그저 황홀한 삶을 살기를. 복된 여생을 보내기를.

햇살, 봄날, 다정함, 온기, 미소, 별빛, 안온함, 포옹, 평온, 소망, 새벽, 푸르름, 피어남, 바람결, 안식, 여운, 기다림, 순수함, 반짝임, 설렘, 여명, 꿈결, 따스함, 나무 그늘, 웃음꽃, 잔물결, 속삭임, 하늘빛, 하루 끝, 작은 기적, 기쁨, 그리움, 꽃잎, 순정, 편지, 향기, 느긋함, 빛남, 노을, 안녕, 말랑함, 온순함, 조용함, 환희, 이슬방울, 햇무리, 다정한 시선, 토닥임, 따뜻한 손길, 반가움, 아지랑이, 새싹, 보드라움, 수줍음, 숨결, 작은 위로, 손 편지, 구름 위 산책, 마음의 온도, 사르르 녹는 감정, 나직한 노래, 포근한 품, 따스한 아침, 조심스러운 사랑, 고운 말, 은은한 향, 느린 걸음, 잔잔한 음악, 여백, 소란한 행복, 오래된 기억, 젖은 마음, 따뜻한 차 한 잔, 새벽의 고요, 초롱초롱한 눈빛, 무지갯빛 마음, 반짝이는 꿈, 손끝의 떨림, 다정한 침묵, 고요한 믿음, 반가운 목소리, 멀리서 오는 발걸음, 한 줌의 희망, 느슨한 오후, 따뜻한 물소리, 벽난로 불빛, 마음을 어루만지는 바람, 아늑함, 환한 미소, 천천히 익어가는 하루, 그윽한 시선, 가슴에 남는 말, 고운 손길, 말하지 않아도 아는 마음, 함께 걷는 길, 언제나 그 자리에, 무너지지 않는 마음.

그리고, 지상에 홀로 떨어진 책 한 권, 어느 편집자의 작은 혼잣말 있음을.

이 세상에서 혼자인 듯한 느낌이 들 때

나는 괜찮아지려고 혼잣말을 한다

초판 1쇄 | 2026년 3월 14일

지 은 이 | 박지아
책임편집 | 김용환
디 자 인 | 희서디자인

펴 낸 곳 | 캐스팅북스
펴 낸 이 | 신희주

등   록 | 2018년 4월 16일
주   소 | 서울시 강서구 양천로 71길 54 101-201
전   화 | 010-5445-7699
팩   스 | 0303-3130-5324
메   일 | 76draguy@naver.com

ISBN | 979-11-978575-8-4

'모든 사람의 글은 훌륭하다. 다만, 그 시대에 적합하지 않을 뿐이다.' 캐스팅북스는 사람들의 소중한 이야기를 책이라는 그릇에 정성스레 담아내고 있습니다.